KB273797

허영자의
삶과 문학

허영자교수 정년퇴임 문집 준비위원회

국학자료원

허영자의 삶과 문학

▲ 아기 시절(1938년)

▶ 딸 스미와 함께

◀ 경남여중 1학년 때

▲ 경기여고 3학년 때

▶ 허영자 근영(2003)

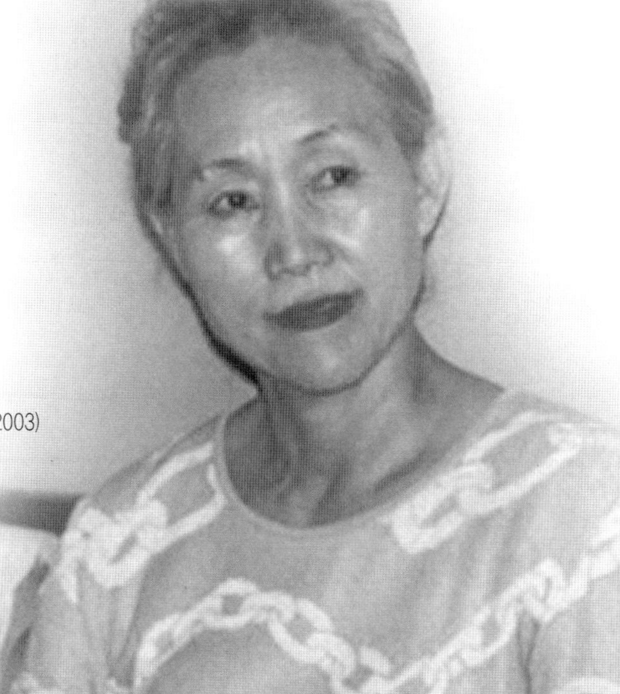

▲ 신석초 선생의 회갑연에서

▲ 한국시인협회상 시상식을 마치고 목월 선생과 함께 (1972년)

▲ 청미 동인 시낭송회

▲ 문학강연회

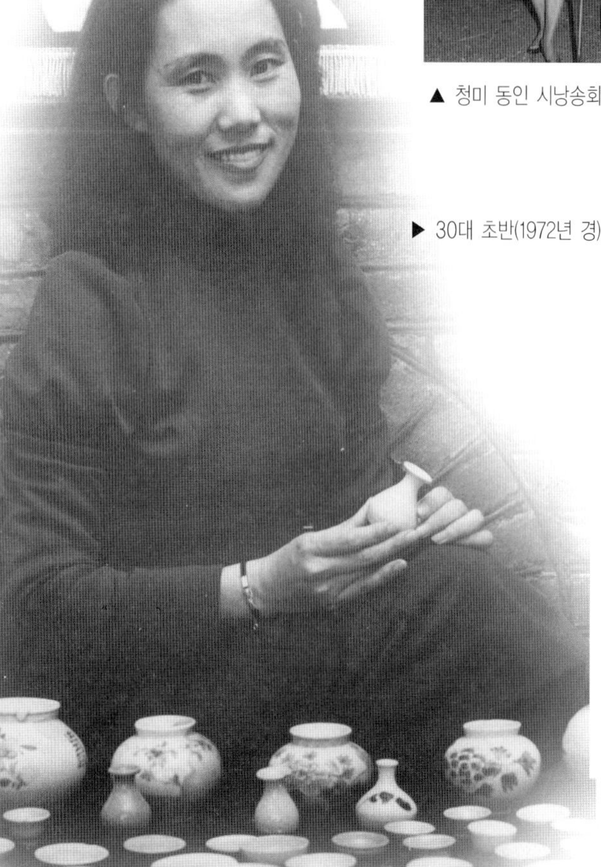

▶ 30대 초반(1972년 경)

▲ 1970년도 30대 후반

▲ 40대(1982년)

▲ 제20회 월탄박종화문학상시상식

▼ '청미' 동인

▼ 편운문학상 시상식

▲ 1995년 아시아 시인대회

▲ 『가슴엔 듯 눈엔 듯』

▲ 『기타를 치는 집시의 노래』

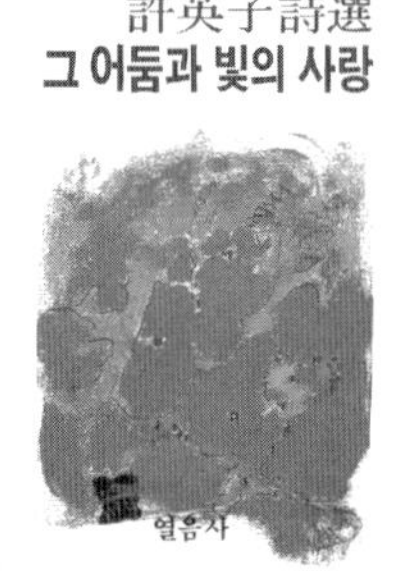

▲ 『그 어둠과 빛의 사랑』

▲ 『꽃 피는 날』

▲ 『말의 향기』

▲ 『목 마른 꿈으로써』

▲ 『무지개를 사랑한 걸 후회하지 말자』

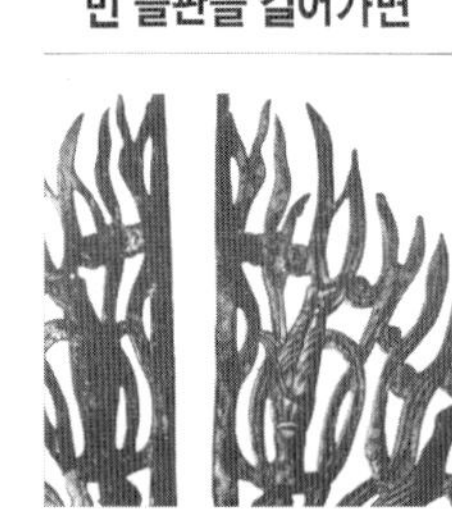

▲ 『빈 들판을 걸어가면』

▲ 『암청의 문신』

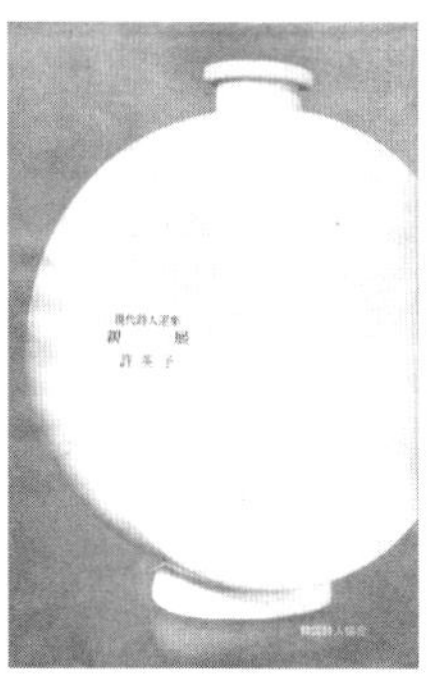

▲ 『친전』

▲ 『어여쁨이야 어찌 꽃 뿐이랴』

'얼음'과 '불꽃'이 어우러진 인품의 높은 향기

20세기 초두에 문을 연 한국 현대시는 '서정'이라는 여과기를 마련하여 험난한 시대를 정화하며 시정신을 증류해오곤 하였다. 시라는 증류수를 내리는 방법은 여러 갈래였으나 시대의 정화라는 바탕은 여일한 것이었다. 따라서 이 땅의 시편들은 이 땅을 쓸어 가는 빗자루 중의 하나였음을 의심치 않는다.

한국 현대시는 스스로 절차탁마를 게을리 하지 않아 1960년대에 이르러서는 그 위용을 보다 확고히 드러낼 수 있었다. 이 1960년대의 주요 시인으로 자리매김된 허영자 선생의 시편들은 그 예술적 중량을 여러 평자들이 재어주었다. 단형의 틀에 녹여 넣은 인생의 넓은 마당은 읽는 이에게 생의 기쁨과 슬픔을 한꺼번에 조망할 수 있는 계기를 주었으며, 드넓은 삶의 우주를 '얼음' 과 '불꽃'의 이미지로 온축, 시의 형식과 내용을 유기화시킨 구체적 예는 많은 논객들에게 비평 거리를 제공하기에 충분했을 것이다.

이제 선생은 그간 35여 년, 후학을 지도해온 성신여자대학에서 정년을 맞으신다. 이 책은 이에 대한 기념으로 마련된 것이다. 책의 내용은 지인들로부터 듣는 정담과 후학들의 연구논문으로 채워졌다. 지인들은 선생의 온유함과 냉엄함이 어우러진 인품의 높은 향기를 말하고 있었으며, 연구자들은 시의 본질적 요소를 핵으로 하는 시편들의 공고함에 대해 대부분 시선을 모으고 있었다. 양쪽을 번갈아 보며 그만큼 반듯하고 분명하게 인품과 시를 경영해온 분임을 확인하는 기쁨을 누릴 수 있었다.

　본서가 앞으로 허영자 시 연구의 외재적·내재적 방향을 모두 충실히 돕는 데 한 역할이 되었으면 하는 바램이 크다. 그리고 이 자리를 빌어 짧은 시간에 귀한 글을 주신 여러분들께 진심으로 감사드린다.

2003년 7월
정년퇴임 문집 준비위원회

차 례

사진 및 화보   5
책을 엮으며   9

제1부
허영자가 걸어온 길

대담

허영자의 삶과 문학 / 허영자·강진호   17

내가 본 허영자

30년에 걸친 친구 또는 동지 / 김종길   33
그 누님의 착한 동생이고 싶다 / 나태주   39
박목월 시인 문하생으로 만난 인연 / 신규호   49
어리석은 천재, 천재적인 바보 / 신달자   53
우리 사랑의 허영자 시인 / 성춘복   59
물과 불과 꽃 / 오세영   65
아름답고 멋스럽고 단아하고 엄정한 완벽주의자 / 유안진   69
온화함과 단아함의 절묘한 조화 / 이상호   75
시인같은 시인 허영자 / 임성숙   83
여섯 편의 시와 한 권의 팜플렛 / 조병무   87
'얼음과 불꽃'의 시인 / 조창환   93

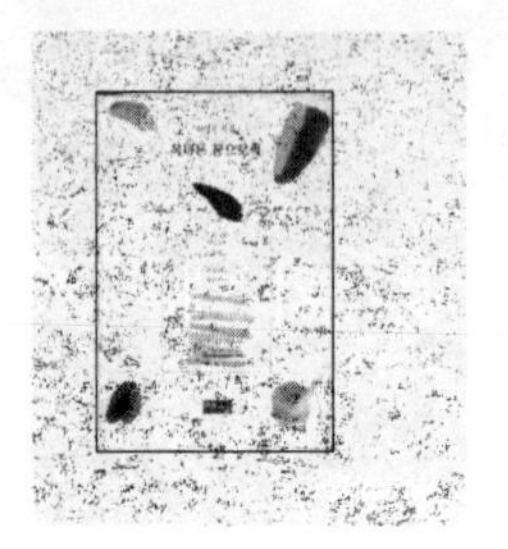
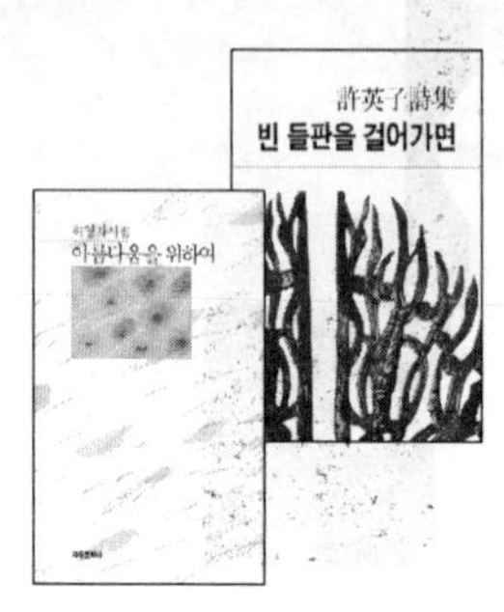

창포향기로 오는 시선 / 추영수 97

봄날의 온유함, 가을 하늘의 냉엄함 / 최승범 101

시인 허영자! 그 머리에 백은(白銀)이 내리니 / 홍윤숙 109

허영자 시인과의 만남 / 황금찬 113

제2부

허영자 시세계의 형성과 깊이

갈망과 절제의 시 / 김재홍 121

인간에의 긍정과 공고한 중심의 시 / 이건청 137

'부끄러움'과 식물적 이미지의 구원의식 / 정영자 161

허영자 시 연구 / 한영옥 173

여성성의 구현과 욕망의 절제 / 박유미 205

허영자 시에 나타난 '사랑 담론'에 대하여 / 강웅식 231

허영자의 시와 무위자연의 시학 / 송영순 243

성하(盛夏)의 한 때 / 허윤회 267

고요 속 들끓음, 육체와 영혼을 넘어서는 역동성의 시학 / 김문주 285

성처녀, 그 순결한 관능의 의미 / 신지연 299

이지와 정열의 순수 서정, 그 한 길의 역사 / 문흥술 313

제3부 부록

1. 자선 대표시

비 오는 밤에 337
봄 339
친전 340
긴 봄날 341
바람 부는 날 342
무제(無題) · I 343
흰 수건 344
완행열차 345
슬픈 아메리카 346
폐차 347
잠 못 이루는 밤 348
얼음과 불꽃 349

2. 서지

생애 연보 353
작품집 및 평문 목록 355
연구 목록 359

제1부

허영자가 걸어온 길

허영자의 삶과 문학

- **대담 : 허영자 · 강진호**[*]
- **일시 : 2003년 6월 12일**
- **장소 : 허영자 교수 연구실**

강진호 : 오늘 이 자리는 선생님의 정년 퇴임을 맞아, 시인이자 교육자로서 선생님의 삶과 문학을 돌아보고 정리하는 의미로 마련되었습니다. 선생님께서는 1962년 박목월 선생의 추천으로 등단하신 이래 지금까지 40여 년을 시인으로 살아오셨습니다. 그 40여 년의 시간 속에는 우리 현대사의 격랑이 가로놓여 있고, 또 선생 개인적으로도 여러 다난한 일들을 겪으셨을 것으로 생각됩니다만, 오늘 선생님의 밝고 건강한 모습을 뵈니 선생님께서는 어쩌면 시간을 거슬러 사시는 게 아닌가 하는 생각이 듭니다. 이 자리를 빌어서 선생님의 정년 퇴임을 축하드립니다. 먼저 퇴임을 맞는 소감을 듣고 싶습니다.

허영자 : 축하해 주셔서 감사합니다.

저는 어렸을 적이나 젊었을 적에, 사람이 나이가 들면 더 현명해지고 지혜로워져서 욕심 같은 것은 사라지고 너그러운 마음으로 사물을

---

[*] 문학평론가, 성신여대 교수

▲ 허영자교수

관조할 수 있을 것이라고 생각을 하여, 그런 지복한 경지의 노년이 대단히 부러웠습니다. 그런데, 사람에 따라서 차이가 나겠지만 제가 나이가 들어보니 꼭 그런 것만도 아니었습니다. 오히려 더 노탐이 생겨서 노추를 보이는 경우도 있고 현명해지기는커녕 아집과 독선만 이 강해져서 스스로 소외를 자초하는 일도 있는 것 같습니다. 하기에 이쯤에서 물러가는 것은 참으로 합당한 일이 아닐까 생각합니다. 저는 20세기에 태어나서 20세기를 더 많이 살아온 사람입니다. 지금 은 21세기가 아닙니까? 새로운 정보와 새로운 지식, 그리고 새로운 정서가 요구되는 21세기 초두에 임하여 이제 제가 대학 강단에서 할 수 있는 일이 무엇일까 자문해 보니 부족한 점이 많기가 이루 다 말할 수 없을 정도입니다. "가야 할 때가 언제인가를 분명히 알고 가는 이의 뒷모습은 얼마나 아름다운가"라고 노래한 시인이 있습니다만 어쩌면 저 같은 경우는 가야 할 때가 너무 늦은 것이 아닌가 하는 생각도 합니다.

강진호 : 선생님께서는 1972년에 성신여대에 부임하셨으니 31년을 봉직하신 셈인데, 그 동안 여러 가지로 기억에 남는 일들이 많았을 것으로 생각됩니다. 먼저, 교육자로서의 신념과 보람은 무엇이었는지요?

허영자 : 도저한 학문을 성취한 것도 아니고 남다른 지식을 갖추고 있지는 못하였습니다만 "최선을 다 한다"는 마음과 "나는 학생을 가르치는 선생이다"라는 의식은 항시 마음에 지니고 있었습니다. 이것은 어쩌면 저를 지탱해온 자존의식과 연관되는 것으로 생각할 수 있겠지요 큰 보람이라면 학생들이 자라서 우러러볼 수 있는 인물들이 된 것입니다. 존경할 수 있는 스승이나 선배를 가질 수 있다는 것은 큰 행복일 수 있겠습니다만 학문이나 인격의 면에서 존경할 수 있는 후배나 제자가 있다는 것은 참으로 더 큰 기쁨이요 보람이라고 할 수 있겠지요 그리고 성신여대에 재직하는 동안 몇 가지 보직을 두루 거치면서 힘닿은 데까지 노력하였던 점 또한 제게는 기쁘게 기억됩니다.

강진호 : 교직에 계시면서 특별히 기억에 남는 일은 무엇인지요?

허영자 : 제가 서툴러서 학생들에 대한 배려를 좀더 못한 점이 그 중 마음에 걸리는 일입니다. 생각하면 송구스럽고 부끄럽기만 합니다. 선생은 학생들에게 훌륭한 학문을 전수함도 필요하겠지만 그에 못지 않게 인격적인 영향도 지대하여야 할 것이며 특히 문학 강의를 해온 사람으로서 저들의 감성 지수를 세련시키고 드높이는데도 기여를 했어야 하는데 그렇게 하지 못한 점이 못내 아쉽습니다. 저도 4.19세대이긴 합니다만 학업에 전념하여야 할 학생들이 학업을 제쳐두고 거리로 뛰쳐나갈 수밖에 없었던 현실과 그들 젊음 들이 소모되고 희생되는

것을 보는 선생의 마음은 참으로 착잡하기도 하였습니다.

강진호 : 이제, 선생님의 시에 대해서 이야기해 보고 싶은데요. 많은 논자들이
지적한 대로 선생님의 시는 발표 시기의 구분이 없이 거의 일관된
감성과 태도를 유지하는 듯이 보입니다. 가령, 단아하면서도 열정적
인, 그렇지만 넓은 안목과 깊이를 갖춘 정련된 모습이 두루 목격되는
데, 이렇듯 일관된 모습을 유지하게 된 비결은 무엇인지요?

허영자 : 저는 대단히 상식적이고 단순한 예술론이랄까 시론을 가지고 있습니
다. 예술 혹은 시는 궁극적으로 참되고 착하고 아름다운 세계를 지향
하는 정신이며 이로써 인간은 구원될 수 있다고 생각하는 것이 그
첫째이며, 특히 시는 '언어의 예술'이라는 점을 저는 늘 명심하고
있습니다.

언어라는 매체 때문에 때로 저는 좌절하기도 하고 불편함을 느끼기
도 하고 허망감에 사로잡히기도 합니다만 시라는 장르의 특색과 운
명은 바로 언어 예술인 점에 있다고 봅니다. 이런 단순하고도 상식적
인 저의 시론으로 하여 선생님께서 '일관된 모습'이라고 좋게 표현하
신 것이 아닌가 합니다. 그러나 이것은 오래 동안 시업에 종사해온
사람으로서는 꼭 바람직한 모습이라고만 말할 수 없는 점이지요.
기법이든, 내용이든, 실험과 변용과 새로운 모색과 도전과… 이런
것들도 대단히 필요한 일이 아니겠습니까. 한데도 그런 일을 게을리
하였다면 이는 어느 면에서 비판받아야 할 일이지 칭찬 받을 일은
아닌 것 같군요. (웃음)

강진호 : 선생님께서 시인이 되고자 했던 계기는 무엇인지요? 그리고 언제
시인이 되겠다고 결심하셨는지요?

허영자 : 저는 어릴 때 책을 읽는 것을 좋아해서 닥치는 대로 읽긴 했지만

특별히 문인이 되어야겠다고 생각
하지는 않았어요. 문학소녀이기는
했지만 문학 지망생은 아니었던 셈
이죠. 저는 무남독녀였는데, 아버
지는 법학을 전공하셨지만 실제 진
로는 행정 쪽이셨어요. 그런 아쉬
움과 관련한 집안 분위기를 어릴
때부터 스스로 감지한 때문인지,
사실 집안 어른 그 누구도 그렇게
권한 것 같지는 않은데, 저는 여성
법조인이 되어야겠다고 생각했어
요. 그런데 대학 입시에서 좌절을

▲ 시집 『가슴엔 듯 눈엔 듯』

겪으면서 삶의 방향이 크게 바뀌게 되었죠. 전공을 국어 국문학과로
택하게 되고, 대학 재학 시 곽종원, 김남조, 정한모, 조연현 선생님들
처럼 훌륭한 스승들의 지도를 받았어요. 그럼에도 어릴 때와 마찬가
지로 문인이 되겠다는 생각은 하지 않았어요. 문인이 된다는 것은
매우 특별한 삶을 택하는 것이고, 그러기 위해서는 예술적 재능에
대한 최소한의 자기 암시라도 있어야 하고, 그런 것을 근거로 평생
투신하겠다는 뜨거운 의지가 있어야만 한다고 생각했기 때문이죠.
제가 등단한 것은 1962년인데, 박목월 선생님께서 추천을 해주셨어
요. 제가 대학을 다니던 시절에는 지금과 비교할 수 없을 만큼 문학
열기가 뜨거웠는데, 국문학과에서 '문학의 밤' 행사를 하면 여러 문
인들도 함께 참석해서 격려해주실 정도였어요. 제가 다닌 숙명여대
에서 '문학의 밤' 행사를 열었고, 당연히 저도 습작한 시를 낭송했어
요. 그때 참석한 목월 선생님께서 제 시를 좋게 보시고는 작품을

가져와 보라고 하셨어요. 그렇게 해서 등단을 하게 되었으니 자의 반, 타의 반으로 시인이 된 셈이죠. 제가 언제나 자신의 재능과 끈기와 노력에 대해 늘 회의하면서 자신을 자책하는 것도 그런 이유 때문입니다.

강진호 : 비록 우연한 계기를 통해서이긴 하지만 결국은 시인이 되셨을 거라는 생각이 드는데요….

허영자 : 문학소녀였던 것은 분명해요. 시골집 문살에 내려 쌓이는 달빛을 바라보고 있노라면 그 무언가가 내게 나직한 목소리로 속삭거리는 것만 같아 잠을 이루지 못하곤 했어요. 모두 깊은 잠에 빠져 있는 식구들을 보고는, '어떻게 이런 밤에 잠을 잘 수 있단 말인가? 아마도 난 우리 가족과는 근본적으로 다른 태생일지도 모른다. 이들과 비록 살을 나누기는 했지만 내 영혼의 부모는 분명 다른 곳에 계시리라' 생각했지요. 흐르는 물소리에 시간이 함께 묻어 가는 것이 느껴지고, 또 제재소에서 나무 켜는 소리에서도….

강진호 : 선생님께서는 어려서 몸이 몹시 약했다고 하는데, 그것이 시에 어떤 영향을 미치지는 않았는지요? 가령, 시집 『조용한 슬픔』에 실렸던 「너는 알지―뇌성마비 소녀에게」라는 시가 생각납니다. 그 시는 뇌성마비라는 병에 걸린 소녀를 위한 위로를 담고 있지 않습니까? 병에 걸린 소녀라는 소재를 어디에서 가져오셨는지요?

허영자 : 저는 어릴 때부터 선병질적(腺病質的)이어서 몸이 몹시 약했지요. 내 병이 뇌성마비는 아니었지만 소녀의 모습에는 충분히 제 어린 시절도 투영되어 있습니다. 이 시는 일차적으로는 그런 병에 걸린 소녀를 위한 위로를 담고 있습니다. 그러면서도 그 이상이지요. 제목의 어조에서도 확인되다시피 '소녀'가 아는 것은 다른 사람들도 다

아는 것이 아닙니다. 건강하게 보이는 다른 사람들은 모르는 어떤 것을 '소녀'는 아는 것이지요. 이를 통해 기존의 정상—비정상(장애)관계가 역전되는 것입니다. 다시 말해, 건강해 보이는 지배 질서가 사실은 병든 것임이 판명되는 순간 이제까지 병적인 것으로 치부되던 것이 오히려 진정으로 건강한 어떤 것을 위한 회복 세포임이 드러난다는 것입니다. '소녀'는 알고 있는 것을 우리는 알지 못합니다. 우리는 자연과 사물을 이용하기 위해 사육하지요. 또 더 잘 이용하기 위해 사육하면서 몰아세우고 닦달합니다. 그러나 '소녀'는 자연을 아는 것이지요. 비록 낡은 듯해 보여도 그것이 지닌 치유적 권능을 알고 있습니다.

▲ 네살 때 아버지와 함께(1942)

강진호 : 교수님께서도 건강이 약했기 때문에 남들은 모르지만 자신은 아는 어떤 것이 있으셨습니까?

허영자 : 글쎄요. 어렸을 때부터 몸이 약해서인지 성장을 해서도 계절을 남보다 일찍 느꼈어요. 어쩌면 앓았다고 표현하는 것이 더 옳을 거예요. 봄이 되면 차라리 죽고 싶을 정도로 몸이 아팠어요. 거의 밥도 먹지 못할 지경이었지요. 그런데 가을에는 조금 나았어요. 밥도 조금은 먹을 만하고 이렇듯 몸에서 계절을 민감히 타니 마음도 계절에 민감할 수밖에 없었죠. 잔인할 만큼 계절은 제게 여러 생각을 안아다

주었고, 시속의 소녀처럼 절실한 어떤 것을 마주했다고 할 수 있죠.

강진호 : 그렇군요. 그리고 보니 선생님의 시 중 「여름」, 「감기」, 「가을」, 「반려」, 「감」 등의 많은 시들도 계절을 소재로 하거나 그것이 중심적인 배경이 되는 것들이네요. 이렇게 남보다 계절을 강렬하게 느끼는 사람이 어찌 시인이 아닐 수 있을까요? 선생님께서 시인이 된 것은 체질적인 것이고 숙명적인 것이 아닐 수 없다고 생각되는군요.

허영자 : 시인이 된 지 40년이 되는데 등단 무렵부터 지금까지 스스로에게 두 가지 질문을 줄곧 해왔어요. 하나는 '과연 나에게 시인이 될 자질이 있는가?' 하는 것이고, 다른 하나는 '시 쓰는 일이 한번뿐인 이 생을 바쳐 해봄직한 일인가?' 하는 것이었죠. 두 가지라고 했지만 서로 연결되는 한 가지이고, 그러면서도 다시 분리되는 두 가지라고 할 수 있을 거예요. 재능도 없이 감히 예술 행위를 한다는 것은 무모한 일이라고 생각해요. 단 한번뿐인 삶이 너무나 안타깝게 소모될 수도 있기 때문이죠. 그리고 두 번째 질문은, 그렇게 평생을 바쳐 매진하는 시작(詩作)이 과연 무엇이 되어야 하는가라는 질문과도 통하는 것이고…. 여전히 스스로의 재능을 회의하고 있고, 여전히 제가 쓰는 시는 그 무엇도 되고 있지 못하다고 생각하지만, 그래도 그 질문을 마치 명(銘)처럼 줄곧 가까이 두다 보니 시작에 더욱 열심히 내게 되고 또 시인답지 못한 일들과도 일정한 거리를 두게도 되고 ….(웃음) 이 땅에서 태어나 모국어로 40년 동안이나 시를 쓰는 것은 감사한 일이죠.

강진호 : 선생님의 제4 시집(『빈들판을 걸어가면』)의 「무제1」에서 볼 수 있듯이, 맑고 서늘하다 못해 맵기까지 한 정신의 초월적 지향은 선생님 시의 대표적 특질 가운데 하나이지요. 그런데 그런 지향은 그 대척점

에 "출렁이는 관능"(「파도」, 제5시집『조용한 슬픔』)을 두고 있다는 점에서 매우 이채롭습니다. 특히 '봄'을 소재로 한 시편들에서 다양한 모습으로 나타나는데, 그런 관능의 실체는 무엇입니까?

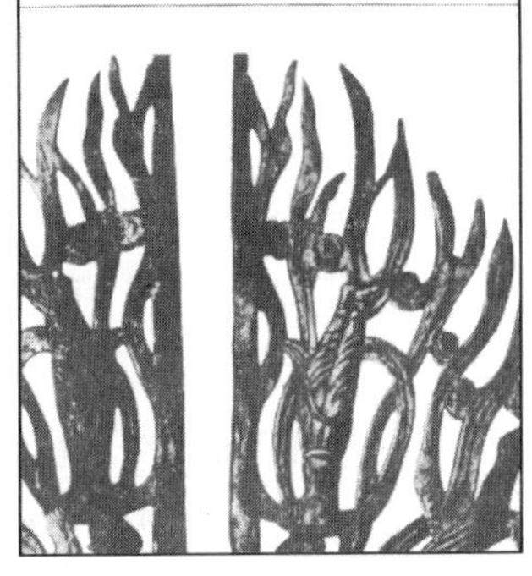

▲ 시집『빈 들판을 걸어가면』

허영자 : 저는 처음에는 인간의 삶을 이끄는 것은 정신의 지향이라고 생각했어요. 불의를 미워하고 어려움을 견디게 하고 옳은 것 혹은 절대적인 것을 향해 나아가게 하는 그런 정신적인 삶만이 있다고 믿었던 것이지요. 그런데 어느 날 '자궁'이라는 것이 있다는 것을, 정신보다는 그것이 더 큰 힘을 지니고 있다는 것을 깨달았습니다. 그것은 막으려 해도 막을 수 없는 완강한 힘이었습니다.

강진호 : '자궁'은 흔히 모성의 상징으로 통하지요. 그런데 선생님은 거기에 여성의 특성을 함께 부여한다는 말씀이시네요. 어머니는 타자(아이)를 위한 존재입니다. 그러나 어머니 역시 여성이다, 다시 말해 어머니는 '모성이며 여성' 인 존재이군요. 어머니 역시 자신만의 고유한 죽음을 완성할 수 있는 권리를 가진 존재이다… 선생님의 많은 시들을 다시 읽어봐야겠다는 생각이 드네요. 하지만 선생님의 시 「백자」에서는 '모성성'이 '여성성'보다 우월한 가치로 평가되며, 심지어 '여성성'은 부정적인 것이 됩니다. 이 점에 대해서 어떻게 생각하십

니까?

허영자 : 저는 스스로 허무주의자라고 생각해요. 사실 삶이란, 생명이란 허무
한 것입니다. 그러나 그와 같이 허무하다고 해서 그것이 근본적으로
부정되는 것은 아니지요. 삶이, 생명이 순간뿐임을 알기 때문에 오히
려 그것을 긍정하고 사랑할 수 있다고 생각해요. 순간이기 때문에
소중하고 순간이기 때문에 매달릴 수 없는 것이기도 하지요. 제가
말한 '자궁'의 문제를 '여성성'과 '모성성'의 문제와 연결시켜 볼
수 있을 거예요. 저로서는 지금 당장 뭐라 말하기 어려운데, 아무튼
제가 말한 '자궁'은 삶 혹은 생명의 양상입니다. 그러니까 본질적으
로 허무한 것이지요. 그렇다고 그 자체가 부정되는 것은 아닙니다.
아니 소중한 것이지요. 하지만 그냥 그 자체로 머무르는 것이 아니라
다른 그 무엇이 되어야 한다고 생각해요. 저는 현재를 인정하지 않는
'고행주의'나 현재에만 집착하는 '쾌락주의'를 모두 부정합니다. '자
궁'과 관련해서 말하자면, 그것에만 집착하면 '쾌락주의'가 되고 그
것을 지나치게 억압하면 '고행주의'가 되겠지요. 그것들은 지나치게
극단적이어서 자연스럽지 못해요. 제가 그것들을 부정하는 것도 그
때문입니다. 하지만, 초월이랄까 승화랄까 아니면 제가 「감」에서 노
래했던 것처럼 익는다고 할까, 아무튼 질적으로 다른 그 무엇이 되어
야 한다는 생각 때문에, 그리고 제 표현 능력이 부족해서 어떤 경우
그것을 부정적인 성격으로 드러내지 않았나 싶군요.

강진호 : 말씀을 듣고 보니까 선생님의 작품들 가운데는 '여성성'의 문제를
드러낸 작품도 꽤 있다고 생각합니다. "사랑이 나를 교활케 하여/이
제 나는 한 마리/은빛 여호로다"로 시작하는 「은호」와 「야광충」 등
이 그렇게 보입니다. 선생님이 보시기에 최근의 여성주의자(혹은 페

미니즘)에 대해서는 어떻게 생각하시는지요?

허영자 : 혹시 제가 잘못 알고 있는지도 모르겠습니다만, 여성주의자들의 주장
이 주로 여성의 권리에 대한 문제들인 것으로 보이는데 제가 젊었을
시절부터 주장해오고 또 글로도 써오면서 이야기하고 싶었던 것은
남성에 대한 도전이 곧 여성주의의 본질은 아니며 또 그렇게 되어서
도 안 된다는 생각입니다. 그것은 어쩌면 남성 본위의 사회제도에
대한 저항이라는 점에서 여성운동의 일부분은 될 수 있겠지요 그러
나 본질적으로는 여성의 개성이 남성의 개성과 다를 바 없는 특색이
며 그 차이점이 차별 받아서는 안 된다는 생각입니다. 따라서 남성에
의 동질성을 추구하거나 그런 측면에서 권리를 주장할 것이 아니라
동격 성을 강도 높게 주창하여야 한다고 생각합니다. 인간 사회가
조화롭기 위해서는 남성과 여성, 남성성과 여성성이 나란히 공존하
며 서로 협력하여야 한다고 봅니다. 어느 한 쪽으로 경도된 사회는
불구 성을 면치 못할 것이며 불행하기 그지없는 사회가 될 것입니다.
우리가 지난 역사에서 보면 여성들의 삶이란 지옥살이 바로 그것이
아니었겠습니까? 그러나 이제는 여성의 능력과 위상이 많이 달라지
고 있으며 여성에 대한 편견도 많이 수정되고 있습니다. 따라서 여성
주의의 방향이나 운동, 그리고 여성주의자들의 역할도 그에 따른
변모가 필요하겠지요.

강진호 : 그러면, 최근 여성 시인들의 시 쓰기에 대해서는 어떻게 생각하십니
까?

허영자 : 요즘 여성 시인들은 자신 있게 말을 하는 것 같아요 그건 참 보기
좋아요 공부들도 많이 하는 것 같고, 시에도 활력이 있고, 또 다양해
요 그런데 한 가지 아쉬움은 그네들이 쓰는 언어가 너무 거칠어요

물론 고운 말만 골라 쓰자는 것이 아니에요. 그런데 시의 언어가 아름답다고 할 때 말 자체가 아름다워서 그렇게 말하는 건가요? 작품의 전체 짜임관계 속에서 적절히 놓이고 또 적절히 골라질 때 그 말이 아름다울 수 있지요. 40년을 시를 쓰고 있지만 시라는 것은 참으로 무서운 물건이에요. 시는 언제나 내 모든 것을 버리고, 혹은 내 모든 것을 걸고 막 형성되고 있는 공간 안으로 들어오라고 요구해요. 그 안에서, 그것만이 요구하는 일관성을 이루기 위해 고치고 빼고 더하고 하는 것이지요. 시의 언어의 아름다움은 그 과정에서 생성되는 거예요. 물론 시로써 어떤 것을 비판할 수 있지요. 과격한 어조도 하나의 방법이 될 수 있겠지요. 그런데 거칠다는 것과 조악하다는 것은 다른 문제라고 생각해요. 조악한 것은 예술이 될 수 없어요. 우리가 어떤 것을 비판하는 것은 그것이 나쁜 것이니까 그것을 닮지 말자고 그렇게 하는 것입니다. 그렇지만 자칫 잘못하면 비판하는 것과 닮아지는 경우가 생겨요. 악을 비판하는 과정에서 그만 그 악을 닮아버리는 것이지요. 예술이 위대한 것은 그렇게 비판하면서도 그 비판의 대상과 결코 닮아지지 않는다는 점이에요. 예술이 그렇게 될 수 있는 것은 예술의 형상화 과정, 즉 정련하는 과정 때문이죠. 요즘 여성 시인들은 다 좋은데, 예술적 정련의 문제만큼은 심각하게 재고했으면 좋겠어요.

강진호 : 선생님의 시들에서는 삶의 아픔과 고독의 흔적이 진하게 묻어 있습니다. 사시면서 가장 힘들고 괴로웠던 일 혹은 시절이 있었다면 무엇인가요?

허영자 : 저라고 하는 한 여자가 살아오면서 보고 듣고 느끼고 겪은 모든 일들은 제 시 속에 모두 어떤 형태로든 담겨 있을 겁니다. 충격은

충격대로, 기쁨은 기쁨대로, 병적인 것은 또한 그 나름으로 담겨 있을 겁니다. 물론 직접적이고 구체적인 것은 은폐되어 있을지 모르지만 말입니다. 그런데 제가 살면서 가장 힘들고 괴로웠던 일들과 관련해서 말하자면, 제 개인적인 것들보다 오히려 8·15와 6·25와 4·19와 같은 역사의 전환점을 맞을 때였어요. 그것은 어느 것이나 '가치의 전도'라는 놀랍고 두려운 충격을 안겨주곤 했습니다. 인간을 비롯한 모든 것이 값이 달라지고 윤리니 도덕이니 하는 인간이 세운 모든 규범의 푯대가 하루아침에 무너지는 그런 물구나무선 세상을 본다는 것은 참으로 경악스러운 일이 아닐 수 없었지요. 그럴 때마다 저는 바닥이 없는 뿌우연 나락 속에 빠져 있는 것 같은 느낌이 들었습니다. 언젠가 다른 자리에서도 한 말이지만 저는 '절대적 사랑'을 믿습니다. 그것은 단순히 감상적인 차원의 이야기가 아닙니다. 거의 공포에 가까운 '가치의 전도' 현상을 목도하면서 이 세상에 믿을 것이라고는 아무 것도 남아 있지 않게 되었는데, 그럼에도 그런 세상을 견뎌가며 살아야 하는데, 우리가 과연 사랑 없이 살아갈 수 있을까요?"

강진호 : 이제 정년을 하시면 바쁜 일정에서 벗어나 한층 홀가분하고 여유 있는 생활을 하시리라 생각되는데, 앞으로 특별히 계획하고 계신 일은 있으십니까?

허영자 : 날마다 뉴스를 들으면 세상이 금방 망할 것같이 나쁜 소식들이 많고 나쁜 사람들이 많습니다. 그러나 드러나지 않게 착한 일을 하는 사람들이 세상에는 더 많은 것으로 압니다. 그런 분들이 있기에 세상은 망하지 않고 인류 사회는 발전을 거듭해 온 것이 아니겠습니까. 또 큰 뜻을 세워서 세상을 개조하고 사회를 개혁하려는 일에 투신하는

인물들도 많습니다. 저는 그 동안 그런 훌륭한 일을 하는 사람들과는 달리 자기가 좋아하는 글쓰는 일만을 해왔습니다. 자기 본위로 살아온 셈이죠.

이제 정년을 하게 되면 가능한 한 저도 다른 이를 위한 작은 일이나마 하고자 하는 마음입니다. 그렇다고 능력에 부치는 일은 하기 어렵겠고 예컨대 시를 보급하고 문학을 널리 알리는 일에 일조할 수 있다면 얼마나 좋을까 하는 생각을 하고 있습니다. 또 그 동안 바쁘다는 핑계로 미루어 두었던 공부들도 하여야 하겠구요 (웃음)

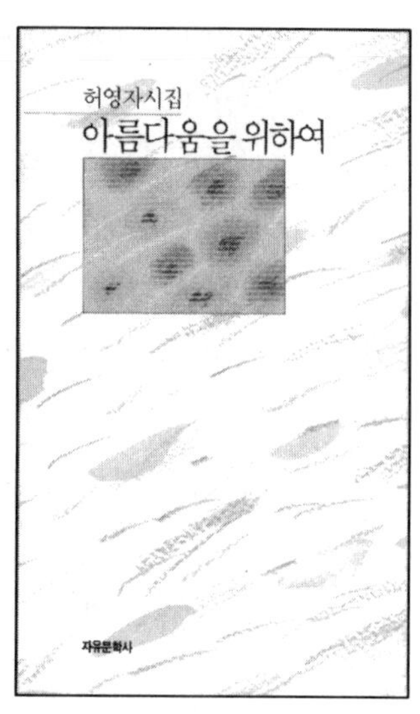

▲ 시집 『아름다움을 위하여』

강진호 : 마지막으로 이런 질문을 드리고 싶군요. 최근 우리 교육계는 전교조, NEIS, 사교육 등등의 문제로 매우 혼란스러운 양상인데, 최근 교육계의 현실에 대해서는 어떻게 생각하십니까? 그리고, 후배 교수들에게 당부하고 싶은 말씀이 있으시다면요?

허영자 : 해방 후 우리나라는 유래 없는 동족상잔의 전쟁을 치르기도 하였고 항상 과도기라는 말을 쓸 만큼 혼란을 겪어왔으며 그 혼란은 오늘까지도 계속되고 있습니다만 그 중에도 교육 행정만큼 수많은 변화와 혼란을 겪은 분야는 다시없을 것입니다. 그야말로 교육은 백년대계라 하였는데 이런 혼란을 겪으면서 희생된 것은 역시 학생들이었습

니다. 행정 책임자가 바뀔 때마다 정책이 바뀌니 이런 교육 방법이 어디 있겠습니까?

이런 때일수록 묵묵히 교육자로서의 책임을 다하는 참 선생님들이 있어야 하겠습니다. 교육자는 비록 가난하고 어려움이 많을지라도 스승이라는 자부심과 권위를 지켜나가도록 하여야 한다고 봅니다. 이는 오늘과 같은 현실에서는 참으로 굳건한 의지가 없이는 지켜나가기가 어려운 일이기는 합니다만….

젊은 교수님들은 많은 것을 잘 해나가고 있다고 생각합니다. 앞으로는 예전처럼 정년이 보장되는 대학이 아닌 만큼 더 많이 연구하고 더 많이 노력들 하셔야 겠지요. 학문과 인격 양면에서 존경받는, 그리고 젊은이들을 사랑하는 마음과 신념을 가진 교육자가 되어 주십사 하는 것이 외람되나마 저의 바람이라 하겠습니다.

강진호 : 오랜 시간 좋은 말씀 들려 주셔서 감사합니다. 늘 건강하시고 좋은 시 많이 쓰시기를 기원합니다.

30년에 걸친 친구 또는 동지

김종길[*]

허영자 시인을 처음 만난 것이 언제였는지 또 어디서였는지는 지금 기억이 나지 않는다. <청미회>가 결성되어 동인사화집『돌과 사랑』제 1집이 나온 것이 1963년 4월이니까 아마 내가 그의 이름을 알게 되고 그를 그의 동인들과 함께 만나게 된 것은 그 무렵이었을 것이다. 그러나 만약에 그렇지 않았다면 그 이전에 한국 시협 회원들이 모이는 다방 같은 데서 그의 스승인 김남조 시인을 따라나왔을 법한 그를 보았을 가능성도 있을 것 같다.

그것이야 어찌 됐든 허영자라는 이름이 내게 하나의 충격으로 다가선 것은 그의 둘째 시집『친전(親展)』을 통해서였다. 그의 첫 시집『가슴엔 듯 눈엔 듯』도 그 제목부터가 이른바 "고백시(confessional poetry)"라 할 수 있는 시풍을 암시하지만 둘째 시집에 이르러서는 그 시풍이 한결 성숙되고 안정된 느낌을 준다. 그리고『친전』이라는 제목은 시인의 고백의 대상이 실재이든 허구이든 한 사람의 애인임을 명시하고 있다. 이렇게 허영자 시의 기본적인 성격은

---

[*] 시인 · 전 고려대 교수

그것이 고백시이며 애정시라는 데에서 찾아야 할 것이다.

그러나 지금 돌이켜보면 시집 『친전』이 내게 충격을 준 데에는 시집 자체의 무게에 못지 않게 어떤 현실적인 계기가 작용했던 것 같다. 그 계기란 다름 아닌 1972년도 한국시협상 심사이다. 그 무렵 한국 시협의 회장은 박목월 선생이었고 심의 위원장은 박남수 선생이었는데 그분들이 선임한 다섯 사람의 시협상 심사위원 가운데에 나도 끼어 있었던 것이다.

시협상은 매년 3월 하순에 열리는 시협 총회에서 수여되는 것이 관례이기 때문에 그해에도 시협상 심사는 2월 하순경이나 3월 초순경에 있었을 것이다. 장소는 당시 시협 사무실이 있었던 관철동의 어느 이층 다방이었는데 거기서 타결이 되지 않아 그 근방의 어느 음식점으로 자리를 옮겨가면서 전후 너댓 시간에 걸친 격론 끝에 결정을 본 시협상의 역사상 아마 유례가 드문 심사였을 것이다.

그해의 시협상 심사가 그렇게 된 것은 주로 나 자신의 고집 때문이었다. 시협상은 전년도에 발간된 시집 가운데서 가장 훌륭한 시집을 낸 시인에게 주어지는 것이지 시인의 년조와 같은 그밖의 조건들은 고려하지 않는 상이다. 그러한 점에서 나는 그 전년도, 즉 1971년도에 출판된 시집 중에서는 허영자 의 『친전』이 단연 두각을 드러낸 시집으로 믿어 의심치 않았던 것이다.

그런데 일차 표결의 결과 나를 제외한 네 사람이 다 정한모 시인의 『아가의 방』을 밀고 있는 것이 아닌가! 정한모 시인은 그때 서울대학 국문과 교수이며 한국 시협의 사무국장직을 맡고 있었다. 그리고 허영자 시인이 숙명여대 재학 시에 그 대학에 출강하여 그를 가르친 바도 있는 분이었다. 그러니 그 분이 시협상을 수항하는 것이 겉으로 보아서는 백번 온당해 보이리라는 것을 나라 고 모를 리가 있었겠는가.

그러나 나는 그와 같은 상식적인 고려에서 수상자가 결정되어서는 안된다 는 원칙을 고수하느라고 동료심사위원들에게는 실례를 무릅쓰고 심사에서 빠지겠다고까지 선언했으나 회장과 심사위원장의 중재로 장소를 옮겨 다시 심사를 속개한 결과 1972년도 시협상은 정한모 시인과 허영자 시인이 공동으로 수상하게 되었다. 사실 그 때까지 나는 허영자라는 젊은 여류시인이 있다는 것을 알고 있었을 뿐 그와의 개인적인 친분 같은 것은 전혀 없었다. 개인적인 친분으로 말하면 거의 동년배인 정한모 시인과 훨씬 친숙한 사이였던 것이다.

아무튼 내가 허영자 시인과 가까워지고 그를 익히 알게 된 것은 그 해의 시협상 심사를 통해서였다. 그러니 나는 그의 시를 먼저 알고 그의 사람됨을 뒤에 안 셈이다. 그의 시는 주지하다시피 대담한 단순화를 통한 명징함과 강렬함이 특징인데 그의 사람됨 역시 단순하리만큼 분명하고 강렬하다. 나는 이미 그의 시를 이야기하는 자리에서 그가 특히 애착을 가진 듯이 보이는 다음과 같은 그의 작품 「무제(無題)1」이 그의 좌우명으로서 더욱 흥미가 있다고 말한 것도 그 때문이었다.

　　　돌틈에서 솟아나는
　　　싸늘한 샘물처럼

　　　눈밭에 고개드는
　　　새파란 팟종처럼

　　　그렇게
　　　맑게,

　　　또한 그렇게
　　　매웁게.

내가 앞에서 말한 '분명함'과 '강렬함'이 앞의 작품에 보이는 '맑음'과 '매움'과 상통한다. 그리하여 그 자리에서의 이야기를 나는 다음과 같이 끝맺었던 것이다.

차고 맑고 맵게 살아가기를 희구하는 것은 비단 한 여류시인의 소망일 뿐만 아니라 깨끗하고 정직하게 살기를 바라는 모든 사람의 지향이기도 하다 내가 보기에는 가슴 속에 뜨거운 불길을 간직하면서도 청신하고 정직하고 굳세게 살고 있는 이가 허영자이지만 이러한 그의 삶에 있어서의 매무새는 그의 참신하고 강렬한 시적 개성과 무관한 것이 아니다.

내가 10여 년 연하의 여류시인인 허영자 시인과 지금까지 30년 남짓 가깝게 지내온 것은 그의 시와 더불어, 아니 그보다도 더 그의 인품이 마음에 들었기 때문이다. 그의 인품이 "마음에 들었"다기보다도 그의 성미가 나 자신의 그것과 일맥상통한다고 말하는 것이 더 정확한 이야기가 될지 모른다. 말하자면 의기가 투합하는 친구 내지 동지 사이와 같은 사이가 그와 나 사이이다. 그와 나의 교제는 이성간의 그것이 아니라 친구 내지 동지간의 그것인 것이다.

사실 우리 사이는 따지고 보면 사돈벌이 된다. 그의 어머님과 나의 사돈 한 분이 이종간이니 그는 나의 사위 한 사람과 6촌 사이가 된다. 옛날의 우리네 풍습 같으면 우리는 서로 얼굴 맞대기를 피하는 이른바 내외를 해야 할 사이인 것이다.

그것이야 어쨌든 허영자 시인은 또한 실생활에 있어서도 매우 유능한 사람이다. 그는 오랫동안 홀어머님을 보살피며 살아오고 있는 무남독녀이지만 집안 대소사를 혼자서 그것도 여성으로서 처리하는 솜씨가 남의 아들 열 부럽지 않을 만큼 칠칠해 보인다. 나는 평소에도 그를 지켜보면서 늘 그렇게 생각했었지만 그 점을 내 눈으로 재확인한 것은 그가 한국시협 회장으로 있던 2001년 늦가을 그의 고향인 경남 함양에서 열린 시협 세미나에 참가했을 때이다.

그때까지만 해도 대전과 진주 사이의 이른바 대진고속도로가 반쯤밖에 개통되지 않았었는데 시협회원들을 태운 전세버스는 그 새로 트인 고속도로로

금산, 장수를 거쳐 육십령 고개를 넘고 안의(安義) 일대의 서원과 고가들을 둘러 본 다음 저녁나절에야 함양에 도착하였다. 함양군수가 주최한 만찬에는 우리 일행과 그 지방의 문인들, 그리고 지방 유지들이 초대되어 성황을 이루었는데 그와 같은 성대한 만찬도 그곳 출신인 시협회장의 사전 주선에 힘입은 것임은 두말할 것도 없다.

신라 말 천령(天嶺)이라 불리웠던 함양 고을의 태수(太守)로 부임해 온 최치원(崔致遠) 선생이 지리산에서 발원하는 마천강의 물길을 돌리기 위해 조성했다는 숲 상림 가까이 위치한 여관에 숙박한 나는 다음날 그 숲의 끝까지 갔다오는 새벽 산책도 즐길 수 있었고 세미나가 끝난 뒤 유명한 학사루(學士樓)에도 올라보았다. 그리하여 비록 총총한 걸음이긴 했지만 내가 한 번 가보고 싶었던 경상우도(慶尙右道)의 웅부(雄府) 함양을 찾게 된 것도 실은 허영자 시인 덕분이었다.

그러나 한 집안의 무남독녀로 아들 뺨치게 집안일을 처리하는 그의 능력을 내가 재확인 한 것은 그날 점심식사를 마치고 함양을 떠나오면서였다. 우리가 탄 버스가 함양 교외의 산모롱이를 돌기 직전 그리 멀지 않은 산기슭에 나란히 세워진 비석 둘을 가리키며 우리 일행을 전송하려고 동승한 함양 문협지부의 대표되는 분이 그것이 허영자 시인의 할머님과 아버님의 추모비라고 하였다.

분묘의 이장이나 상석을 놓고 묘비를 세운다는 것은 남자로서도 여간 어려운 일이 아닌데 그 거창한 일을 여성의 몸으로 혼자서 해냈다는 것은 족히 혀를 내두를 만하다. 아마 그는 가족 묘지를 구상하고 고향이면서도 교통이 편리하고 접근이 용이한 양지바른 곳을 골라 적당한 면적의 땅을 매입했으리라.

이렇듯 허영자 시인에게는 여장부라고 할만한 자질과 능력이 있다. 단순한 일개 시인이나 교수에 그치지 않고 그는 실천력과 영도력까지를 겸비하고 있는 것이다. 옛부터 영남에서는 "좌안동·우함양(左安東·右咸陽)"이라는 말이 있는데 많은 인재를 배출한 점에 있어서 경상좌도에서는 안동이 제일이요 경상우도에서는 함양이 제일이라는 뜻이다. 나 자신은 우연히 안동 출신이지만 스스로 인재 축에 낄 수 있다고 생각되지 않지만 허영자 시인은 확실히 인재의 고장 함양이 낳은 당대의 인재라 할 만하다.

맑고 매운 또는 분명하고 강렬한 것을 좋아하는 성미를 공유하는 친구 또는 동지로서 지난 30년 남짓 이어져온 우리의 교분을 돌이켜보며 건강한 몸과 마음을 간직한 채 정년퇴임하는 허영자 시인에게 마음껏 축하의 인사를 드린다. 흔히 정년퇴임은 서운하고 위로를 받을 일로 생각되고 있지만 그 자신은 결코 그렇게 생각하고 있지 않는 것으로 확신하기 때문이다.

그 누님의 착한 동생이고 싶다
— 내가 아는 許英子 선생

나태주*

허영자 선생과의 이야기를 꺼내려면 꽤나 시계를 뒤로 돌려야 하고 마음을
아스무레 연한 보랏빛에 물들어야 한다. 그것은 허 선생이 『현대문학』지에
추천을 받던 때의 일이니까, 40년도 훨씬 전의 일인가 싶다. 그 때 나는 공주사
범학교, 그러니까 졸업하면 초등학교 교사가 되는 고등학교에 다니는 학생이
었다. 무슨 신명에 잡혔던지 기어코 시인이 되겠노라 저 혼자 앞날의 목표를
세우고 나는 고등학교 1학년 때부터 문학전문 잡지인 『현대문학』을 달마다
꼬박꼬박 사서 읽는 조숙성을 보였다.

고등학교 2학년 때, 만 나이 16세. 무엇을 얼마나 알고 그랬었을까? 반은
허풍으로 그랬을 것이다. 1961년 2월호 『현대문학』에 「道程戀歌」란 아주
예쁜 시가 실려있었는데 그것은 朴木月 선생이 추천한 신인의 작품이었다.
許英子. 이름은 분명 여자인데 박목월 선생의 추천사에는 '허군'으로 되어
있었다. 왜 '허양'이 아니라 '허군'일까? 이유를 알게된 것은 훨씬 뒤의 일이었

---

* 시인, 상서 초등학교 교장

지만(목월 선생은 여성제자에게도 남성제자에게처럼 기대를 건다는 뜻으로
남성의 호칭인 '군'을 쓰셨다 한다. 말하자면 양성평등을 일찌감치 실천하신
예라 할 것이다.) 어쨌든 첫 번째 시가 좋았고 내쳐 추천되는 「戀歌 三首」와
「思母曲」과 같은 시들 모두가 마음에 와 닿았다. 언어가 깔끔하고 풋풋하면
서도 아름답고 또 절절한 그 무엇인가가 숨어 있었다. 어쩌면 그것은 아련한
아픔 같은 것이었고 연한 시장끼 같기도 한 느낌이었다.

　이전에 이미 많은 시인들을 알고 있었고 그들의 시편들을 읽은 바 있었지만
그에 더하여 허영자란 시인과 그의 시편들은 어린 가슴에 분명한 몸짓과 향기
도 刻印되기에 충분했다. 운명적이라고나 할까?(젊은 시절을 돌아보면 그런
일들이 하나 둘이 아니다.) 나는 허영자의 시에 무조건적으로 몰입하게 되었고
경도되게 되었다. 시를 쓰리라. 허영자의 시같이 예쁘면서도 가슴 저린 시를
쓰리라. 그리하여 나는 그 다음해 「戀歌抄」란 제목의 시를 써서 그 당시
충청지방의 유일한 신문이었던 <중도일보>에 투고, 인쇄되기에 이른다. 나
로선 최초로 지상에 발표된 시이다. 제목에서 이미 짚이는 바와 같이 이 시는
허 선생의 추천시에서 '연가'란 말을 따오고 그 즈음 구입해 읽는 미당 선생의
『新羅抄』란 시집에서 '抄'란 글자를 빌려다가 조합한 것이겠다. 시의 내용이
야 내가 쓴 것이니까 많이 다르다.

　　거지나 될거나
　　옷일랑은 千結 萬結 기워 입고
　　거지나 될거나!

　　송진냄새
　　고개 우흐로
　　소곳이 스미는
　　먼 南道길을 걸어나 갈거나

사뭇
눗날 같이 피었다
떨어지는
바람에 쌓이는
꽃을 밟고
노을에 비친 꽃잎을 밟고
끝없이 갈꺼나

거지나 될꺼나
말 못하는 거지나 될거나
가는 곳마다 푸대접에
마을 어귀에 앉아 우는
거지나 될거나.

— 졸시, 「戀歌抄」일부, 1962, 〈중도일보〉

'거지'란 말에서 번져 나오는 느낌을 앞세워 낭만 의지, 방랑 충동 같은 것을 표현해본 시인데 이 시야말로 고등학교 2학년생의 푼수로서는 나름대로 풀어서 쓴 '연가'가 아니겠는가 싶다.

그런 뒤, 나는 국민학교 선생이 되기도 하고, 육군에 입대하여 초록빛 옷을 입은 군인이 되기도 한다. 더 나아가 파월부대 용사가 되어 비둘기부대의 '나병장'이 되기도 한다. 1968년. 더운 常夏의 나라, 야자나무 숲과 바나나무와 선인장의 나라에서 나는 문득 허영자란 이름과 시를 또다시 맞딱드린다. 그것은 한국에서 건너온 대중 주간잡지의 어느 귀퉁이에서일 것이다.

잠이 안 옵니다
바깥은 밤새 비가 따루고…
나는 참으로 어리석은 여자였습니다

무시무시한
전장에서 돌아오신 당신
쓸쓸한 저녁답
거리를 기웃거리는
당신의 고독을

단 한번도 위로할 줄 몰랐습니다

차갑게 피가 얼은
도회지 여자를
슬프디 슬프게 바라보던 당신

― 「비오는 밤에」 일부

어쩌면 이렇게 내 마음을 어루만지는 말들만 골라서 썼을까? 차라리 이 시는 나를 위해서, 내 마음과 처지를 알고서 쓴 시가 아닐까 싶은 어리석지만 달콤한 착각에 빠지게 했다.

그러한 허 선생과 내가 知面의 관계로 만나게 된 것은 아무래도 <서울신문> 신춘문예로 문단에 나간 1971년을 기다려서라 하겠다. 두 번째 시집 『親展』으로부터 시집이 새로이 나올 때마다 꼬박꼬박 책을 내려주시곤 했다. 사람이 사람을 좋아하고 싫어하는 것은 누가 시키거나 말려서 가능한 것이 아니고 특별한 이유가 있어서 그런 것이 아니다. 그것은 어쩔 수 없이 그런 것이고 그냥 그런 것이다. 누군가의 시를 좋아하고 싫어함도 마찬가지일 것이다. 나는 '어쩔 수 없이', '그냥' 허 선생의 시가 좋았던 것이다. 그래서 허 선생의 시와 핏줄이 닿는 시를 쓰려고 애썼다. 인간적으로도 수월찮은 친근감을 느꼈다면 허 선생이나 내나 시의 選者(朴木月 선생)가 같았다고 공통분모도 많이 작용했을 것이다.

1978년 여름이었지 싶다. 선생한테서 두툼한 책 한 권이 보내져왔다. 선생의 첫 수필집 『한 송이 꽃도 당신 뜻으로』였다. 받아든 즉시 책을 끝까지 읽었다. 시와는 또 다른 향기와 빛깔이 번지는 글들이었다. 박하사탕을 먹은 것처럼 가슴이 환했다. 灑落, 바로 그것이었다. 허 선생의 산문은 시인의 산문으로서 朴木月 선생, 金南祚 선생의 산문 이래로 신선감을 주었다. 여기서 나는 어줍잖게도 시 한편을 지어 선생께 올리는 만용을 보이게 된다.

무릇 현철한 여자란
그가 가진 가슴속의 실향기와 따스함과 지혜로서
살맞은 산짐승인양 蕪雜한 사내들을 길들이나니,
천천히 천천히 길들이나니,
호령보다는 낮은 속삭임으로
교태보다는 맑은 눈빛으로
세상의 모든 사내들을 홀리나니
홀리나니…

시인이시여
신라의 한낮 찬란한 모란꽃이었던
善德女王의 後身인 시인이시여
내 당신 앞에 志鬼되어 무릎 꿇으리이까!
당신의 황금 팔찌를 탐하리이까!

오로지 영롱하고 맑은 시로써 당신은
세상의 모든 사내들이 연인이 됩소서
술 취해 계집질하고 나오는 부끄러운 사내들의 이마 위에도
새벽 별 되어 뜹소서

— 졸시, 「後身」, 1978. 5. 26

어찌 한 두 번으로 끝났을까. 살아오면서 이 저런 시단의 모임, 문학 행사로 해서 허 선생을 여러 차례 뵈온 바 있다. 때마다 선생은 부드럽고 잔양한 눈빛과 더불어 살가운 말씀을 얹어주셨다. "나 선생, 부디 좋은 시 쓰세요" "술 좀 적게 마시고 건강도 챙기도록 하세요"그것은 축복이었고 충고였고 육친의 부드러운 염려였다. 왜 아니랴. 나는 허 선생을 생각할 때마다 성씨 다르고 고향과 집안이 다르지만 육친의 누님 같은 친애감을 갖는다. 시의 흐름으로 보아 시인의 族譜로 보아 충분히 시인의 家系가 있을 수 있다. 나로서 볼 땐 金素月이나 金永郎 선생은 할아버지뻘이고, 朴木月 선생은 아버지, 徐廷柱 선생은 당숙쯤이고 朴在森 선생이 삼촌이라면 허 선생은 누님이 된다. 시의 누님. 시인의 족보로 볼 때의 누님. 생각해보면 그렇게 혼자서 생각하면서 꿈꾸면서 살아온 날들이 꿈결만 같고 외로운 대로 행복하 기도 했다. 세월이 허락하기만 한다면 앞으로도 나는 그 누님의 착한 남동생으 로 살면서 시를 쓰고 싶다. 자신은 없는 일이지만 앞으로도 좋은 시를 써서, 좋은 시집을 내어 보여드리고 싶다.

1998년, 허 선생이 화갑을 맞았을 때 또 『全詩集』과 『選隨筆』을 곱게 만들어 한 묶음으로 보내준 일이 있다. 두 권의 책을 싼 띠지에 '蘭交'란 글자가 쓰여 있었다. 난초 꽃 같은 사귐을 갖자는 말씀일 것이다. 난초처럼 和而不同의 삶을 지향하자는 주문일 것이다. 나는 또다시 부질없는 시 한편 을 지어 선생에게 올렸다.

우거질 대로 우거졌으되
하나 하나 모습 다르고,
하나하나 모습 다르되
어우러져 썩 보기가 좋은

난초와 같이

난초 이파리 같이

멀은 듯 가깝고 가까운 듯 멀게
살자 하심입니까
향기조차 안으로 은은히
머금자 하심입니까.

— 졸시, 「蘭交」 전문, 1989. 11. 13

세월이란 공평하고 無私하다. 내가 고등학교 학생으로 허영자란 어여쁜 처녀시인의 이름을 처음 외운 것이 분명 오래지 않은 것 같은데 허 선생이 이제 환갑을 지나 근무하고 있던 대학에서도 머잖아 정년이시란 말인가. 하기사 나도 이제 머잖아 회갑의 나이가 되지 않는가.

얼마 전, 그러니까 두어 달 전 대전에서 재능시낭송대회 심사의 일로 만났을 때, 선생은 내게 "평생을 나 하고 싶은 일을 하면서 한국어로 시도 쓸 만큼 쓰면서 살았으니 세상에 감사하고 한국어에 감사한다." 는 말씀을 하셨다. 부디 우리 누님, 대학에서 정년을 하시더라도 더욱 건승하시고 좋은 시 계속 쓰시어 뒤따라가는 우리들 머리 위에 밝은 등불로 비춰주실 것을 빌어본다.

마지막으로 선생의 『全詩集』에도 실려 있지 않은 선생의 시가 두 편 내 낡은 노트에 적혀 있기로 여기에 자료 삼아 옮겨 적어본다. 이는 내가 그동안 허 선생을 얼마나 오래 동안 좋아하고 따르고 그랬는가를 보여주는 한 조그만 증거일 터이다.

오래 오래
살아주서요

그래서

당신이 70일 때
잊지 말아주서요

불타는 野望도
일도
사랑도
죄다 젊은이들이 맡아가고

더 많이 홀로이
더 많이 조용한
그런 어떤 날
부디 잊지 말아주서요

살갗은 두터운 枯木 껍질
그 위에 피어난
얼룩 검버섯

가을 햇빛 반짝이는 속을
풀솜 같은 머리칼로
돌아오리다

70일 때
눈 먼 당신
늙어서 더 많이 작아진
女子를 품에 품고

잊지 말아주서요
머나먼 스무 살

맑디맑은 그 눈물을…

— 「당신이 70일 때」, 『신동아』, 1973년 2월호

땅 속 깊이
배암은 잠들고

알몸 나무도
잠들고

살아있는 마음처럼
흰눈은 내리느니—

妖怪로히 타오르는
情炎의 푸른 불길,

내 시름의
아픈 잔뿌리들 위에

눈이여 펑펑
내려 쌓여라.

— 「겨울 斷章」, 『한국문학』, 1976년 2월호

박목월 시인 문하생으로 만난 인연

신규호[*]

내가 허영자 시인을 처음 만난 것은 1970년대 초엽이었다. 어느 날, 목월의 문하생 몇 명이 선생님을 모시고 당시 불광동에 있는 허 시인 댁을 방문했을 때였다. 아마 허 시인께서 목월 선생님을 댁으로 모시면서 선생님의 문하생도 함께 초청하신 것이 아니었나 생각된다.

푸른 잔디가 곱게 깔린 마당에 돌 조각상이 하나 서 있는 아담한 단층집이었던 것으로 기억된다. 잘 정돈된 거실에는 작은 페치카가 있었고, 모든 가구들이 조금의 흐트러짐이 없이 가지런히 정돈되어 있어서 집주인의 깔끔한 성격을 한눈에 알아볼 수 있었다. 허 시인의 서재를 들여다보시던 목월 선생께서 탄성을 발하시며 반어법으로 "허군, 귀신 나오겠다!" 하시던 말씀이 아직 귀에 생생하다. 책꽂이에 꽂혀 있는 책들이나 방안의 집기들이 완벽한 질서 속에 하나도 어긋남이 없이 깨끗이 잘 정리된 것을 보시고 하신 말씀이었다. 목월 선생님의 서재는 언제나 이 구석 저 구석 책들이 수북이 쌓여

* 시인, 성결대 교수

앉을 자리가 비좁았는데, 거기 비하면 너무나 대조적이었으니 그렇게 표현하셨을 것이다.

허 시인댁 첫 방문 때 받은 이런 인상은, 그 후 오늘에 이르기까지 오랜 세월동안 허 시인과 함께 목월 문하생들의 친목 모임인 '목월회'의 같은 회원으로 교분을 쌓아 오면서도 변함이 없었다. 사람을 대하는 친절함과 상냥한 말씨, 그리고 항상 단정하게 차려 입은 옷 맵씨등이 어쩌면 그렇게 빈틈없이 완벽할 수 있는 것인지, 여러 면에서 헛점이 많은 나로서는 허 시인을 대할 때마다 존경하는 마음을 지니지 않을 수 없었다.

1978년 목월 선생님이 돌아가시고, 제자들 가운데 선생님의 추천으로 시단에 등단한 시인들 40여 명이 모여 선생님을 추모하고 회원간의 친목을 도모하기 위해 '목월회'를 결성해서 오늘에 이르고 있는데, 허 시인께서 오랜 동안 그 모임의 회장직을 맡아 수고하셨다. 한 동안 내가 회장인 허 시인을 모시고 총무 일을 맡았었는데, 그 때도 역시 모든 일을 깔끔하게 처리해 나가는 인품을 확인할 수 있었다.

새 천 년을 맞으면서 허 시인께서 한국시인협회의 회장직을 맡게 된 것도 우연이 아니었다. 시인으로서의 경륜으로 보나 완벽하고 빈틈없는 성품과 고매한 인격으로 보나, 한국의 시인들을 대표할 충분한 자격을 갖추었기 때문이었다. 시인들의 모임인 한국시협이 수 십 년의 역사를 지내오는 동안 변변한 사무실 하나 없이 회장이 변동될 때마다 이리저리 더부살이하는 신세였는데, 허 시인께서 회장직을 맡은 후 아담한 오피스텔을 구입하여 소망이던 사무실도 마련하였고, 임기 말에는 여러 가지 어려움을 극복하고 마침내 시인협회를 사단법인으로 등록하여 확고한 기반을 다져 놓았으니, 참으로 여장부라 일컬을 만하다고 아니할 수 없다.

그 인품과 인격이 말해 주듯, 허 시인의 작품도 군더더기 하나 없는 완결미를 갖추고 있다는 점이 특징이다. 언어 예술인 시 창작에 있어 군더더기 없는

간결한 형식 속에 중후한 메시지를 담는다는 것은 아무나 할 수 있는 일이
아니다. 일찍이 뷔퐁이 "글은 사람이다."라고 말했듯이, 허 시인의 작품을
보면 이름을 밝히지 않았다 해도 허 시인의 것임을 곧 알아볼 수 있을 정도로
개성적이고 독창적이다. 우리 시사에서 '언어의 연금술사'라 칭함을 받고 있
는 목월 시인의 제자답게 허 시인이야말로 우리 시단의 또 다른 언어의 연금술
사라고 할 만하다.

마음이 어지러운 날은
수를 놓는다

금실 은실 청홍실
따라서 가면
가슴 속 아우성은 절로 갈앉고

처음 보는 수풀
정갈한 자갈돌의
강변에 이르른다

남향 햇볕 속에
수를 놓고 앉으면

세사번뇌
무궁한 사랑의 슬픔을
참아내올 듯

머언
극락정토가는 길도
보일 상싶다.

「자수」라는 제목의 이 시는 단순히 수를 놓는 이야기가 아닌, 참으로 심오한 한 편의 예술론이자 인생론을 담고 있다. 간결하면서도 음악적 리듬을 잘 살린 형식 속에 이 만큼 한 메시지를 담을 수 있게 창작한다는 것이 쉬운 일이 아니다. 결코 어렵지 않은 평범한 어휘를 사용하여 빚은 이 작품 하나만 보아도 허 시인의 시세계가 확연히 드러난다.

> "…나의 눈과 귀와 손바닥과 발바닥과 머리로 아는 세계, 그 복잡한 무질서한 경험들을 종합, 이산, 조화시켜서 가장 간결하고 압축된 언어로 성실히 표현함으로써 나는 내 영혼의 하늘에 섬광을 일으키고 또 어디라 비유할 수 없는 쾌감과 즐거움을 느낀다. 한 마디로 이 기쁨을 만끽하기 위하여 시를 쓴다고 할 수 있다."

이 글에서 밝히고 있는 허 시인 자신의 고백처럼 완결미를 갖춘 그의 시는 읽는 이의 영혼에 '섬광'을 일으키게 하고 비교할 수 없는 쾌감과 즐거움을 느끼게 한다.

어느덧 세월이 흘러 30년 이상을 대학교수로 봉직해 온 허 시인에게도 정년이 다가와 이제 교단을 떠나시게 되었다니, 참으로 살처럼 빠른 것이 시간인가 보다. 정년을 맞았다 해도 허 시인에게는 시인으로서 해야 할 일이 더욱 많으리라 생각한다. 아무쪼록 남은 여생을 오래 오래 건강한 몸으로 장수하시기를 하나님께 기원하며, 주옥같은 작품을 많이 생산하셔서, 우리 한국 시간을 풍요롭게 가꾸어 주시기를 간절히 소망한다.

어리석은 천재, 천재적인 바보

신달자[*]

"허영자 시인이 미도파 백화점에서 물건을 훔쳤다."

이런 기사를 신문에서 보았다고 할 때 설령 그 신문기사를 내 눈으로 직접 보았다고 하더라도 아마도 나는 그 사건에는 반드시 어떤 이유가 있을 것이라고 생각할 것이라는 말을 한 적이 있다.

30년도 훨씬 전 숙명여대 부근 해질 무렵의 허름한 국수 집에서 언니와 나눈 이야기 중의 하나였다.

"그만큼 나를 믿는단 말이지?"

"그래요. 그것이 도적질이라도 그것에는 분명하고 확실한 그리고 그것이 최선인 그 어떤 이유가 있을 것이라고 나는 믿을 거예요."

그랬다. 나는 언니를 의심하지 않았다. 생각해 보면 무조건 같은 무모한 신뢰라고 해도 과언이 아닐 것 같은 그런 인간적 신뢰를 나는 언니에게 가지고 있었다.

---

[*] 시인 · 명지대 문창과 교수

그것은 처음 언니를 만나는 그 시절 내가 만난 많은 사람 중에 아주 특별한 사람이었고 아름다운 충격을 주었던 사람이었는데 무엇보다 냉정한 판단력과 그 냉정함 속에 따스한 사랑을 가지고 있었기 때문이었고 번뜩이는 분별력과 흐지부지 시간을 흘리지 않는 부지런함이 갖는 책임감을 함께 지니고 있는 사람으로 나는 보았기 때문이다.

그리고 적어도 사랑이라는 문제에서 계산하거나 이익을 추구하지 않고 그것이 사랑이기만 하면 자신을 던질 수 있는 정직성이 있기 때문이었다.

이런 경우 정직성은 열정이라는 말보다 훨씬 눈부신 말이다.

내가 언니를 만난 것은 19살에 숙명여대 국문과 1학년에 들어가면서부터다. 그때 언니는 국문과 조교를 맡고 있었고 대학원 1학년이었다.

한복을 곱게 있었던 언니를 처음 보았고 그 매무새가 매우 단정했다는 것이 처음 인상이었다.

언니는 김남조 선생님이 가장 사랑하는 제자였으므로 그분께 가까이 가고 있는 나도 언니와 자연히 자주 접하게 된 것이 언니를 알고 좋아하고 사랑한 계기가 되었던 것이다.

나는 그 시절 남자친구를 만나는 시간보다 그렇게 셋이 만나 사랑과 문학에 대한 이야기를 하는 일을 더 행복하게 생각하고 있었다.

언니는 자신이 가지고 있는 도도한 경력에 비해 아주 겸손하였고 그 정도의 경력과 실력이면 거머쥘 수 있는 야망에 초연하기까지 했다.

주어진 작은 일에 충실해 보였고 내가 보기에는 대단하게 보이는 언니에게 누군가가 작은 친절을 보여도 그것에 감동하고 감사하게 생각하는 것이 그 당시 몹시 황당하게 보였다.

언니의 교만은 남에게나 자신에게 엉터리를 참아 내지 못하는 것이었으며 인간의 진실에 인간의 최고 평가를 하고 있는 듯 보였다.

　그러나 무엇보다 언니에게 질투를 느낀 것은 그런 인간적 탁월함이 아니었다. 문학의 밤에서 만난 박목월 선생님이 언니의 시를 들으시고 바로 현대문학에 추천을 하셨고 그 평은 많은 사람들의 공감대를 가져 왔었다.

　짧지만 내용이 확실하고 핵심에서 벗어나지 않는 눈부신 단어 사용은 많은 사람들을 놀라게 했다.

　언니의 시는 주목받았고 미래에 거는 최상의 신인으로 그 모습을 드러내고 있었다. 나는 언니의 시가 발표될 때마다 숨을 죽이고 읽었고 질투를 느꼈고 언제 나도 저런 시인으로 태어날 수 있을지 절망하고 괴로워하곤 했었다.

　무슨 인연인지 모르지만 그렇게 언니와 지금까지 19살에서 내가 60의 나이를 넘을 때까지 살아오면서 참 많이도 만나고 많이도 이야기하고 참 많이도 언니를 좋아했다.

　같은 대학의 출신으로 박목월 선생님의 같은 추천으로 김남조 선생님의 제자로 부끄럽지만 같은 시인으로 같은 동네에 살았던 인연으로 여러 가지 인연을 꼽을 수 있지만 결국은 언니와 가까워질 수 있었던 것은 언니의 겸손과 나의 도전적 사랑이 아니었나 싶다.

　은평구 신사동에 살 때 언니는 불광동에서 살고 계셨다.

　그때 남편은 몸이 좋지 않았고 그로서 성격도 넉넉하지 못했을 때였다. 나는 그런 스트레스를 언니와 함께 불광동 산에 가는 것으로 풀고 그 시절 그것이 내게는 큰 낙이기도 했었다.

　산을 가면서 산만 보는 게 아니었다. 언니와 나누는 대화 속에는 산이 있는 자연과 그 자연 속에 사는 인간의 모습과 그 인간의 바른 길과 바르지 않는 길 굶어 죽어도 가지 않아야 할 길들을 이야기했고 그 모두를 품은 종교라는 문제와 나무, 풀, 꽃, 나비 그리고 사랑을 이야기했다.

　사랑이라면 두 사람 모두 성공한 사람은 아닐지도 모르는데 사랑이라는 이야기도 언니의 이야기를 들으면 가슴에 깊이 와 박히곤 했었다.

▲ 대학원시절(1962)-박두진, 오화섭, 장덕순 선생님을 모시고

아이들을 학교에 보내고 시장에 간다, 아이들 학교에 간다, 별별 핑계를 대고 언니와 산을 다녔는데 나는 언제나 가슴이 뛰고 집에 가서 남편에게 당할 일이 꿈만 같았지만 그 산행을 포기하지 않았었다.

그러나 남편은 속을 남자가 아니었다. 내가 언니에게 가는 것을 이미 알고 있었는데 어느 날 허겁지겁 집에 들어가니 문 앞에서 벼락같은 소리를 질렀다.

"허영자 하고 가서 살아!"

언니를 너무 좋아하다 쫓겨날 뻔한 사건이기도 했지만 그 이후도 그저 언니를 만나는 그 시간들이 좋았다.

언니가 어쩌다 우리집에 전화를 하면 남편이 늘 말했다.

"집에 없어요. 길에 가서 찾아보세요 길녀에요, 길녀!"

돌아다닌다고 언니에게 직접적으로 빈정거리는 말이었다. 그렇다고 나에게만 별명이 있는 것은 아니었다. 언니가 늘 늦게 귀가한다고 해서 언니의 어머니께서 '우리 밤중이 지금 오나' 하시는 것이 언니의 별명이 '밤중'이 되었다.

돌아다닌다고 '길녀'가 되고 밤에 들어온다고 '밤중'이가 된 언니였지만 길녀와 밤중이의 의미는 매우 달랐다. 나는 그 시절 방황의 시절이었고 언니는 야간수업에서 개인 공부까지 허드레 일 하나도 손수 자신이 끝을 보는 성격의 치열함으로 살아가는 것을 보면서 늘 나는 배우고 또 배우는 제자 같았다.

나에겐 네 명의 친언니가 있지만 생각해 보면 허영자 언니야말로 내 인생에 언니라고 불러도 좋을 그런 인연이 아니었나 싶다.

나같이 인간적 약점 뭉치로 억지를 쓰면서 살아오는 그 사이사이 언니를 보면서 배운 것이 너무 많다. 언니의 생활철학은 늘 나에게 경이 그 자체다.

나 같으면 버리고도 남을 물건을 집안 어느 위치에 잘 살려 놓는다든지 풀꽃하나도 잘 살려 내 생명의 의미를 알게 한다든지 시뿐만 아니라 언니는 음식하나 차 한잔 종이 한 장 집안 모두를 하나의 정신적 창의성으로 살아가는 모습은 절로 고개를 숙이게 한다.

언니의 사는 모습은 그래서 돈으로 사는 것이 아니라 머리로 살고 머리로 사는 것이 아니라 가슴으로 사는 것이라는 것을 알게 된다.

생활 모든 것에서 시인의 숨결이 돋보이고 시인의 눈이 번뜩이는 것이다.

그런데 나는 늘 의문이 있다. 모든 정황으로 보아 언니는 분명 천재다운 면모가 있다. 아니 천재다. 60을 넘어 사는 천재는 없다고는 하지만 머리와 그 머리의 실천적 행동을 보면 천재적인 면모가 확실한데도 나는 언니가 어리석게 보일 때가 많다.

세속적 권력을 손에 잡는 것이 언니의 인생에 처음은 아니고 두 번째쯤 된다고 해도 그것은 그렇게 어려운 일은 아니라고 나는 생각하고 있다.

언니가 가지고 있는 여러 가지 장점, 주변의 인간적 자원을 끌어들이면 별로 힘든 일이 아닐지도 모른다.

그런데 언니는 늘 진실 쪽으로 몸이 기운다. 더 높은 곳으로 갈 수도 있고 여자로서 더 편안하고 부자이고 행복한 길도 없지 않았으리라.

나는 언니에 대한 사랑으로 결코 지금 언니가 여자로서 편안하고 부자이고 행복하다고 말할 수가 없다. 그런데 분명 언니는 그것을 가질 수 있는 능력이 있고 자격이 갖추어져 있는 사람이다.

그런데도 그렇지 못한 것은 무엇인가. 언니는 어리석은 천재요, 천재적인 바보인지도 모른다는 생각을 떨칠 수가 없다. 언니의 건강을 빈다.

우리 사랑의 허영자 시인

성춘복[*]

허영자 시인을 나는 좋아한다. 그의 인간됨이나 시인됨을 나는 참 좋아한다. 더 솔직한 표현을 빌리면 허영자 시인을 나는 사랑한다.

나의 이런 고백은 오랜 동안 그와 사귀면서 단 한 번도 이런 생각을 엎어본 일이 없기에 확연히 말할 수 있다. 그러므로 나는 나의 판단을 늘 옳다고 여럿 앞에서도 천명할 수 있다.

말하자면 이런 나의 견해는 그의 시의 대부분이 어여쁘다거나 명확한 이미지로 구축되어 있고 또 그의 생각과 행동이 명확 간결하여 전혀 구릴 데가 없기 때문에 나는 늘 내 마음의 둘레에 서슴없이 그를 앉히기를 주저하지 않는다.

나는 어린 날 먼 곳에 살던 나의 외가댁에 대한 추억을 오로지 외할머니의 자상함과 근엄함에 상당한 동경을 보냈는데, 그런 향수와 같은 것이 허영자 시인의 모습과 그의 문장 그리고 그의 시에 고루 드리워져 있어 그 그늘 깊음

---

* 시인

에 내가 쉬고 또 그와 흡사한 공기로 숨쉴 수 있지 않나 여기고 있기 때문이다. 그것은 그의 산문에서 읽은 아래의 글로부터 여실히 증명되고 있기도 하다.

어릴 적 내가 사랑한 것들은 이에만 그치지 않는다. 냇가에 반짝이는 조약돌, 높게 우러러 뵈던 푸른 전나무, 비, 초록 제비, 석류의 빛나는 루비알, 탱자나무의 향기, 여름 밤하늘의 별, 새로 돋아나는 죽순, 저녁놀…… 실로 부지기수라 할 수 있다.

조금 더 자랐을 때 나의 사랑은 이런 자연물로부터 내 할머니께로 옮아갔다. 우리의 관계는 조손(祖孫)의 관계를 뛰어넘어 지기(知己)의 경지에 이르렀다 할 수 있다. 할머니를 가리켜 사람들은 '치마 두른 남정네'라고 하였는데 능력이나 사려 깊음에 있어 여느 남성을 능가하는 면이 있었다.

우선 나는 할머니의 신앙생활에 있어 철저함이 썩 마음에 들었다. 준열하고 엄격한 자기수련으로 진정한 종교인이고자 노력하는 그분의 신앙생활은 실천 종교의 본보기를 나에게 보여준 것이라 할 수 있다. 맺고 끊음이 분명하고 뛰어난 분별력을 가지고 있었다. 할머니의 현명한 판단 앞에 모든 사람은 승복하지 않을 수 없을 만큼 타고난 위엄과 그러면서도 거기 한없는 여성다운 섬세함과 부드러움이 있었다.

—『다시 사랑해야겠다』의 일부

이런 할머니를 허영자 시인은 존경하고 사랑했다. 그러니 그분을 자연히 닮을 수밖에 없지 않겠는가. 허영자 시인은 그의 많은 산문 가운데서 그의 조모(祖母)에 대한 잊을 수 없는 추억과 자신에게 끼친 영향을 술회하고 있는데 그 삶의 모두가 이 시인의 훌륭한 스승이었음을 고백하고 있다.

또 그는 아래와 같은 사실을 설파하고 있다.

내가 만난 잊을 수 없는 사람, 그 첫 번째로 꼽을 수 있는 분은 나의 조모님이시다. 나에게는 세 분의 조모님이 계셨다. 한 분은 아버님의 생모이신 윤씨 부인, 다음은 아버님의 양모이신 유씨 부인, 그리고 윤씨 부인이 아직 젊은 나이로 돌아가신 후 조부께서 새로 처녀 혼인하신 민씨 부인, 이렇게 세 분이었다.

  이 중에 나의 아버님을 양자로 받아 양육하신 유씨 부인이 지금 이야기하고자
하는 분이다. 엄격하게 따진다면 유씨 할머님과 나와는 혈연으로서의 유대는
없는 셈이다. 그러나 인간에게 피와 살을 뛰어넘는 영혼의 유대, 혹은 그 이상의
불가사의한 운명의 유대가 있다면 바로 이 할머님과 나와의 관계가 아닐까
한다. 할머님은 내가 열 일곱 살 때 일흔 넷의 나이로 작고하셨지만 나의
심신이 성숙하는 17년 동안 이분은 나에게 있어 단순한 할머님으로서 뿐만
아니라 둘도 없는 지기(知己)요 스승이었다.

  그러니까 유씨 할머니에게는 보통 할머니들이 가지고 있는 오종종한 기운,
잔소리, 양념냄새 같은 것 대신에 솔바람소리, 그윽한 침향 향기 등이 풍기는
것 같았다. 그러나 할머님에게는 우두머리의 위엄뿐만 아니라 가난한 이웃을
위하여 10리고 20리고 찾아가는 자상함도 있었다. 불교의 교리를 먼저 나에게
가르쳐주신 것도, 인간은 무엇보다 정직하여야 한다는 도덕의식을 불어넣은
이도, 재봉틀일을 하는 법을 소상히 일러주신 분도 할머님이었다.

―『내가 최초로 사랑한 사람』의 일부

  허영자 시인이 이상의 두 산문에서 밝힌 조모님에 대한 추억과 영향은,
그대로 허시인 자신 속에 깊이 배어 있음을 그 누구도 부인하지는 못하리라
믿는다.

  단순의 혈연으로 맺어진 조손(祖孫)의 혈육적인 정이라기보다는 혼의 전승
이요 스승으로서의 교훈이었던 점은 특히 강조되어야 할 것 같다. 그런데
그런 여러 가지 성향이나 인간됨 혹은 도덕성이 그대로 허시인에게 뿌리 깊게
내려져 있음을 우리는 발견하게 된다.

  거기 드러난 허시인의 할머님이 보듬고 있던 철저함, 준열하고 엄격한 자기
수련, 분명하기 그지없는 분별력, 명약관화한 판단력, 은연중에 내뿜는 위엄이
며 부드러움과 자상함, 정직함 따위가 고스란히 손녀인 허영자 신인에 전수되
어 온다.

이런 그를 누가 좋아하지 않을 것이며 그런 정신의 소유자를 누가 사랑하지 않을 수 있으랴. 특히 그가 사랑했던 사람들, 그 치열한 정신과 고뇌에 누가 동참하지 않을 수 있으랴. 또 누군들 공감하지 않을 수 있으랴.

열정과 야망과 좌절과 공포와…… 상반되는 갈등의 덩굴 속을 헤매이던 그 젊은 날, 눈 먼 장님처럼 더듬거리는 나의 손에 지팡이를 쥐어주신 선생님. 선생님을 향한 사랑으로 하여, 그리고 나의 사모하는 마음에 정답게 답해주시는 선생님의 사랑으로 하여 나는 실로 살아있는 존재일 수 있었다.

마침내 나는 연인이란 이름의 이성을 만났다. 궁벽한 산 속에서만 자란 아이가 말로만 듣던 바다를 처음 본 듯한 경이로움을 느꼈다. 그는 나의 거울이었다. 나는 그 거울에 나신을 비춰봄으로써 자기를 알고 반성하고 가다듬을 수 있었다. 그는 나의 기쁨이었다. 모든 것이 새로운 의미를 획득하고 새로운 모습으로 나타났다.

그는 나의 도덕이기도 하였다. 그를 표준으로 내 삶의 가치는 척도되었다. 선악, 미추, 진위가 모두 그를 기준으로 가리어졌다. 하면서도 그는 나의 끝없는 괴로움이기도 하였다. 요컨대 그는 미궁이었기 때문이다. 아무리 하여도 그 모두를 알고 이해할 수 없는 불가사의한 점이 너무 많았기 때문이다. 나는 그를 만나지 않으면 괴로웠고, 그를 만나면 또한 괴로웠다. 만나지 않을 때는 그리워하는 마음, 기다리는 마음으로 안타까웠기 때문이며 그를 만나면 홀로 꿈꾸었던 그와는 너무 상이한 그에 실망하였기 때문이다.

그뿐만이 아니었다. 저 지옥불에 해당할만한 질투의 불길은 눈앞을 캄캄하게 만드는 것이기도 하였다. 그리하여 병적인 자학증과 가학증을 번갈으는 쓰디쓴 쓸개의 맛을 감내하여야 하였다.

그것은 열병이었다. 영혼의 살갗 위에 홍역처럼 발진이 돋고 죽음의 문턱까지 이를 만큼 열이 드높은 열병이었다.

—『다시 사랑해야겠다』의 일부

허영자 시인의 사랑은 그러했다. 그 누구의 사랑도 그러했으리라. 그렇다면 그 누구의 사랑이 그렇도록 표현된 예는 드물다는 사실도 우리는 알 수

있으리라

사랑에 불타는 그의 눈을 나는 보았다. 그리고 불의나 부정에 대한 그의 날카로운 눈도 나는 보았다. 인간에 대한 그의 순수한 눈도 나는 볼 수밖에 없었다. 그리고 시에 대한 그의 눈, 문학에 대한 그의 눈도 나는 보아왔다. 그러니 어찌 그런 허영자 시인을 인정치 않을 수 있으랴.

허영자 시인의 첫 시집을 묶으면서 나는 그 제명『가슴엔 듯 눈엔 듯』을 읽으면서 어쩌면 저토록 명명백백한 사랑의 표현을 적나라하게 할 수 있을까 하는 생각을 품은 일이 있다.

왜냐하면 우리는 아직은 젊었었고, 어렸었다고 해야 좋을 듯 싶은 연대였었고 또 그런 작품들을 쓰고 있던 때이긴 하나 아주 용감하고 솔직하다는 생각을 갖게 되었고 진실이 옳다는 생각을 나도 하고 있었다. 그의 두 번째 시집의 제명인『친전(親展)』만 해도 나를 무척 감동케 하는 작품들이어서 부러워하는 글을 쓴 적도 있다.

내게도 물론 내 문학의 자극이 되었던 선배나 스승의 시가 있다. 그러나 요즘 들어 나는 내 주위의, 정확히는 내 친구의 작품에 더 많은 유혹을 당하고 있다.

그것은 내가 지니지 못하는 상당한 부분의 솔직성이나 대담성 때문이기도 하다. 하지만 우리들의 시가 대부분 관념 같은 것에 얽매여 있을뿐더러 진실성을 기피하는 습벽을 타파하고자 하는 최근의 나의 노력이 그렇도록 나를 만들어가고 있다는 증명이 되기도 한다. (중략)

최근의 시집『목마른 꿈으로써』를 읽으면서도 내가 상당히 그의 시에 대한 내 생각이 적중했다는 생각을 확고히 지니게 한다.

그 시집 속에「내출혈」이란 작품이 있는데 그의 두 번째나 세 번째 시집에서 보여주던 많은 솔직성을 그대로 유지하면서 더욱 성숙한 경지로 나아가고 있음을 보여주기 때문이다.

돌팔매를 맞으면서도
소리치지 않았고
울지 않았고
피 흘리지도 않았다

오직
마디마디 핏줄
터져 흥건하던
내출혈의 강물.

　사랑의 보편적 원리는 아픔이고 상처이다. 그것이 비록 내면적 충족을 암
시하는 일이 있더라도 사랑의 성취는 결국 분열이고 좌절이다.
— 「허영자의 그리움과 진실성」 일부, 성춘복

　위의 여러 예들과 같이 허영자 시인은 그 스스로 인습이나 관습에 연유한
그 자신으로부터 오히려 강렬한 정도의 반발로 유도해 다시 자유로움, 진취로
움을 획득해 오늘의 자연스런 사유와 주체적 언행을 획득하게 된 것 같다.
그래서 그의 창조적인 열정은 이런 데서 출발하여 그리움을 고백할 줄 아는
참된 시인으로 완성의 이름 매김을 하게 된 것이다.
　그리움의 완성은 육신의 아픔을 초월해서 정신의 간곡함에 이른다. 그리하
여 드디어 사랑으로 자리잡게 된다. 허영자 시인의 시세계는 그런 그의 삶을
대변하는 것이고 그의 육신과 정신이 그런 영향 아래 일체화가 되어 있기에
나는 앞에서 그를 참 좋아한다고 말했던 것이다. 우리가 사랑할 수 있는 이만
한 시인도 드문 세대에 우리는 기꺼이 자랑으로 가질 만하다고 나는 생각한다.

물과 불과 꽃

오세영[*]

휘발유 같은
여자이고 싶다.

무게를 느끼지 않게
가벼운 영혼

뜨겁고도 위험한
가연성의 가슴

한 올 찌꺼기 남지 않는
순연한 휘발

정녕 그런 액체 같은
연인이고 싶다.

　허영자 시인의 「휘발유」라는 제목의 작품이다. 이 시를 대할 때마다 나는
허 시인이 자신의 성품을 그대로 묘사한 것 같아 곱씹어 되새겨보곤 한다.

---

[*] 시인・서울대 국문과 교수

확실히 허 시인에겐 범상한 여성들에게서는 쉽게 발견할 수 없는 어떤 순결한 열정 같은 것이 있다. 그 열정이 그만큼 남다르게 강하고 또 맑기에 시인은 그것으로 그처럼 처연하면서도 아름다운 시의 꽃들을 피워낼 수 있었으리라.

벌써 20여 년 전 그러니까 우리 나이 40이 갓 되었을까 말까 할 시절이었다. 마침 인하대학교에서 초빙을 받은 무슨 문학축제를 끝마치고 서울에 돌아와 헤어지는 길인데 갑자기 허 시인이 돌발적인 제안을 하였다. '카바레'라는 곳을 한번 구경가 보잔다. 아직까지 한 번도 가 본 적이 없어 매우 궁금하다는 것이었다. 옹졸한 소시민으로서 귀가 길을 서두르던 나나 다른 남자 시인들로 서는 미처 상상해보지도 못했던 파격이었다. 허 시인의 발의로 종로 2가에 있었던 그 카바레에서 서툰 춤을 추며 밤늦도록 환호작약했던 추억이 새삼스 럽다. 그 자리에는 아마 유안진씨나 신달자씨도 있지 않았나 싶다.

그보다 더 오래 전의 어떤 기억, 허 시인이 불광동에 새 집을 마련하여 마침 집들이 겸으로 목월 선생님과 그 문하생들을 초청한 적이 있었다. 참나무 가 무성한 언덕 아래 허 시인이 손수 지은 양옥집이었다. 정원도 아름다웠고 집도 단아하였다. 그런데 현관문을 열고 거실로 들어서면서 나는 나도 모르게 '아' 하는 감탄사를 발하고 말았다. 실내에는 작은 것으로는 엄지손가락만한 정도의 것에서부터 큰 것으로는 어른 주먹만한 정도의 수백 개의 각종 도자기 들이 질서 정연하게 전시되어 있었던 것이다. 그 앙증맞고, 귀엽고, 새침한, 작은 것들의 아름다움이란! 그때 나는 허 시인이 지닌 성품의 한 단면을 보았 다. 그것은 '사소하고 작은 것들'의 아름다움에 대해 지닌 섬세한 감정과 그 질서 정연함에 대한 이성적 사유였다.

그러나 허 시인은 결코 휘발유 같은 열정이나 '작고 사소한 것들'의 아름다 움에만 머무는 감성의 여인은 아니다. 그에게는 때로 차가운 얼음과 같은 이성과 큰 바위와 같은 사유의 무게가 있다. 허 시인과 함께 최근 '한국 시인 협회'의 일을 맡아 하면서 나는 그것을 절제와 인내와 포용으로 감싸 안으며

협회장이라는 직함을 묵묵히 수행한, 그의 과묵한 처신에서 보았다. 그 누구도 실현할 수 없으리라 생각했던 '협회 사무실' 마련을 연약한 여성의 힘으로 간단히 이루어낸 것도 그 한 가지 예일 것이다.

같은 스승의 문하생으로 혹은 누님같이 혹은 친구같이 허 시인과 함께 같은 길을 걸을 수 있다는 것을 나는 인생의 한 축복으로 여긴다. 진실로 이 세계의 아름다움이란 인간들의 아름다움이 아니겠는가.

아름답고 멋스럽고 단아하고 엄정한 완벽주의자

유안진*

"작품 봐 달라카고, 한번 찾아가 보게나. 선배 시인 인사 먼저 하는 것도 예의지러…"

등단 전 고 박목월 선생님의 권유로, 등단 전에 허영자 시인을 한번 찾아갔다. 목월 선생님이 가르쳐 주신대로 종로 빌딩 강원용 목사님 사무실이었고, 시간은 어떻게 약속했는지 기억나진 않지만, 작품으로 만난 인상처럼 단아하고 총명하고 상냥하기 비할 데 없는, 가녈피 보이면서도 향기롭고 아름다운 분이었다. 허 선생님의 책상 앞 벽에는 김후란 시인의 "수련을 보며"라는 너무도 여성적인 시가 담긴 쪽지가 붙어 있어, 허영자 시인의 작품세계와 취향을 느낄 수 있었다고 기억된다. 첫 만남으로서도 등단 작품이 우리 연가시의 정상이라는 호평을 받을 만한 분이라고 느꼈다. 박목월 선생님의 코치대로 찾아간 구실을 대느라, 들고 간 작품을 보였더니, 기교가 승하고 회화적이라고 평해주신 것으로 기억된다. 그때가 아마도 '63~4년이었을까?

---

* 시인·서울대 교수

　등단 후 모임에서 몇 번 마주치다가, '79년인가? 문교부의 해외 주재 또는 교포 아동의 한글 교육 실태조사를 위해, 겨울방학 중 40여일을 함께 여행하면서, 허선생님의 진면목에 놀라지 않을 수 없었다. 함께 연구 계획서와 자료 수집도구를 만들고 번역하느라 자주 만났지만, 여행의 피곤과 낯선 타국에서의 두려움과 불편과 서툰 의사소통과정에서 받는 스트레스에도, 허 선생님은 너무나 의연하고 치밀하고 정확 완벽하여, 우리는 참으로 적은 연구비로 4개국의 교포학교 한글 교육 실태를 조사할 수 있었고, 틈틈히 6개국의 명소들을 관광도 할 수 있었다.

　허 선생님은 참으로 알뜰도 하여, 비행기에서 주는 치즈나 과자를 아껴 식사비용을 줄이고, 기내에서 잠을 자면서 더 여러 곳을 더 많이 관광할 수 있었으니, 나같이 엉성하고 뒤숭숭한 헐렁이로서는 온통 배우고 본받아야 할 점뿐이란 데 그저 감탄하면서, 늘 조심스럽고 어려웠다. 그럼에도 우리는 서로의 호기심이 맞아 용기를 주고받으며, 겁나는 성인 영화도 함께 가서 두려움에 떨며 구경도 했다. 들어본 적도 없는 요상한 이름의 비행기를 수없이 바꿔 타며, 공항원들의 해괴한 팁요구를 알아듣고 해석하고 대처하느라, 애써 의논하며 얼마나 겁내었던가. 그런 피곤에도 늘 나를 먼저 배려하는 허 선생님의 자품은 가히 언니와 다를 바 없었다. 더구나 하도 여러 곳을 구경하느라고 두 번씩이나 갔던 성 베드로 성당 꼭대기까지 올라갈 때는, 따라 붙는 소매치기가 겁나서, 나는 결국 여비 보관을 완벽하고 철저한 허 선생님께 맡기고 나서야 안심할 수 있었는데, 후일 허 선생님은 이 일로 관광도 제대로 못할 정도로 신경이 쓰여 혼났다고 몇 번씩이나 추억하셨으니, 내가 나만 편하자고 한 행동이 되고 말았다. 정말이지 허 선생님과 함께 가지 않았더면, 단 한번의 실수도 없이 그 적은 비용으로 그 여러 명소를 관광할 수가 없었을 텐데-. 그 때 이후 아직껏 다시 못 가 본 곳들도 많아, 그때의 여행이 오로지 허 선생님의 덕이었다.

우리는 레스비언처럼 낯선 나라 낯선 밤거리도 두려움과 호기심에 조마조마해가며 손잡고 다니면서, 호텔과 식당을 기웃대며 선을 보고, 여부를 결정하고, 요상한 음식에 절절매기도 하고, 난생 처음 들어가 본 낯선 방 한 침대에서도 오그리고 잠자며, 서로에게 소매치기를 경고하고, 희안한 구경거리에 감탄하고, 가보고 싶은 곳을 결정하고 비용을 계산해보고, 꼭두새벽 깨어 오밤중에 돌아와서도, 그 날 쓴 비용을 결산하는 정확, 치밀, 완벽에 나는 그냥 얹혀 다닌 셈이었다.

그 후 오랜 세월이 흐르고 재재작년 시인협회 회장이 되시면서, 맡긴 기획위원장을 사양하고 또 사양했으니, 허선생님의 완벽주의를 여행으로 잘 알았기 때문에, 나같은 엉성한 헐렁이로선 얼마나 힘들까 미리 겁났기 때문이었다. 그러나 한번 안된다면 안되는 것 또한 허선생님의 철저함과 완벽이었다. 때로는 허회장님의 완벽성에 시달리며, 때로는 철저한 배려와 재치와 기지로 즐거운 2년을 보냈다. 내가 제일 싫어하는 회의 소집도 잦았지만, 아무 것도 기획하지 못하는 죄로 참석은 해야 했으니, 사실 기획이고 실천이고 모두 허회장님과 이상호 사무국장 두 분이 도맡았다. 시인 회원 입회에서부터 작은 의사 결정에도 원칙적이고 정확하고 결곡되어야 하는 회장님의 철저함은 모임을 맡아 이끌어가는 데 절대적이었으나, 회장 자신도 얼마나 시달리는 괴로운 일이었으랴마는, 그런 내색은 커녕, 오히려 우리에게 바쁜데 참석해주어 고맙다는 인사를 잊지 않았으니—.

처음부터 당신의 오피스텔을 시협 사무실로 전용하면서, 시협 주최 고교생 백일장을 처음으로 실시했고, 봄 소풍, 가을 세미나도 오로지 두 분이 전담한 결과 성공적일 수 있었다. 너무 미안하여 회의 참석에만 빠지지 않으려고 애썼을 뿐, 사무국장과 두 분이 시작부터 마감까지 참으로 궁합이 잘 맞았고, 헌신과 유능성 발휘에도 완벽했었다. 이렇게 매사에 허회장의 결곡됨과 완벽을 구경만 하면서, 어느 한 가지도 모자라거나 소홀함이 없어야 한다는 철저함과 최선을 다하는 완벽주의가, 저토록 깡마른 체질로 결과되었을 것이라 싶었다.

한국시협 40년의 역사상 처음으로, 억대의 사무실을 마련하느라, 회장 자신의 엄청난 액수를 기부하였지만, 수억짜리 사무실 매입비를 마련하신 능력은 경의로움 이상이 아닐 수 없었다. 순전히 회장 발바닥에 불이 날 정도의 헌신적 노력 덕이었다. 또한 기부금 제공자측의 세금 공제까지 배려하여, 시협의 사단법인화를 추친하였으니, 가난한 시인들의 회비로서는 앞으로도 운영이 힘들다고 예견한 때문이었다. 이를 위해 내외적으로 힘들었던 설득과 규정마련등 복잡하고 번거롭고 성가시고 까다로운 수속 절차 등등 모두, 누구나 싫어하는 끔찍스런 일들을 깔끔하고 완벽하게 성공시키는 데, 회원들 모두는 놀라움을 금치 못했다.

지금 생각해보니, 민속품으로 꾸민 아담한 허 회장 사무실에서, 손수 준비해오신 간식 먹는 재미로 2년 임기를 마친 셈 아닌가. 어느 한 가지도 좀 엉성하고 모자란다 싶은 데가 있어야 말이지, 사소한 어느 하나에도 어찌나 세심하게 신경 쓰고 멋스럽게 처리하는지, 심지어는 따라간 음식점, 찻집과 틈틈이 안내해준 구경스런 곳도 하나같이 완벽한 멋쟁이다울 뿐, 이렇게 다정다감하고 고상한 분이 시인으로서는 물론이고, 시인이 아니고서도 다시 있으랴 싶을 뿐이었다. 그래서 실언하고 실수할까봐 조심스러워지고 가까워지기 어려운 점도 되는 게 아닐런지? 어설프고 헐거운 데가 조금만 있어도, 좀 더 쉽게 다가갈 수 있을 텐데―. 나만의 생각일까?

한국의 아름다운 전통적 여인상을 가장 잘 보여주는 시인, 그럼에도 현대적 의상에서도 멋장이 시인, 언제 마주쳐도 반색하는 다사로운 자품의 시인, 깍듯하고 예의바르고 참배처럼 사근사근하면서도 불길같은 열정을 지닌, 허불길이란 별명의 시인, 가녈프고 단아하고 상냥하고 정확하고 엄정한 원칙주의자 허영자 시인, 매사에 완벽지향적인 시인 허영자 교수가 어느새 정년퇴임을

맞으신다니? 남녀를 불문하고 모든 시인들과 모든 독자들의 영원한 연인 허영
자 교수는 아직도 너무 젊고 매력 넘치는데, 정년퇴임이라니? 언제나 아름답고
단아하고 결곡된 자품과 인격자를 마주칠 우연을 가슴 두근거리며 기대해
마지않으면서, 허 회장님의 앞날이 더욱 아름다우시고 강건하시기를 바라마지
않으면서—. 직장에서 놓여나심 또한 축하 경하드립니다.

온화함과 단아함의 절묘한 조화
— 許英子 선생님께

이상호[*]

1

선생님, 연구실 창 밖에는 하염없이 비가 내리고 있습니다. 오월 초순의, 제 철을 다 누리지 못하고 서둘러 떠나야 하는 봄이 아쉬워서일까? 아니면, 겨울의 차디찬 어둠을 견딘 것들에게 한바탕 꽃잔치를 벌이도록 해놓았다가 하나 둘씩 시름시름 져버린 그 뒤끝의 몰골이 보기 싫어 쓸어버리려는 심사일까? 마치 물청소를 하듯 하늘에서 누군가 굵은 호스를 들고 힘껏 이리저리 흔들어대는 것만 같습니다. 영락 없는 한여름의 소나기 같은 빗줄기가 늦은 봄의 대지를 하염없이 적시고 있습니다.

무섭게 쏘아대는 저 하늘의 물청소가 끝나고 나면 산천은 다시 새로운 옷으로 갈아입겠지요 그토록 곱던 꽃단장을 훌훌 벗어 던지고 가슴 터질 듯 싱그러운 초록색 원피스로 바꾸어 입을 것입니다. 그리고 총총 한 시절을 보내면 가을이 오고… 또 다시 봄도 찾아올 것입니다. 그러니 지금 창 밖에서 대책 없이 떨어져 흘러가는 저 꽃잎들이 아주 영영 섭섭하기만 한 것은 아니겠지요

* 시인, 한양대 교수

2

녹음 짙어 가는 오월의 대지는 소나기에 흠뻑 젖어들고, 어느덧 가을 냄새를 풍기는 제 마음은 하염없이 선생님 생각에 젖습니다. 선생님께서 벌써 정년을 맞게 된다는 냉정한 사실 앞에서 저는 하릴없이 뿌연 안개에 둘러싸입니다. 아직도 선생님께서 예쁜 꽃무늬 놓인 옅은 베이지색 원피스를 입고 나타나시면 부끄러움 잘 타는 맑고 예쁜 소녀를 만난 것처럼 우리들 마음에도 화사한 꽃이 피어나는데 어느새 정년이라니! 도무지 믿어지지가 않습니다.

그런데 다시 자세히 생각해 보면 선생님의 머리 위에는 서릿발이 성성하고, 손가락을 꼽아보면 선생님께서는 예순 다섯 해를 숨가쁘게 달려와 지금 2003년의 늦은 봄 언덕 어느 언저리에 앉아 계십니다. 그리고 30여 년간 한결같이 꽃다운 청춘들에게 아름다운 삶의 지표를 가늠해주시던 손때 묻은 회초리를 내려놓을 생각에 만감이 교차함을 이길 수 없을 것 같기도 합니다. 돌이켜 보면 지나온 길이 참으로 기나긴 터널 같기도 할 터이지만, 또 한편으로는 한 바탕 꿈처럼 짧기도 한 세월일 것 같기도 합니다. 그래서 후련함과 아쉬움이 선생님 마음속에서 더욱 빠른 물살로 굽이칠지도 모르겠습니다.

그러나 우리는 알고 있습니다. 비록 세속적 직업인으로서는 정년이 있을지 모르지만 시인이라는 직업으로서의 정년은 없다는 것을. 그러니까 선생님께서는 얼마지 않으면 번거로운 세상사들 모두 저만큼 물리치고 이제 전업 시인이 되어서 오로지 詩業에만 몰두할 수 있는 자유를 누리는 기회를 얻게 되는 셈입니다. 이런 생각을 하면 벌써 제 가슴은 방망이질로 요란해집니다. 선생님의 아름다운 작품들이 앞으로는 어떤 모습으로 태어날까 하는 생각에.

그러고 보니 요즘 몇몇 잡지에 발표된 선생님의 작품들이 시조 양식을 띠고 있음이 아마도 우연은 아닌 듯합니다. 기왕에도 선생님께서는 누구보다 시의 정도를 지키시는 데 철저하신 분이어서 서정시의 아름다움이 어떤 것인가 잘 보여주셨는데, 이제 그보다 더 압축을 필요로 하는 시조 양식을 통하여 詩情을 담아내려 하시는 것은 분명 지금까지 선생님께서 걸어오신 길과 어떤 연관성이 있으리라 짐작됩니다. 그래서 저는 전업 시인이 되시는 선생님께서 우리들에게 보여 주실 작품이 어떤 모양과 빛깔을 띨 것인가 더욱 큰 궁금증에 사로잡히지 않을 수 없습니다. 하지만 그 궁금증이 당장 풀릴 수 있는 것이 아니기에 그에 대한 생각은 여기서 잠시 멈추기로 하고 선생님과 제가 인연을 맺고 멀리서 또는 가까운 거리에서 뵌 선생님에 대한 저의 소회를 잠깐 풀어볼까 합니다.

3

　제가 선생님과 직접 인연을 맺게 된 것은 지금부터 꼭 21년 전으로 거슬러 올라갑니다. 국문과를 다녔으니 지면을 통해서야 선생님의 시를 접할 기회가 있었지만 직접 뵐 기회는 없었습니다. 그런데 1982년 5월 5일, 제가 월간 시전문지『心象』신인상에 응모한 작품이 당선되어 수상을 위해 원효로 4가에 있는 木月 선생님댁에 갔더니 선생님께서도 심사위원 다섯 분(황금찬, 김광림, 이형기, 허영자, 이승훈) 중의 한 분으로 와 계셨습니다. 그 때 선생님께서는 지금 내 나이보다 더 젊은 40대 중반이었는데, 이미 시단의 중진으로서 신인상 심사를 하시고 수상자인 우리들을 축하해주기 위해 참석하시어 그야말로 전혀 뜻밖에 직접 만나 뵐 수 있는 영광까지 베풀어 주셨던 것입니다.
　가 보신 분은 알겠지만, 목월 선생님댁의 거실은 그리 큰 편이 아닙니다. 그래서 다섯 분의 심사위원과『심상』지 관련 인사, 그리고 수상자 일곱 명(오랜만에 신인상 작품을 심사한 관계로 여러 명이 되었다고 들었습니다)과 축하객 등 여러 사람이 좁은 거실에 북적거렸기에 선생님과는 물리적으로는 매우

가까운 거리에 있었지만, 사실 마음으로는 그 거리가 얼마나 될까 감히 짐작할
수도 없었습니다. 직접 수업을 받은 이승훈 선생님을 빼고는 모두 처음 뵙는
하늘같은 분들이었으니까요. 이렇게 제게는 막 시단의 문턱을 넘는 신인과
그 문턱을 넘어설 수 있도록 존재를 지어주신 심사위원이라는 남다른 관계로
처음 선생님과의 인연이 시작되었습니다. 그러면서도 선생님은 곱고 아름다운
모습과 그 특유의 부드러운 말씀과 미소로 첫 눈에 제게 깊은 인상을 갖도록
해주셨습니다.

그 후로 강산이 두 번이나 바뀌고도 남을 정도로 무상한 세월이 흘러 선생
님을 예순 하고도 다섯이라는 높은 언덕 위에 올려놓았지만, 제 마음에는
여전히 40대 중반의 곱기만 하던 그 때 그 모습으로 새겨져 있습니다. 늘
그렇지만 고개를 약간 옆으로 하시며 잔잔한 미소와 나직하고 부드럽고 다정
다감한 말씀으로 축하해주시던 그 모습이 선명하게 제 기억의 한 장을 차지하
고 있습니다. 선생님께서는 저에게 비록 보잘것없는 존재로 시단의 말석에
끼어 있을지언정 시인이라는 이름을 걸고 살아갈 수 있도록 만들어 주신 스승
이시니 어찌 평생 잊을 수 있을까마는 다만, 제가 워낙 둔재인지라 제자로서의
그 은혜 갚음이 항상 빈 그릇뿐이어서 부끄럽고 송구스럽기 그지없을 따름입
니다.

4

이렇듯 저와 선생님과의 인연은 남다르고도 꽤 오래 된 편인데, 사실 따지
고 보면 목월 선생님께서 그 중간에 계시다는 점에서 그 인연의 끈은 우연으로
이루어진 것이 아닙니다. 널리 알려져 있듯 선생님은 목월 선생님께서 추천하
신 제자들 중에 李中 선생님(현 숭실대 총장) 다음의 두 번째이십니다. 그래서
늘 목월 선생님 제자 시인들 모임인 '목월회'의 맏이 역할을 해오고 계신

걸로 알고 있습니다. 이에 비해 저는 입대하기 전 대학 2학년까지 목월 선생님의 가르침을 받기는 했지만 그 분이 돌아가신 뒤에 시단에 나왔으니 선생님과는 다른 성격의 제자입니다. 그렇지만 제가 목월 선생님께서 창간하신 『심상』지를 통해서 등단을 하게 되면서 자연 선생님을 뵐 수 있는 기회가 많았는데, 그때마다 선생님께서는 혹은 스승으로, 혹은 선배님으로, 혹은 동료 시인으로 저에게 길을 일러주시고 감싸주시고 말벗으로 아무런 격의 없이 대해주시곤 하였습니다. 그래서 저는 선생님을 뵈면 언제나 마음이 편안하고 푸근하다는 느낌을 갖게 되었습니다.

선생님과 가장 많은 시간을 보내고 또 선생님을 좀더 가까운 거리에서 뵙게 된 것은 아마도 '해변 시인학교'에서일 것입니다. 선생님께서는 특별한 일이 없는 한 매년 유념해 두셨다가 힘들면 당일치기를 하더라도 거의 빠짐없이 오시곤 하였던 것으로 기억합니다. 오시면 특강도 하시고 각 가족(학급을 이렇게 부름)을 돌면서 시와 삶에 관한 알뜰한 말씀을 해주시는가 하면, 공식 행사 뒤에는 나무 그늘 아래 모인 시인들과 담소를 나누며 좌중에 웃음꽃이 피게 하시는 것을 보면서 선생님의 풍모가 어느 정도인가 조금 가늠해 볼 수 있었습니다.

선생님 말씀은 당신께서 평생 써오신 서정시처럼이나 항상 간명하고 감칠맛이 납니다. 특히 풍부한 경험이 뒷받침된 시단의 재미 있는 에피소드들은 선생님이 아니면 들을 수 없는 것들이어서 언제 들어도 싫증이 나지 않습니다. 또 남의 작품을 줄줄 외는 놀라운 기억력과 정성에, 농담도 잘 하시는 편이어서 현장에서는 물론이고 집에 돌아와서도 두고두고 웃음이 나게 할 정도로 두루 일가견을 갖고 계신 그야말로 선생님께서는 팔방미인이십니다. 그래서 독자든 시인이든 선생님을 만나면 늘 기분이 좋아질 수밖에 없습니다.

5

2000년 3월 하순쯤으로 기억하고 있습니다. 학생들을 데리고 대성리로 MT를 가 있는 중이었는데 휴대전화가 걸려왔습니다. 선생님께서 한국시인협회 회장직을 맡기로 되어 있는데 저에게 사무국장을 좀 맡아달라는 요지의 말씀을 하셨습니다. 저는 능력이 모자라 과연 선생님을 도와드릴 수 있을까 두렵다고 극구 사양을 해보았지만 끝내 그 일을 제게 맡기시어 한 2년간 선생님을 좀더 가까운 거리에서 뵙고 모실 수 있는 기회를 갖게 되었습니다.

시인협회 일을 하면서 저는 선생님의 다른 면모를 보게 되었습니다. 그동안 선생님의 모습과 시와 말씀을 통해서 얻었던 고운 이미지와는 다른 여장부의 풍모를 간직하고 계시다는 것을 알았습니다. 아니, 다르다기보다는 선생님의 서정시에 드러나는 단아한 모습 같은 것이라고 생각되는 일면이 선생님의 지도력에 들어 있음을 보았습니다. 한 치의 흐트러짐도 없이 사전에 철저히 계획하고 차질 없이 진행해 가도록 독려하시는 모습이라든지, 맡은 일은 최선을 다 해서 이뤄내겠다는 책임감이라든지, 사리분별이 반듯하고 시시비비를 분명히 하시려는 모습 등에서 저는 공적인 자리에 앉아 있는 분의 모습이 어떠해야 하는가 하는 점을 역력히 보았습니다.

그러나 일단 사적인 자리로 돌아오면 선생님께서는 다시 그 특유의 부드러움과 다정다감함으로 다가와서 마치 어릴 때 큰 고모나 누나를 만나던 것 같은 착각에 빠지게 하시곤 합니다. 그러니까 사무국 간사들이 기꺼이 선생님 가까이로 모여들고 무슨 일이든 스스로 하려고 나서게 되니 사무국장인 저는 참으로 편하게 일을 할 수 있었습니다. 지금 생각하면 선생님 그늘 아래에서 힘도 별로 들이지 않고 그저 2년을 보낸 것 같아 감사하면서도 한편으로 미안한 느낌이 들기도 합니다. 그런데도 선생님께서는 기회가 있을 때마다 모든 공을 저에게로 돌리려고만 하시니 정말 저는 몸 둘 바를 몰라 쩔쩔 맨 경우가 얼마나 많았던지 모릅니다.

선생님의 이런 모습을 보면 한국시협 50년 역사에 그 누구도 감히 엄두를 내지 못한 전용 사무실을 마련하고 사단법인으로 등록하는 일을 임기 중에 거뜬히 해내신 것이 결코 우연한 일이 아님을 알게 됩니다. 그 힘은 바로 온화함과 단아함이 절묘하게 조화된 선생님의 인품에서 저절로 흘러나온 것이라 생각됩니다. 여성 회장이어서 크고 어려운 일이 아니라 정말로 모두 불가능한 일로 생각해 오던 오랜 숙원사업을 시원히 풀어낸 그 힘은 바로 선생님의 빈틈없이 일을 처리하는 지도력과 사람을 따뜻하게 감싸서 스스로 모여들게 하는 온화한 성격에서 나온 것임을 저는 잘 알고 있습니다. 그러니까 그것은 기적이 아니라 선생님의 사명감과 집념이 이루어낸 쾌거인 셈입니다. 저는 그저 선생님께서 그 일을 완성하실 수 있도록 약간의 잔심부름을 해드렸을 따름이지요

6

이토록 저는 선생님 가까이로 다가가느라 숱한 길을 헤매고 있는데, 창밖의 빗줄기는 지칠 줄도 모르고 땅바닥을 때리고 있습니다. 제가 온종일 선생님 생각에 젖어 있듯이 늦은 봄의 대지는 온종일 비에 맞아 흐느적거립니다.

그러나 저 빗줄기가 결코 영원하지 않을 것임을 압니다. 내일이면 언제 그랬냐는 듯이 다시 햇빛이 비치고 만물들도 새로운 자태로 거듭 날 것임을 저는 압니다. 그리고 또 어느 날인가 무상한 존재가 되어 사라져 버릴 날이 올 것입니다. 꽃도 나무도 또한 저마저도⋯.

이런 무상한 생각으로 이 글을 끝맺으려 할 때, 문득 선생님께서 부채에

써서 저에게 주신 시 한 구절이 마음속을 파고듭니다.

어여쁨이야
어찌
꽃뿐이랴

그래, 그렇구나! 선생님께는 세상만물이 모두 어여쁜 꽃으로 다가왔던 것입니다. 아니, 선생님께서는 세상에 존재하는 모든 것에서 어여쁨을 발견할 수 있는 그윽한 눈을 갖고 계시다는 생각이 듭니다. 그러니까 선생님의 성품을 조직하고 있는 온화함과 단아함이라는 날줄과 씨줄은 곧 범사를 어여쁘게 볼 줄 아는 크고 부드러운 마음에서 우러나오는 것임을 이제야 알겠습니다!

선생님, 그 마음 아주 쪼끔이라도 제게 분양해 주시면 어떨까요? 저는 아직도 이렇게 모래알같이 작기만 합니다. 선생님께서 베풀어주신 그 많은 부채를 언제나 다 갚을까 궁리는 하지 못하고 여전히 빈 그릇인 채로 그저 머리카락이나 선생님 행세를 하고 서성거리고 있으니까요.

아무튼 선생님, 선생님을 생각하면 모든 것이 은혜롭고 감사할 따름입니다. 한결같이 건강하시고 고우시리라 믿으며, 그리고 늘 아름다운 작품 쏟아져 나오기를 기다리고 있겠습니다.

詩人 같은 詩人 허영자

임성숙*

시인이 많은 것은 좋은 일이다. 한국문인협회에 가입한 시인만도 수천 명. 아직 묻혀 있거나 숨어 있는 시인까지 헤아린다면 아마도 만 명쯤 되는 게 아닐까 싶을 만큼 시인이 많은 우리 나라 현실이다.

수많은 사람 중에 정말 사람다운 사람이 흔하지 않듯이 그 많은 시인 중에 시인다운 시인이 얼마나 될까 생각하면 쓸쓸해진다.

하지만 내가 늦깎이 시인의 말석에서 삼십 여 년 사귀게 된 많은 시인 중에 시인이란 귀한 이름이 어울리는 참 좋은 시인들이 몇몇 있어 그들과 가까이 지내고 있으니 얼마나 즐거운 일인지 모른다.

그 몇몇 중에 허영자 시인을 꼽을 수 있고 허영자 시인과 오랜 우정을 누리고 있어 나는 자랑스럽다.

내가 시인다운 시인이라 말하는 규범은 당연히 좋은 시를 쓰는 시인으로서 시를 빚는 기교가 뛰어난 것 못지 않게 그 시의 격이 높아야 한다는데 있고

---

* 시인

가장 중요한 것은 그 시의 격만큼 그 사람됨의 품격 또한 시와 같아야 된다는 데 있다.

글은 바로 그 사람이며 글은 속일 수 없다는 말이 진실이기 때문이다.

어찌된 일인지 요즈음은 작품과 인격은 별개의 것이라 주장하는 이들도 있고 실지로 시 작법의 기교나 야망이 뛰어나 사람들을 현혹시키면서 그 사람됨은 너무나 고약하고 저질인 시인이란 칭호를 부끄럽게 추락시키는 사이비 시인들이 많아졌다.

그래서 굳이 좋은 시인을 시인다운 시인이라 구별해 말할 수밖에 없는 것이다.

허영자 시인은 그 인품에서 그 모습까지 그의 시와 어찌 그리 똑같은지 그야말로 시인다운 시인이다.

내가 허영자 시인을 처음 만난 건 내가 아직 문단에 나오기 전 『현대문학』 지면에서였다. 어떤 어여쁜 여자면 이토록 섬세하고 깔끔한 한국적인 정서를 감칠 맛 있게 표출해 낼 수 있을까. 그녀가 궁금하고 언젠가는 만나게 되리라 고대하였다.

고 신석초 선생님의 추천으로 내가 『현대문학』을 통해 등단한 후 석초 선생님의 배려로 화요일 오후마다 모이는 "화요회"에 나가게 되었을 때 성춘복, 김후란 그리고 허영자 시인을 거기서 만나게 되었다.

석초 선생님 주변에 모인 시인들은 이미 지면에서 알고 있는 내가 만나고 싶었던 시인들이었다. 허영자 시인을 보는 순간 우선 그 모습이 그의 시를 담은 정갈한 그릇 같아 놀라왔다. 아직도 소녀티가 나는 가녀린 모습이지만 서늘한 이마에 총명하고 예리한 눈매가 초롱초롱 총기를 내뿜고 있었다. 경상도 억양이 조금은 남아 있는 말씨도 나즉히 보드라우면서 야무졌다. 그것이 도무지 느끼하지도 역겹지도 않은 애교스러움이랄까. 그의 단아한 한복 차림과 잘 어울려 그녀가 빚어낸 시를 연상하게 하였다.

그렇게 허영자, 김후란 시인과 만나게 되면서 그 인연으로 한국 여성시인만으로 구성한 첫 시 동인회인 '청미' 동인으로 편입생처럼 끼여들게 되었다.

우리의 인연은 동향, 동창도 아닌 같은 직장의 동료도 아닌 순수한 시작품 활동의 동인으로 시작되었다. 30여 년 변동 없는 동인으로 지내는 동안 소나기 같은, 폭우 같은 그런 짙고 충격적인 우정이 아니라 이슬비, 안개비 같이 젖는 줄 모르게 스며들어 속속들이 젖었다, 말랐다 하면서 아예 문양처럼 배어버린 그런 우정인 것이다.

그러니 30대 초반에서 60대 중반을 넘어선 인연이 것이다. 거의 한 세대를 시로써 교우하며 그녀의 이모저모를 보고 겪은 것인데 한 번도 나를 실망시킨 기억이 없다. 오히려 나보다 나이는 연하지만 문단 선배로서 시인다운 시인의 모습으로 말없이 늘 비틀대는 나를 깨우쳐 준 의젓한 사람이다.

그녀도 무남독녀에다가 슬하에 딸 하나고 나도 무남독녀에다 딸 하나라는 그 한 가지 그녀와의 공통점이 나로 하여금 그녀의 삶을 유심히 지켜보게 했을는지 모른다. 평범하지 않은 외진 삶이 어찌 평탄만 했을까만 한 번도 격분하거나 추레하게 풀 죽거나 그렇다고 으시대거나 나대거나 허둥대거나 하는 모습을 나는 본 일이 없다. 어쩌다 새침하게 침묵하는 일은 있어도 웬만하면 여유로운 미소로 항상 멋지고 단정한 옷매무새로, 해학적인 재치와 애교스러운 농으로 좌중을 웃기기도 하는 참 신기한 여자라고 할 수 있다. 마치 다각면으로 커팅한 반짝이는 보석을 연상시킨다. 그녀가 말하는 것, 생각하는 것은 거의 판단이 정확하고 분명하며 지혜롭다.

평생 교단에 선 교수로서 소문난 명강의로 빈틈없는 스승의 덕목으로 일관하였다. 일상적인 살림살이 또한 그녀의 아담한 한옥을 가 본 사람은 알 것이다. 얼마나 심미안이 높고 멋스러운지 알뜰살뜰 깔끔한지.

시협회장의 중책을 맡았을 때도 부담 없이 잘 이끌어 나가면서 요란하지 않게 어느 누구도 이루지 못했던 큰 일을 매듭짓고 물러난 것을 우리 모두는 알고 있다.

그렇게 매사에 꾸준히 다재다능한 자신을 매섭게 절제하며 다듬어가는 모습 그 인품 그대로 시도 쓰고 있다.

들국화 라벤더 향기 같은 가을의 시인 허영자, 참으로 시인으로 타고난 시인이다.

이제 오래 몸 담아온 교수의 자리도 내놓고 온전히 시인으로만 산다고 하니 얼마나 더 빛나는 시를 쓸까 기대된다. 앳되던 시원한 이마에 잔잔한 그늘이 드리우고 머리에는 곱게 서리가 내렸지만 여전히 그 총명한 눈빛만은 초롱초롱하다. 내 눈엔 아직도 할머니로 보이지 않고 아름다운 여자, 시인으로 보인다.

이 땅의 수많은 시인들 특히 후배시인들을 위해 시인다운 시인으로 오래오래 건재, 건필하기를 바라며 우리의 오랜 우정도 한결같이 그리 멀지도 그리 밀착되지도 않은 알맞은 영혼의 거리에서 서로 어여삐 지켜볼 수 있기를 바랄 뿐이다.

여섯 편의 시와 한 권의 팜플렛

조병무*

나에게는 오래된 여섯 편의 시와 한 권의 팜플렛과 프로그램 한 장이 소중하게 보관되어 있다. 물론 허영자 시인과 관계되는 것이다. 이 모든 문건이 나에게 보관된 시기는 단기 4290년, 서기로는 1957년이다. 그러니까 지금부터 46년 전의 이야기다.

한 권의 팜플렛은 표지에 '空白地帶 詩作品(第一卷)'이라고 된 낭송 작품집이다. 프린트로 총 14페이지 분량이며 프린트의 글씨는 필자의 솜씨로 된 이 낭송 작품집에는 일곱 편의 시작품이 수록되어 있다. 순서대로 보면 「시골처녀-許英子」, 「바다에서-鞠埰津」, 「꽃-曹佚芭」, 「꽃과 나金鍾琪」, 「해진 뒤로-朴裁陵」, 「궁구는 것은-李相珪」, 「다리(橋)에서-金埈五」의 작품으로 프린트가 한 쪽 면만 되어 있어 그 뒤쪽 면은 메모지로 쓰이고 있다. 그 당시 이름을 한자로 쓴 시대라 허영자, 국채진, 조일파, 김종기, 박재능, 이상규, 김준오라는 이름이 낯설면서 새롭다. 이 곳의 조일파는 필자가 필명이

<hr>

* 시인, 전 동덕여대 교수

랍시고 쓴 것이다.

우리는 요즘 말로 57학번이다. 대학 입학 학번이 된다. 57학번은 후일 4.19 세대의 중심 축이 된다. 그 당시 서울 시내에 있는 서울대, 숙명여대, 동국대, 이화여대, 연세대, 고려대, 중앙대, 한양대 등 8개 대학의 국문학과 1학년 학생들이 모임을 만든 것이 공백지대 문학회였다. 이 모임의 주선은 동국대학의 조재혁 김병현 조병무 그리고 숙명여대의 허영자의 노력의 결실이고 각 대학에 찾아가 교섭 끝에 동인회가 구성된다. 허영자의 참여는 그 때 동국대 교수이며 숙명여대에도 출강하고 계신 조연현 교수님의 소개로 이루어졌다. 처음에는 10여명 안팎으로 구성되었으나 제1회 발표회 때의 프로그램에는 20여명이 되는 걸 보면 제법 화려한 출발을 한 것 같고 겨울 방학이 지나고 다음해 개학하였으나 많은 남자 동인들이 군대에 입대하고 하여 흐지부지 되고 말았다.

허영자의 글에서 '국문과를 다니던 나는 서울 시내 8개 대학의 국문과 학생들과 모임을 만들어서 독서토론회도 열고 연사를 모셔다가 강의를 듣기도 하고 마침내는 '공백지대'라는 학생동인회를 만들어 작품발표도 하였다. 모임의 친구들 중 남학생들은 상당한 실력들을 갖추고 있는데 비하여 나 자신은 그리 우수하지 못하다는 생각 때문에 조금은 부끄러웠다.(허영자 선수필 /559P.)라는 회고에서도 나타난다.

처음에는 동인들이 주로 지금의 대학로의 은행나무 아래 모여 가지고 온 작품을 돌려가며 토론도 하고 비평도 하면서 헤어질 때는 막걸리 집에서 막걸리를 마시며 담론을 벌인 적이 한두 번이 아니다. 그 당시 막걸리집은 지금도 광화문 비각에서 피막골로 접어드는 초입에 있는 열차집을 주로 찾았다.

위에 든 제1집의 작품집도 그 당시 토론에 사용한 작품집이라고 생각한다. 허영자 시인의 「시골처녀」라는 제목의 작품은 다음과 같다.

육감으로 하나된 우리들이
-기다리는 너를 내가 알고
너를 아는 나를 네가 아는 너하고 그리고 내가-
다섯 번째의 계절에 드디어 서로 만났을 때
너는 단 한 마디
「얼마나 기다렸다꼬」
봄꽃이 곱게 피어났을 땐
도곤도곤 뛰는 가슴으로 꽃점도 쳤을께고
새파란 하늘위 하이얗게 피어나는 솜구름에
동그랗게 망울진 꿈도 실었지야.

아아 그리고 또 너는
그 유혹의 숲을 돌아서 갈대 욱어진 연못으로
그리운 이를 위한 너를 보러
얼마나 여러번 고 작은 맨벌이 뛰었었드냐.
너는
알암이 떨어지는 소리에도 사립문을 열었고
바람의 속삭임에도 가슴 조아리지 않았든가
성게 어린 영창 위엔
수없이 썼다지운 세글자 이름이 있지 않았느냐.
그 위에 더욱
지나는 이들의 조롱스런 웃음을 받고
두 뺨을 붉게 물들였든
터질 듯 익어버린 부끄러움도….

치렁치렁 땋아내린 머리채를 안고
어느것도 호소함이 없이 내가 비치는 네 눈동자

다만 한 마디 네가 내게 주는 말
「얼마나 오래 기다렸다꼬」

복스런 내 소녀여
귀여운 내 소녀여.

　　습작기의 문학소녀 시절의 작품이며 맞춤법은 그 당시의 표현 그대로니 알고 읽으면 된다. 이 작품집은 우리 동인들이 만들고 처음으로 토론과 발표를 위한 작품집에 수록된 것이라고 생각된다. 이 작품의 메모장에 보면 허영자 시인의 시에 대한 나의 '민요풍의 풍토적인 절박한 계절을 노래한 작품. 언어 배열과 구성이 원만. 보드라운 맛이 풍긴다. 동양풍속적인 맛을 그대로 나타냈다고 본다.' 라는 어설픈 평을 달고 있다. 이 작품집에 나타난 7명의 이름에서 허영자, 김준오, 박재능, 필자가 문단에 얼굴을 보이고 있다. 김준오 교수는 유명을 달리했다.

　　한 장의 프로그램은 표지에 '第一回 文學의 밤'이라고 쓴 그 아래로 해가 뜨고 배가 출항하는 듯한 그림을 곁들인 밑에 '때: 4290년11월12일 오후6시', '곳: 동방문화회관', '주최:공백지대문학회' 라 표기하고 옆으로 대각선을 치고 '초대권 1인1장한' 이라고 프린트되어 있는 걸 보면 제법 객기도 부린 모임이다. 1인 1장이 뭔가. 많이 참여해 주면 좋지.

　　이 프로그램은 1학기부터 모임을 가졌던 우리들이 한 해의 결산도 겸해 마련한 것 같다. 이 프로그램의 내용을 보면 1부 2부로 나누어 진행되었고, 박두진 시인과 박영준 소설가, 조연현 문학평론가께서 나오셔서 축사와 특별 찬조 그리고 강연을 해 주셨다.

　　1부에는 시에 김병현 「가을 잎을 보내며」, 박재능 「해진 뒤로」, 최희숙 「마음」, 이상규 「궁그는 것은」, 황정호 「낭만의 풍속화」, 조일파 「참새울음」, 신경식 「독이」, 이세기 「가을에 닥아온 노래」, 수필에 조재혁 「내 마음의 공백에 채련다」, 2부에는 시에 김종기「해바라기」, 국채진「산록에서의 바래움」, 허영자「종언」, 이홍만「무제」, 고재환「나」, 오선균「폐허의 아침」, 수상에 안정환「날러간 흰새」, 수필에 백항배「사나이」, 단편소설에 김영철「회의에의 항거」로 되어 있다. 이날의 행사에 음악 찬조로 오세숙의 '아베마리아' 와 김문자의 '메길곡 뚜나'를 불러 주었다.

참, 세월은 흘러서 이들의 이름도 몇몇의 현역 문인을 제외하고는 어렴풋이 생각나고 특히 신경식이라는 이름을 접하고 현역 국회의원으로 활동하고 있음을 알고 나서 서로 전화를 통해 기쁜 웃음을 나누었다.

최희숙은 이 당시 프랑스의 세계적 소설가 사강과 같이 한국의 사강이라 할 정도로『슬픔은 강물처럼』이라는 소설이 장안의 종이 값을 올려놓았다. 그리고 허영자 시인은 우리 동인 중에서 제일 먼저 문단에 진출한 시인이 되었다. 한 장의 프로그램을 보면서 2부에서 낭송한 허영자 시인의「종언」이라는 작품과 다른 작품이 시인의 노트장에 쓴 만년필 흔적 그대로 내 보관함에 있다는 사실이다.

"울먹 울먹 금방이라도 울음 터질 듯 / 빗죽대는 입술이 가엾으지 않습니까. / 가시는 이! "로 시작되는 작품「종언」에서 강렬한 인간에의 깊은 애정과 통렬한 상념이 솟구치고 있다. 이 당시의 그의 시는 강한 터치에 한국적인 사랑과 정서가 깊다는 것이 특징이다.

오래된 여섯 편의 시는 허영자의 습작시기인 대학생 시절에 쓴 시작품으로, 청색 빛깔의 다소 빛 바랜 만년필로 쓴 허영자류의 둥굴둥굴한 글씨체로 곱게 쓴 영원한 미발표작이다. 그 여섯 편의 시작품의 제목은 다음과 같다. 1- 눈(雪)(1), 2- 눈(雪)(2), 3-黃眞伊의 노래, 4-除夜, 5-양귀비 꽃, 6-終言 이렇게 여섯 편이다. 석 장의 종이에 두 장은 줄 친 노트를 찢어서 쓴 것이고, 한 장은 요즘 말하는 A4 크기의 당시 도화지다. 이 작품은 내가 지녔던 모든 자료가 영원히 보관되고 있는 울산대학교 도서관『평리 조병무 문고』문인

육필 코너에 영원히 보관될 것이다.

당시 우리들은 동인들의 행사를 마치면 광화문 우체국 근처에 있었던 다방 '루팡'을 자주 찾았다. 다방 '루팡'은 2층으로 별 크지 않은 작은 다방이었다. 그 한 쪽 구석진 자리에 앉아 서로의 작품을 보여 주며 많은 이야기를 나누었다. 내가 지닌 이 작품은 1957년 12월, 좀 춥다고 느끼는 그런 날 다방 '루팡'에서 나에게 보여준 작품이다. 그 당시 허영자 시인은 허영아(許英雅)라는 이름을 가끔 사용하였다. 지금은 대학로라 말하는 문리대 터전의 은행나무 그늘 밑, 루팡 다방의 구석진 자리, 덕수궁 돌담길이 한 잎 아스라한 사진이 되고 있다. 마산 촌놈은 그 해 겨울부터 군대라는 혹독한 세계에서 2년이라는 긴 세월을 보내고 오니 허영자는 시인이 되고 있었다.

그 당시 허영자 시인은 작품에 대한 강한 집착과 한국적 정서에 깊은 관심을 가졌다고 생각한다. 위의 다섯 편의 작품에서도 비록 습작기의 작품이긴 하여도 오늘의 허영자의 작품에서 별 떨어지지 않는 걸 보면 그의 집념은 대단하다고 하겠다.

허영자 시인은 지금까지 보여준 작품이 한결같이 한국적인 정서의 바탕 위에서 한국적 상념과 한국적 심성과 한국적인 가락을 새롭게 만들어 주고 있다. 지금은 우리 동인들 가운데 자신의 시 세계를 가장 뚜렷하게 보여주는 시인으로 시사에 기록되고 있다.

'얼음과 불꽃'의 시인
— 허영자 선생님 정년퇴임에 즈음하여

조창환[*]

1960년대 중반의 어느 날, 명동성당 옆에 있는 계성 여고 교무실에서 허영자 시인을 처음 만났다. 그 학교에 가정과 교사로 있는 누님을 만날 일이 있어 점심시간에 잠깐 들렀던 나는, 교생실습을 갖 마친 대학 졸업반 학생이었다. 옆자리에 한복을 맵시 있게 차려입은, 조금 날카로운 표정의, 눈웃음이 산뜻한 젊은 여교사가 있었다. 누님은 이분이 시 쓰시는 허영자 선생이라며 국문과 학생인 나에게 간단히 인사를 시켜 주었던 것 같다. 가냘프면서 맵시 있고, 서늘하면서 기품이 있어 보이는 젊은 여류시인은 몇 마디 인사말을 나누는 데에도 사람을 끄는 매력이 있었다. 누님은 이런 책은 문학 공부하는 네게 더 필요할 것이라며 책상 위에 놓여있던 허 시인의 시집 『가슴엔 듯, 눈엔 듯』을 내게 주었다. 나는 남의 서명이 들어 있는 시집을 꼼꼼히 읽었다. 시집에 담겨 있는 시들도 시인처럼 단정하고 우아한 언어들이었던 것으로 기억된다. 그날 저녁, 나는 그 여류시인이 보통 매력 있는 분이 아니라고,

* 시인, 아주대 교수

책 읽은 소감과 함께 낮에 언뜻 보았던 연상의 여류시인에 대한 첫인상을
누님께 말했었다.

삼십 년 세월이 흐른 1990년대 중반의 어느 날, 공주에선지 부여에선지
시협 가을 세미나를 마치고 돌아오는 차 안에서 허 선생님과 나는 옆자리에
앉아 오래 담소를 나누었다. 놀랍게도, 허 선생님은 삼십 년 전에 내가 누님께
그 여류시인이 참으로 매력 있다는 얘기를 했던 것을 잊지 않고 계셨다. 나는
그 말은 지금도 여전히 유효하다고 말씀 드리면서 웃음 섞은 대화를 나누었다.
그간에도 시협이나 여러 문단 행사에서 허 선생님을 만난 적은 많았지만,
나는 늙어 가면서도 기품이나 매력을 잃지 않고 계신 몇 안 되는 사람들 중의
한 분으로 마음 속으로 허 선생님을 꼽고 있다.

깨끗하고 단정한 매무새, 초롱초롱하면서도 표정이 풍부한 눈빛, 그리고
낭랑하고 상냥한 음성은 허 선생님의 매력이다. 그러나 나는 허 선생님을
알고 지내면서 그러한 외면적인 매력의 속 깊은 곳에 숨어 있는 진정한 매력을
발견하고 은근한 존경심과 외경심을 느낀 적이 많았다. 책임을 맡았을 때는
공과 사를 엄격히 구별하는 분별력이 앞서시는 분, 목적한 일을 일관되게
밀어 부치는 강한 추진력이 있는 분, 그러면서도 후배 시인들과 여류시인들의
거울이 될만한 품격과 친화력을 지닌 분이라는 점이 허 선생님의 진정한 매력
이다.

몇 해 전 시협 회장직을 맡아 단체의 오랜 숙원이던 전용 사무실을 갖추고,
사단법인체로 등록할 수 있도록 준비해 놓아 한국시인협회의 운영이 활성화될
수 있는 기틀을 마련한 것도 모두 허 선생님의 이런 적극적이면서 자상한
성품에서 이루어진 것이 아닌가 한다. 이런 큰 일을 하면서도 매사 물 흐르듯
이 자연스럽게 이루어 가는 솜씨는 놀라운 것이었다. 이 시기에 나는 마침
미국에 체류하고 있었던 연유로 조금도 도움이 되어드리지 못하였던 것이
지금도 못내 송구스러운 마음의 짐으로 남아있다. 듣기로는, 재직하시던 학교

에서 연구년을 맞아 시 쓰는 일에 몰두하시거나, 여행이나 휴식 등의 재충전의 기회로 삼을만한 기회를 오로지 시협 일에만 매달리셨다 하니 그 철저한 책임 의식에 고개가 숙여지기까지 한다.

　허 선생님은 애교 많고 부드러운 면을 지닌 분이기도 하다. 가까운 여류시 인들과 흥에 넘치는 시간을 보낼 때 우연히 옆에 섞여 있던 적이 있었는데 그 격의 없고 분방한 대화에는 좌중을 즐겁게 이끌어 가는 미묘한 힘이 있었다. 이러한 인간적인 매력은 허 선생님 주위에 늘 많은 사람들이 모여들게 하는 계기가 되었고, 그래서 지금껏 외롭지 않은 삶을 살아오신 것이 아닌가 한다. 날카롭되 찌르지 않고, 정도를 걷되 여유를 잃지 않는 성품은 허 선생님의 인간과 시의 차원을 높인 비결이 아닌가 한다. 감성적이면서 절제를 지녔는가 하면, 이지적이면서 충동을 숨기지 않는 시들은 지성과 열정을 아울러 품고 계신 허 선생님의 내면에서 우러나온 것이다.

　이러한 기질적 양면성은 허 선생님의 시가 지닌 개성이며 특색이기도 하다. 세련된 감수성과 현대성을 지녔으면서, 한편으로는 고전적 우아함과 격조를 지닌 시들에 대하여 어떤 사람은 사랑과 인연의 의식이라 말하기도 하고, 어떤 사람은 가열찬 삶의 에스프리라 말하기도 한 것을 읽은 적이 있다. 언젠 가 어느 후배 시인이 「내가 만난 허영자」라는 짧은 인상기에서 허 선생님을 일컬어 '얼음과 불꽃'이라고 쓴 것을 읽으면서 속으로 공감한 적이 있었다. 허 선생님의 시에서나 인품에서 나 역시 '얼음과 불꽃' 같은 걸 느끼고 있었기 때문이다. 차가움과 뜨거움, 단단함과 허무함, 현실과 환상, 억압과 해방 등은 허 선생님의 내면에서 시심을 불러일으키는 양극적 요소인 것처럼 보인다. 이 두 세계는 조화롭게 공존하면서 서로 힘과 자극을 주는 요소인 것처럼 보이기도 한다. 그렇다면, 허 선생님은 이 두 세계의 중간쯤에서 평정과 중용 의 여유를 누리시는 것일까? 그렇지는 않아 보인다. 오히려 그 두 세계 사이의 긴장과 탄력을 아끼고 귀히 여기시는 것 같다. 그런 점이 허 선생님의 시에

팽팽한 정서적 밀도를 불어넣는 원동력이 되는 것이 아닐까 한다.

허 선생님은 시 「얼음과 불꽃」에서 사람은 누구나 마음속에 못다 이룬 한의 서러움이 응어리져 얼어붙은 얼음과 눈보라의 겨울을 지니고 있으며, 그러기에 황홀한 도취와 투신의 타오르는 불꽃을 꿈꾼다는 내용을 시로 읊으신 적이 있다. 그렇다. 진정한 시인의 삶이란 이러한 절대 고독의 공간에서 자신을 내던지는 황홀에의 도취를 꿈꾸는 일이 아닐까. 그런 점에서 허 선생님의 시는 정직하면서 호소력이 있다. 이러한 허 선생님께서 최근의 내 시집 『피보다 붉은 오후』의 뒤 표지에 몇 마디 짧은 평을 얹어주신 것을 나는 고이 간직할만한 영예로 생각하고 있다. 가깝다 생각되면 귀찮은 부탁이라도 선뜻 응해주시는 소탈한 인간미는 허 선생님과의 인연을 더욱 소중한 것으로 간직하게 한다.

허 선생님은 우리 시대의 진정한 숙녀의 한 분이다. 지적 교양과 인간적 매력, 우아한 언어와 뜨거운 감정, 고독한 정신과 아련한 꿈꾸기 등은 허 선생님이 주위 사람들에게 던져주는 향기이며 체취이다. 이러한 시인 허영자 선생님께서 어느덧 재직하시던 대학에서 물러나야 하는 정년퇴임의 시기에 이르렀다고 한다. 아직도 젊은 시절의 매력을 고스란히 간직하고 계신 분이 정년퇴임이라니…… 도무지 어울릴 것 같지 않은 이야기지만, 세월 이겨내는 장사 없다는 것은 진리가 아니던가. 부디 퇴임 후에도 건강하시고, 싱싱한 감정 잃지 마시고, 더욱 좋은 작품 남기시기를 축원할 따름이다.

창포향기로 오는 시선

추영수[*]

허 시인은 1961년 - 1962년에 등단하여 오늘에 이르도록 상재한 시집 7권에 시 선집 6권 그리고 산문집 6권을 비롯하여 다수의 수필 선집과 저서가 있으며 허영자 문학 전전집까지 발간되어 크게 인정받고 사랑받는 시인이며 국문학 교수입니다. 허 시인의 수작을 평한 단평은 제외하고 대 한국의 석학들이 허영자를 논한 20 여 편이 넘는 논문을 통하여 놀라움으로 공감하며 그것만으로도 허 시인은 투명 인간이 되어 있다고 생각합니다. 여기에 아둔한 제가 허 시인에 대해 사족을 달다가 흠집이라도 내지 않을까 심히 염려하면서 사랑하는 친구에 대한 소견을 적으라는 명을 받고 몇 자 올리오니 혜량하여 주시기 바랍니다.

1962년 어둑 무렵, 바람이 쓸쓸한 날 '청미(靑眉)'가 모이는 다방 안의 훈기는 싫지 않았습니다. 굳어진 어깨를 내리고 "반갑습니다" 처음 뵙는 분들

[*] 시인

에 대한 인사를 올렸지요. 은은한 불빛 아래서 무척이나 조심스럽게 피워 올리던 여류시인들의 그 때 그 미소를 잊을 수 없습니다.

교만하지 않으면서 헤설프지도 않던 기품 있는 미소가 바로 오늘의 '청미' 색깔입니다.

그때 허 시인은 내 섧은 미소를 알아챘는지 입가에 허 시인 특유의 매력으로 미소를 먹음은 채 활활 타오르는 눈빛 인사를 건네주었습니다. 나는 하얀 불꽃같은 그의 눈빛에 찔린 듯 매료되고 말았습니다. 그리하여 뜨거운 듯 차갑고 차가운 듯 뜨거운 허 시인은 우리의 만남이 거듭될수록 내게 향기로 다가 왔습니다.

고향집 바깥대문을 지나서 안대문을 밀고 깊이 들어가면 거기 나란히 해를 베고 앉아 가족들의 뿌리를 안고 오손도손 빛나는 장독대 옆에 사시절 마를 줄 모르고 흘러 넘치던 옹달샘을 지켜 기개(氣槪)차게 뻗어 오른 창포 잎들이 기다리는 고향 향기, 바로 창포향기 그윽한 고향 향기로 다가 왔습니다. 우연히 길을 오가다가 짧은 치마 한복차림으로 매무새 흩어리지 않고 곱게 미소짓는 허 시인을 만나면 도심의 풍경이 일시에 고향배경으로 둔갑하는 착각도 경험할 때가 있었습니다.

허 시인은 뿌리가 더 향기로운 시인입니다. 그 향기는 결코 요염하지 않으면서 은근과 기품(氣品)으로 상대의 정신을 사로잡는 묘한 마력을 지닌 참 귀한 조선의 향기입니다. 향기는 시공을 초월합니다. 꽃잎이 시들어도 그 뿌리의 향기는 시들지 않습니다. 낮과 밤, 생시와 꿈, 예와 이제, 무한대의 거리를 잡힐 듯 잡힐 듯 향기로운 시인이기에 온유함과 냉철함, 검소함과 화사함, 깔끔함과 소탈함, 이타적인 베품과 단호한 절제가 극단의 조화를 이룬 매력 덩어리입니다.

나긋나긋 예절바르며 어른을 공경하고 약자를 정성껏 보살피지만 불의와 파렴치에 대해선 그 맺고 끊음이 내리치는 비수 같았습니다. 평소 그의 의복이나 씀씀이는 얼마나 검소한지 남들은 다 버린 옛날옛적 옷들도 허 시인이 걸치면 화사한 예복이 되고 안목이 없어 쓸만한 물건이 버려져 있으면 주저하지 않고 주위서 적재적소를 찾아 보내주는 수고를 아끼지 않았습니다. 그것이 그리 쉬운 일이 아닙니다. 마음이 있는 곳에 눈이 가기 마련이며 용기와 정성이 필요한 일입니다.

또 허 시인은 주인의식이 투철합니다. 대한민국 성북구 성북동의 주인으로서, 참 지도자의 모습을 몸소 실천하고 있습니다. 교만하지 않고 정성스런 연민의 정으로 이웃을 사랑하고 배려합니다. 동리 아주머니를 만나면 소탈한 동리 아주머니가 되고 어린이들을 만나면 다정한 동리 할머니가 됩니다.

성북초등학교 아래 매년 길거리 쪽으로 난 창문 밑에 십여 개나 되는 화분에 꽃을 가꾸어 나란히 걸어두며 빈 화분을 모아 꽃을 심어 길거리 미화에 신경을 쓰는 할머니가 계십니다. 허 시인은 그 어른께 일부러 다가가서 말을 걸어 관심과 격려를 보내는 것 같은 이웃에 대한 사랑의 예화들이야말로 주인다운 배려요 세상의 소금이 아니겠습니까.

이렇게 작은 일 하나하나에 관심을 가지고 정성을 쏟는 지도자가 있기에 사회가 희망을 향해 실망하지 않고 선을 행하게 되지 않겠습니까. 교만하게 뻐기지 않는 자상함이 주위에 아름다운 심성을 심어주게 됩니다. 격려자요 위로자인 허 시인은 불우 이웃을 위해 그 바쁜 시간을 할애하여 당신의 물건을 챙겨 바치고 조그만 짬이 생기면 고생하는 교사들에게까지 손수 만든 음식을 날라다주실 때 사람들의 힘은 그를 기억하는 이들의 관심 어린 사랑에서 피어남을 절감하게 됩니다.

허 시인은 늘 내 언니요 스승이었습니다. 헌데도 게으른 나는 그를 따르지 못했습니다. 허 시인은 사랑하는 그의 아버님을 닮아 퍽 학구적이었습니다. 60년대의 얘기니 우리가 20 대 쩍 일입니다. 그는 어떤 사람이나 일에 관심을 가지면 그 사람과 일에 관계되는 모든 것을 숙지한다는 사실을 알았습니다.

미술이면 미술, 연극이면 연극, 민족사면 민족사 등등… 이렇게 안이한 감정만으로 사람이나 일에 접근하지 않고 학구적으로 몰두하는 모습이 오늘날 제자들의 귀감이 되는 허 시인으로 허 교수로 있게 하여 준 줄 압니다.

새벽녘 옹달샘 샘물처럼 차갑고도 투명하여, 양기 바른 오월 단오에 온 마을을 씻기는 창포 향의 헌신 같은 허 시인의 미소를 보면서 아름답기야 꽃을 당할까만, 아름다운 꽃을 피운 뿌리가 더 향기로우니 하늘로부터 받은 그 뿌리의 소명이 얼마나 클까 하는 생각을 하게 됩니다.

허 시인과 오랜 세월 두고두고 대화를 나누다 보면 허 시인의 사랑의 아름이 얼마나 넓고 깊은 지 제 가슴이 찡하고 울릴 때가 한 두 번이 아니었습니다. 향기로운 뿌리 깊이 내리려면 남모르는 아픔 하 많이 삭여야 했겠지요 지심 깊이 수맥 찾아 긍정의 뿌리 곱게 갈무리하고 향기로 승화된 허 시인이기에 매사를 보는 그의 눈은 긍정의 눈이요 긍휼의 눈이요 사랑의 눈이요 여과지의 눈이었습니다. 우리들의 아픔을 향하여, 우리들의 눈물을 향하여 헌신(獻身)의 창포향기로 오는 사랑의 시선(詩仙)입니다.

봄날의 온유함, 가을 하늘의 냉엄함

최승범[*]

허영자 시인과의 사귐은 30년을 이쪽 저쪽 헤아려 볼 수 있을 것 같다. 처음으로 만난 것은 '한국시인협회'의 한 모임에서였다. 목월 선생께서 회장을 맡아 계시던 때였다. 아마 전주에서 갖게된 세미나의 자리에서가 아니었던가 싶다. 세미나의 순서엔 김종길 선생의 말씀을 듣는 순서도 들어 있었다. 발표 제목은 기억에 없다. 그러나 김선생은 허영자 시인의 시 「감」에 대하여 극찬을 보냈다는 사실만은 잊을 수가 없다. 다문다문 시행을 인용하여 읊으시며 해설을 곁들였다. 그리고 "허 시인의 시는 단순히 정서의 표현에 그치지 않고 영혼과 육체의 깊은 곳으로부터의 울림을 느끼게 한다"는 마무리를 하신 걸로 기억한다. 「감」은 두 연, 여섯 행의 짧은 시다. 그날로부터 이 시를 잊지 않고 있다. 뿐인가, 가을 푸른 햇살 아래 서거나, 감나무에서 붉은 빛으로 익어 가는 감을 대할 때면, 문득 저 시행들을 읊조리게 된다.

---

[*] 시인, 전 전북대 교수

이 맑은 가을 햇살 속에선
누구도 어쩔 수 없다
그냥 나이 먹고 철이 드는 수밖에는

젊은 날
뜨겁고 비리던 내 피도
저 붉은 단감으로 익을 수밖에는.

저 때 바라본 허영자 시인은, 그후 언제나 생각이지만 가녀린 몸매에 해사하게 고운 얼굴이었다. 허 시인은 고향이 함양이라고 했다. 80년대 초까진 흔히들 서울에서 함양길이라면 전주를 거쳐 남원으로 하여 가는 교통편을 이용하였다. 허 시인도 귀성길이면 때로 전주에 들리기도 하였다.

전주에는 허 시인의 성품과 문학에 대한 팬들이 적지 않았다. 양해생·김옥생 부부와 원영애, 목경희를 비롯하여 전북 문학 동인들은 누구나 허 시인이 전주에 들려준 것을 기뻐하였고 만남의 자리일 때마다 헤어짐을 아쉬워들 하였다. 나도 같은 마음이었다. 79년도였던가. 『전북문학』 50호 기념특집에 허 시인의 시 한 편을 꼭 싣고 싶었다. 허 시인은 흔쾌히 보내주었다. 「비사벌(比斯伐)」이라는 시였다. 비사벌은 전주 고호의 하나다.

1.
비사벌!
생각을 하면 절로 웃음이 난다
그 봄날 노시인(老詩人)의 뜰에
목련화가 피어 웃었듯이……

비사벌!
생각을 하면 절로 울음이 난다

'달하 노피곰 도다샤
머리곰 비취오시라'

구성진 판소리 가락 산과 들에 스미어
젖어 흐르나니……

비사벌
생각을 하면 옷깃을 여미게 된다
마지막 남은 한국의 바람
모시 두루막 자락의 칼칼한 바람
합죽선에 실리어 천리 만리를 가느니……

이 원고를 받아들었을 때 나는 더없이 고마웠다. '허 시인도 전주를 사랑하시는가' 싶자 더없이 기뻤다. 이 시는 작곡가 김정두 교수에 의하여 작곡된 바 있다. 85년 『전북문학』 100호 기념호에도 스스럼없이 '시 한 편 보내 주십사' 청하였다. 「송(頌)·전북문학」을 흔쾌히 보내주었다.

아주
가까이서보단
조금 떨어져서
한 여나문 걸음 떨어져서
더 은은한 내음
난(蘭) 향기

아주
진한 말로서보단
조금 수줍은
어눌한 듯 수줍은
그런 속삭임의

맑은 바람결

조급하지 않으면서
날렵하고
섬세한 가락 속에
깊고 그윽한
노래와 춤
전북문학!

『전북문학』 편집자로서는 과분한 이 시를 염치 좋게도 권두에 실은 바
있다. 많은 독자들은 이 시를 들어 『전북문학』을 칭찬해 주었다.
　2001년 『전북문학』 201호를 내면서도 허 시인을 모시게 되었다. 자축의
자리에 참석하진 않았으나, 미리 보내준 시는, 「넘치는 향기」였다. 이 또한
여기에 자랑하지 않을 수 없다.

　　『전북문학』은
　　비사벌 하늘에 걸린 무지개
　　마음과 마음을 잇는
　　고운 꿈의 다리

　　『전북문학』은
　　비사벌 정신을 담아 흐르는 강물
　　구비구비 은물결 돋우며
　　유장한 역사를 노래하네

　　2001년 『전북문학』 201호
　　이 화안한 꽃밭
　　사방에서 들려오는 찬양의 소리
　　드높은 갈채소리

세월이 흐를수록
이 책에 실린 글들 빛을 더하고
넘치는 향기 향기
온 누리에 퍼져라

사실, 지방에서 꾸리고 있는 동인지나 문학지에 이러한 시 한편이 주는
격려의 힘은 큰 것이 아닐 수 없다. 편집자 또한 큰 보람을 느끼지 않을 수
없다.

이보다 3년 앞선 『전북문학』 176호도 허 시인의 두 편의 기고로 빛낼 수
있었다. 「시심(詩心)」과 「피폐(疲弊)」였다. 두 편이 다 시조 시형에 담겨 있었
다.

인심이 천심이면 시심도 동심이라
아이 곧 울면은 배고픈 세월이오
시인이 괴로워하면 종말 가까운 세상이다

— 「시심」

물 좋고 바람 맑고 인정 많던 우리 고향
때 없는 산성비로 인정마저 변했단다
어쩔고 이 병든 땅을 어찌하면 살려낼꼬

— 「피폐」

단수(單首)들로 되어 있다. 허 시인의 시조시를 대한 것은 처음이다. 갑자기
시조 시단이 흥성해진 느낌이었다. 반갑고 기뻤다. 이후에도 간간 허 시인이
발표한 시조시를 대하며 시조를 내세우고 시조를 쓴다는 시인보다도 자유시의
당(堂)에서 시조를 쓴 시인이 얼마나 더 깊고 넓게 시조시의 본령을 보여주고
있는가를 절감하지 않을 수 없었다. 허 시인에게 직접, '시조시집 한 권 내세

요'를 간청한 바도 있다.

허영자 시인과의 사귐을 귀하게 여기고 좋아하는 것은 이러한 시문학으로 하여서가 아니다. 허 시인을 대하면 언제나 봄 날씨 같은 넉넉한 따스함에 감싸이게 된다. 그런가하면 다른 한편으론 가을하늘의 추상같은 냉엄한 모습도 대할 수 있었다.

70년대 후반에 들어서가 아니었던가 싶다. 은평구 불광동의 허 시인댁을 방문한 일이 있었다. 저때 미국 뉴욕 거주의 이계향 여사가 일시 귀국하여 수필집『뉴욕하늘 서울하늘』을 상재한 바 있었다. 그 이계향 여사와 어울려 허 시인의 초대를 받은 것이다.

허 시인의 어머님께 인사를 올린 것도 저때의 일이다. 넓지 않은 정원이 잘 손질되어 있었고, 허 시인의 서재도 좁은 공간이었으나 정결하게 정돈이 되어 있었다.

처음 차가 나오고, 얼마쯤 있다가 교자상이 나왔다. 어머님과의 생활이어서 허 시인은 자주 자리를 뜨기도 하였다. 음식을 새로 내오기도 하고, 식은 듯하면 다시 다습게 앙구어 내기 위함이었다.

초겨울의 저녁이었다. 나는 저문 밤 허 시인의 모습에서 우리의 옛 법도 있는 집안의 어머니상을 기리며, 다른 한편 시인의 시행들을 되 생각해 보기도 하였다.   특히,

> 상을 차리는 아내의 몸놀림엔
> 딩동댕동 나지막한 기타소리
>
> 냉이랑 꽃다지 미나리강회
> 정갈한 행주치마 봄의 요리사

로 시작되는「아내의 부엌에선」의 시편이 떠올랐다. 정이 담긴 상위의 갖은

음식을 이것저것 즐기며 이 여사와 나는

을 함께 느끼다가 밤 이슥하여 자리를 일어섰다.

그 후 80년대 초반의 일이었던가. 몇몇 서울 친구들과 어울려 롯데호텔의 커피숍 '페닌슐라'에서 차를 나눈 일이 있었다. 허 시인도 자리를 함께 했다.

문제는 찻값의 계산에 있었다. 살며시 일어난 허 시인이 카운터 쪽으로 가는 것이 아닌가. 친구들과의 만남은 내가 청해서의 일이었다. 나는 바로 허 시인을 뒤쫓아가서 카운터 앞에 섰다.

이게 잘못된 것이다. 빌을 들고 줄 서 있는 외국인을 의식하지 못한 이 촌뜨기가 새치기를 한 것이다. 등뒤에서 뭐라고 투덜대는 소리를 듣고야 '아차' 하지 않을 수 없었다.

이 때, 허 시인이 나섰다. 순간의 일이어서, 영어였던가, 불어였던가, 아무튼 허 시인은 능변의 외국어로 그 외국인을 닦아세우는 것이었다. 아마 더치페이 아닌 우리의 풍습을 들어 저켠을 나무라는 것 같았다. 허 시인의 저렇듯 꼿꼿이 세운 눈매와 매몰찬 입모습을 본 것은 처음이었다. 물론 그 후에도 없었다.

또 하나의 이야기, 이 일자만은 또렷하다. 2000년 5월 5일. 충남 서산군 '한산모시관' 윗켠에 신석초(申石艸) 선생의 시비가 세워지던 날의 일이다. 저 제막식에서 허 시인은 '한국시인협회' 회장으로서 축사를 한 바 있다. '허 시인은 저렇듯 말도 잘 하는가' 경탄하지 않을 수 없었다.

석초 선생을 기리고 그 시세계까지를 말하여 시비 제막을 축하함이 마치도 허 시인의 시처럼 간결하면서도 아귀가 딱딱 맞아 이어지고 매듭짓는 말씨들이었다. 전주까지 돌아오는 차 안에서도 허 시인의 '축사' 여운을 쉽게 떨쳐버릴 수 없었다.

— '내가 아는 허영자'

이제 주어진 지면의 마무리를 지어야 할 것 같다.

그래, 허 시인은 막 꽃처럼 피는 젊음에서 — '그냥 나이 먹고 철이 들 수밖에는', — '저 붉은 단감처럼 익을 수밖에는'의 달관이었거니, 이제 60대의 중반에서는 또 어떠한 철리를 시와 삶으로 펼치실 것인가.

나는 앞날에도 허영자 시인의 시와 삶에는 봄날씨의 따스함과 가을 하늘의 냉엄함이 한결 같이 배어 있으리라는 생각이다.

그 앞날을 빌어 마지않는다. 축수할 뿐이다.

시인 허영자! 그 머리에 白銀이 내리니

홍윤숙*

시인 허영자, 내가 그 이름을 알게 된 것이 언제였던가 기억이 희미하다. 토막그림처럼 떠오르는 40여 년 전 장면 하나, 어둑한 다방 한 구석이었다. 하얀 얼굴이 유난히 섬약해 보이던 모습…… 60년대였던지 70년대였던지 모르겠다. 동행한 문인으로부터 허영자 시인이라고 소개를 받았는데 그는 별로 어려워하지도 부끄러워하지도 않고 담담한 눈길로 나를 쳐다보았다는 기억만이 남아 있다. 왜 그의 인사가 그렇게 덤덤하고 소홀했을까 적어도 나보다 10여 년의 나이차가 있어 보이는 새까만(?) 후배가 … 끙, 끙, 끙. 이런 생각을 그때 했는지 어쩐지도 기억에 없다. 요즘 같은 세태에서야 너무도 흔한 일로 딸 같은 나이의 후배가 선배 알기를 벌레 먹어 상한 과일 보듯 기피하는 게 예사지만 40여 년 전만 해도 우리는 선배 알기를 밤하늘에서 안드로메다 성좌를 발견한 듯한 설렘과 감동으로 일 미터쯤 떨어진 자리에서 허리를 90도 각도로 꺾으며 인사를 했던 때였었다. 노천명 선생님을 처음 만났을 때도 모윤숙 선생님께 처음 인사를 드렸을 때도 나는 그런 심정, 그런 자세로 인사를 했었다.

---

* 시인

그런데 다방에서 작은 차탁자 하나 사이에 두고 무릎이 맞닿을 정도의 거리
에 앉아서 빤히 얼굴을 쳐다보며 고개를 까닥하는 정도의 첫인사를 하던 허영
자 시인의 모습에서 나는 많이 낯설고 먼 거리감을 느꼈었다. 어쨌든 첫인상은
그러했다. 그리고 돌아오면서 나는 내가 자격미달의 별로 좋은 시인이 못되는
탓임을 스스로에게 타이르며 자책했던 것을 기억한다.

이 이야기는 지난 40년 동안 누구한테도 말한 적이 없고 오늘 처음으로
허영자 시인의 정년퇴임 기념글을 쓰면서 고백성사 하듯이 여기에 적는 것이
다. 그렇다고 내가 마치 입이 무거운 사람이라고 자랑하는 것이 아니라 사실
은 그후 곧 잊어버렸기 때문이다. 그것은 곧 그에 대한 나의 첫인상이 많이
잘못되어 있었음을 알게 되면서 자연스럽게 잊어버리게 되었던 것이다. 사실
그는 사석에서나 공석에서나 너무도 깍듯하고 예의바르며 언행이 반듯하고
단정하다. 그러면서도 때로는 청중을 웃길 줄 아는 해학도 곧잘 사석에서
보여주고 분위기 있는 노래솜씨로 좌석을 즐겁게 해주기도 한다. 흐트러짐
없는 완벽(?)한 몸가짐은 때로 작위적이라는 평을 듣기도 하지만 바로 그것이
그의 타고난 천성적 개성임을 이해하게 된다. 즐겨 한복을 차려입고 고전적
인 한국여인의 요조숙녀상을 연출해내는 멋과 끼도 지녔고 낭랑한 목소리로
청중을 매료하는 진솔한 능변도 지니고 있다. 그리고 무엇보다도 그 모든
것이 바로 그의 전통적 한국 시가(詩歌)의 맥을 이어 온 고전적 가인(歌人)의
자리를 지키게 한 힘이 되었다고 보여진다. 한마디로 그는 외유내강, 섬세하
면서도 강인하고 부드러우면서도 대쪽같은 기상을 지닌 이 시대의 희소한
여인상의 한사람이다.

그가 얼마나 능력 있는 일꾼인가 하는 것은 한국시인협회 회장으로 재임하
면서 엄두도 내지 못했던 거금 1억이 넘는 모금을 감행하여 시협을 사단법인
의 공식단체로 끌어올리는 한편 30년이 넘는 시협 역사상 처음으로 사무실을
마련하는 쾌거를 성공적으로 창조해냈다는 사실이다. 누구도 생각만 했을 뿐

엄두도 내지 못한 일을 그는 큰소리 없이 조용히 이루어냈던 것이다. 그는 개인적인 욕심이나 야망이 없고 오직 주어진 직책 안에서 최선을 다해 십이 분의 능력을 발휘해내는 책임감과 추진력과 또한 사명감을 지닌 이른바 지와 덕과 힘을 지닌 여장부적 기질을 갖고 있는 것 같다. 작은 몸집에 섬세하고 약하면서도 냉철함과 투철한 정신으로 사물을 바르게 판단하는 지혜를 지니고 있음이 분명하다. 이제 나이를 먹으면서 보다 넓고 깊게 대범한 도량을 지녀간다면, 그리고 사소한 감정에 휩쓸리지 않고 대의를 위해 소를 희생할 줄 아는, 다시 말하여 스스로 자신의 감정을 다스리는 힘을 갖추어 간다면 그는 시인으로서나 인간으로서나 분명 완덕의 길을 걸어갈 수 있는 인재라고 나는 생각한다.

사실 나는 그를 시인으로서 아끼고 좋아하지만 보다 더 그의 투명하고 표리 없는 인간성을 더 사랑한다. 적어도 그는 이중적 성격으로 의리를 저버리거나 대인관계를 이해타산으로 맺지는 않을 것이라는 생각이 든다.

인격적인 삶, 그것은 시보다 더 중요하고 바로 시의 출발인 것을 적어도 그는 알 것 같다. 끝으로 허영자 시인에 대한 나의 불평은 그렇게 예쁜 집을 가꾸어 놓고 많은 친구들을 불러 차대접을 했다는데 나는 단 한 번도 초대받지 못하였으니 그것이 유감스럽다. 이제 정년으로 쉬는 날이 많아질 터이니 그 비둘기집 같이 예쁜 한옥에서 차를 마실 기회를 베풀어 줄 것이라 기대해 본다.

언제나 꼿꼿하고 의연하게 그러면서 대숲에 살랑대는 바람처럼 사근사근한 시인 허영자! 이제 그 머리에 백은이 내리니 비로소 그 생의 완성이 보이는 것 같다.

허영자 시인과의 만남

황금찬[*]

어느 날 명동 찻집에서 차를 마시고 있었다. 박목월 선생이 내게 "황형 나 이번에 좋은 시인 한 사람 찾았어. 그래서 『현대문학』에 추천했지. 아주 꿈같은 시야. 아직은 학생인데 앞으로 우리의 기대를 채워 줄 수 있는 시인이 될 것이 분명해. 아주 좋은 시인이야. 앞으로 황형도 만나게 될 거요"라며 아주 목이 마르도록 칭찬하는 것이다.

내가 물었다. "얼마나 좋은 시를 쓰기에 칭찬이 그리 큽니까? 허난설헌의 맥이라도 이을 수 있을 것 같습니까?" 했다. "아 그런가, 마침 이 사람도 허씨 야, 허영자라고 했지. 그러니까 맥이 통할지도 모르지." 라며 박목월 선생은 첫 번째 추천을 받은 그를 아주 큰 기대에서 칭찬하는 것이다. 나는 허영자의 첫 추천 시를 기대할 수밖에 없었다.

61년 2월초 『현대문학』에 「도정연가」가, 그 후 「연가 3수」가, 다시 「사모 곡」이 발표되면서 추천이 완료된 걸로 알고 있다. 박목월 선생의 칭찬도 있었

---

* 시인

고 또 기대도 컸기에 허 시인의 작품은 발표되는 즉시 읽곤 하였다. 그런데 허 시인을 만날 수 있는 기회는 좀처럼 오지 않았다.

내가 허 시인을 처음 만난 것은 오랜 뒤였다. 군사혁명 후에는 문인들이 명동에 잘 모이지 않았었다. 다만 몇몇 다방에 옛정을 못 잊는 이들이 모이곤 하였다. 어느 날인가 목월 선생으로부터 바쁘지 않으면 명동 상젤리제 다방으로 나오라는 연락이 왔다. 그 자리에서 허 시인을 소개받았다. 그후 나는 목월 선생에게 허 시인은 시와 모습이 같은 사람이라고 말한 기억이 새롭다. 그는 마치 고향집 뜰에 서있는 석류나무 같았다. 지금 역시 그렇다. 실례의 말이 될지 모르나 허 시인은 인생의 철이 들었다 해도 내 늙고 볼품없는 눈에는 여전히 어린애로만 보인다.

그의 시를 하나 읽어본다.

꽃피는 봄밤에는
마음도 열리거라

옛날에 앓던 병
새로 또 아려 오고

옛날에 기쁘던 일
새로 눈물겨웁구나

임의 말씀 들리는
꽃피는 봄밤

목숨이 목숨이

이토록 향그른 봄밤.

「봄밤」이라는 이 시를 위시하여 많은 작품들이 한국 정서의 진맥을 찾는 기쁨을 주었다. 한국의 시, 특히 여성시들은 이웃나라와는 다른 점이 있다. 한국 정서의 맥은 누구보다 한국 여성시인들이 잘 드러낸다고 본다. 잘 모르는 말이 될지 모르지만 조선조의 여성시들은 어느 나라 여성시인도 따를 수 없는 민족성을 드러낸다고 생각한다. 허영자 시인은 바로 이런 전통의 밭에서 핀 꽃이라 여겨진다.

우리 조선조의 뛰어난 여성시인은 어떤 이들이었을까? 여기에 그 몇 사람의 이름을 거론해보기로 한다.

허난설헌과 그를 흠모한 소설헌, 이옥봉, 박죽서, 금원, 김운초 등이 대강 떠오른다. 이들의 시가 솟아난 원천은 같을 것이다. 다만 선후의 차이가 있을 뿐이다. 몇 편을 소개해본다. 원래는 한시지만 사학자인 차상찬 선생의 한글역으로 읽어본다. 먼저 이옥봉의 「단종대왕의 노릉을 보며」다.

천리의 영월길을 사흘에 넘어
애달픈 노래하며 노릉찾노라
나 역시 피가 같은 왕손이어서
이 땅의 접동소리 참아 못듣소

다음에는 박죽서의 시로 봄철 창 앞에 날아와 앉은 새를 노래한 것이다.

창 앞의 저 새야 말 물어보자
어디서 잠자고 일찍이 왔네
산 속의 일이야 네 잘 알테니
두견화 언제쯤 피겠다더냐

금원의 제천 의림지를 노래한 것을 더 보기로 한다.

못가의 푸른 버들 늘어졌으니
암암한 봄근심을 아는듯하다
그 위에 꾀꼴새가 소리 거드니
정든님 이별하기 차마 어렵다

한 민족이 있고 그 민족의 역사가 있으면 거기엔 강물같이 흐르는 사상이 있고 꽃처럼 피어나는 정서가 있기 마련이다. 다시 그 위에 생활의 풍속이 있을 것이다. 위대한 시인은 어떤 터에다 집을 짓는가, 그의 조상들이 살다간 그 터 위에 지을 것임은 물론이다. 집의 모양은 다양하지만 터는 변하지 않는다. 시는 창조이며 모방이 아니다. 위대한 시인은 모방자가 아니다. 그리고 그런 시인들 중엔 여성이 단연 많다. 우리 시의 샘은 몇몇 여성시인에 의해 마르지 않고 흐른다고 본다. 괴테는 문학의 세계성이란 민족성에서 우러나오는 것이라 했다.

허영자 시인 은 그 민족성의 전통에 시를 세우고 있다. 그의 시는 모방의 세계가 아니다. 고향 친정집 장독대 곁에 심는 더덕이나 도라지 같이 그렇게 존재한다. 목월은 이미 이런 특질을 높이 사고 있었던 것이다. 허 시인의 「복사꽃아」를 더 읽어본다.

예쁜
복사꽃아

마침내
네 분홍저고리
고운 때 묻은 것을
서러움으로 지키거는

네 분홍저고리
어룽져바래는 색을
눈물로서 지키거는

이 봄날
복사꽃 지키듯
내 사랑과 사랑하는 이를
한숨으로 지키거늘…

허 시인은 시작 노트를 통해 이 시의 맛을 짐작토록 한다. 옮겨보기로 한다.

"한 우주가 열리듯 피어난 아름다운 꽃이 그 색과 향기와 공교한 자태로서
우리를 매혹하는 힘은 얼마나 큰가. 한데 우리는 아름다움의 절정에 있는
꽃을 보는 것과 아울러 그 꽃이 시들고 색 바래어 낙화가 되는 모습도 또한
보지 않을 수가 없다."

이 시가 보여주는 것과 같은 "어룽져 바래는 색"은 어떤 나라 언어로도
번역되지 못할 것이다.

오래 전 일이다. 로마의 알베레또라는 식당에서였다. 그 벽에 한국인의 글
씨가 있는 걸 보았다. 글씨는 한자로 쓰여 있었다. 다른 나라 사람들은 그가
한국인이라는 것을 알지 못했을 것이다. 이해 비한다면 허영자 시인의 시는
한국인의 것임을 분명하게 보여준다. 그렇기에 오랜 세월이 지나도 한강은
여전히 한강이듯 한국의 시로 남을 것이다.

제2부

허영자 시세계의 형성과 깊이

갈망과 절제의 시

김재홍*

1

허영자의 시를 우리는 사랑과 모순의 시, 또는 목마름과 절제의 시라고 부를 수 있으리라. 그의 시에는 사랑의 문제가 그 기본이 되어 있으며, 거기에서 오는 모순의 초극과 절제의 안간힘이 담겨져 있기 때문이다.

먼저 사랑은 연정으로서 나타난다. 이성에 대한 그리움이 아련하게 표출됨으로써 사랑시의 모습을 지니게 되는 것이다. 사랑이란 무엇이던가? 그것은 그 서양 어원이 말해 주듯이, Amor, 즉 죽음에 대한 항거의 노력을 의미한다. 다시 말해서 사랑이란 인간이 살아 있다는 사실에 대한 가장 확실한 표징이며, 동시에 인간답게 살고자 하는 몸부림을 반영한다. 허영자의 시가 사랑의 문제에서 시작된다는 것은 바로 그의 시가 인간 존재 문제에 주된 관심을 두고 있음을 뜻하는 것이 된다.

        그윽히
        굽어보는 눈길

* 경희대 국문과 교수

맑은 날은
맑은 속에

비 오면은
비 속에

이슬에
꽃에
샛별에……

임아

이
온 삼라만상에

나는
그대를 본다.

— 「임」

당신 앞에 서면
나는 비로소 총명한 여인이 됩니다

화안하게 열리는 누리
불붙길 기다리는 관솔이 됩니다

어울려 살아갈 자신도 생기고
예술이 제일가는 일인 것도 알겠습니다

서녘 하늘 노을 속에 마음이 익어
서러운 풀꽃처럼 고독해집니다

임이여
당신 앞에 선 나는

가슴에 입술에 온통 핏물이 돌아
다시금 살아 있는 여인이 됩니다.

— 「임에게」

이 두 편의 시에는 사랑이 바로 존재의 발견이며 존재의 의미가 된다는 깨달음이 담겨져 있다. 먼저 시 「임」에는 삼라만상이 '그대'로 치환되어 있을 정도로 사랑의 모습이 절대화되어 있다. '그대'라는 사랑의 대상은 시의 퍼스나인 '나'에게 있어서 적어도 우주·삼라만상과 등가로서 존재하고 있는 것이다. 그만큼 사랑은 존재의 의미를 규정짓는 결정적인 관건이 된다고 하겠다. 시 「임에게」는 이러한 사랑의 의미가 더욱 능동적으로 표현된 한 예이다. '당신'은 '나'에게 하나의 '여인'임을 자각하게 만들어 주는 촉매이면서 동시에 '살아갈 자신을 생기게' 하기도 하며, '다시금 살아 있는 여인이 되게' 만들어 주는 근원적인 힘이 되는 것이다. 사랑을 통해서 존재의 의미를 발견하고 힘을 부여받게 된다는 점에서 사랑은 생명의 원리가 된다. 바로 여기에서 사랑은 운명적인 것으로 받아들여지게 된다.

사랑한다!
이런 말이
이제 우리에겐 필요없다

절 사랑하세요?
이런 물음이

이제 우리에겐 필요없다

이미
그대는
나의 운명이니까

이미
나도
그대의 운명이니까.

— 「운명」

고운 네 살결 위에
영혼 위에
이 신비한
사랑의 문양 찍고 싶다

'이것은 내 것이다!'

땅 속에 묻혀서도
썩지를 않을
저승에 가사도
지워지지 않을

영원한 표적을 해두고 싶다.

— 「떡살」

그 이름을
살 속에 새긴다
암청(暗菁)의 문신

불가사의의 윤회를 거쳐
마침내
내 영혼이 고개 숙이는 밤이여
무거운 운명이여

절망의 눈비
회의의 미친 바람도
숨죽여 좌선하는 고요

'사랑합니다'

참으로 큰
슬픔일지라도
어리석은 꿈일지라도

살 속에
그 이름 새기며
이 봄밤
눈떠 새운다.

— 「친전(親展)」

　여기에서 사랑은 이미 하나의 운명으로서 작용하게 된다. 그것은 살결과 영혼 위에 '신비한 사랑의 문양'으로서 각인되어 있으며, '땅 속에 묻혀서도 /썩지를 않을 /저승에 가서도 지워지지 않을'과 같이 영원성을 간직하게 된다. 아울러 그러기에 사랑은 살 속에 새겨진 '암청의 문신'으로서 남게 된다. 사랑이 그 과정에서 절망과 회의를 내포하기도 하고 '참으로 큰 슬픔', '어리석은 꿈'이라 할지라도 그것은 이미 운명적인 것 또는 운명 그 자체로서 의미를 지니는 것이다. 사랑이 운명적인 것으로서 다가올 때 그것은 하나의 행복이면서 동시에 구속으로 작용함으로써 모순을 드러내게 된다. 실상 사랑이란 그 본성에 있어서 모순되는 양 측면을 지니기 마련이다. 사랑은 그 자체가 뜨거움으로서의 열정과 차가움으로서의 이지가 함께 작용하며, 순간과 영원, 세속과 신성, 구속과 자유라고 하는 모순과 갈등이 지속적으로 드러나기 때문이다. 실상 이러한 모순되는 두 측면의 작용은 운명의 구속에 지배당하면서도 끊임없이 자유에의 길을 추구하는 인생의 원리를 반영하고 있다고 하겠다.

2

  허영자의 시에는 이처럼 사랑의 대조적인 양면성 또는 모순성이 함께 드러남으로써 갈등의 에너지가 발생한다. 이러한 갈등의 에너지는 그의 시로 하여금 사랑시의 평면성·상투성을 벗어나게 하는 원동력이 되며, 아울러 그의 시가 사랑시에서 존재론의 시로 상승하게 하는 주요한 요인이 된다.

애달파라
저 황홀한 꽃
종이처럼 흩어져 날리다니

애달파라
이토록 사랑하는
너의 살 너의 뼈
한낱 흙으로 무너져 내리다니.

— 「애달픈 사랑」

휘발유 같은
여자이고 싶다

무게를 느끼지 않게
가벼운 영혼
뜨겁고도 위험한
가연성의 가슴

한 올 찌꺼기 남지 않은
순연한 휘발

정녕 그런
액체 같은
연인이고 싶다.

— 「휘발유」

　인용한 이 두 편의 시는 하강과 상승으로서의 사랑의 두 측면을 예리하게 암시해 준다. 「애달픈 사랑」은 사랑의 붕괴 과정을 암시한다. '저 황홀한 꽃 /종이처럼 흩어져 날리다니 //이토록 사랑하는 /너의 살 너의 뼈 /한낱 흙으로 무너져 내리다니'라는 짤막한 구절 속에는 환상의 붕괴와 절망에로의 추락이 함축적으로 담겨져 있다. 우주의 멸망 또는 세계의 파멸로서 사랑의 좌절 체험이 형상화되어 있는 것이다. 아울러 이 시에는 사랑의 하강적 운명성에 대한 깊은 절망과 탄식이 아로 새겨져 있다고 하겠다. 이에 비해서 시 「휘발유」에는 상승에의 강한 열망이 분출되고 있다. '휘발유 같은 /여자이고 싶다 /무게를 느끼지 않게 가벼운 영혼'이라는 핵심 구절 속에는 상승에의 열정 혹은 자유에의 본능적인 솟구침이 작용하고 있는 것으로 보인다. 특히 '가벼운 영혼 /가연성의 가슴 /순연한 휘발'의 대응 속에는 솟아오름으로써의 사랑에 대한 열망과 완전 연소로서의 뜨거운 열정이 함께 끓어오르고 있다고 하겠다. 이렇게 본다면 이 시는 사랑이 지니고 있는 생명적 뜨거움과 달아오름이 자유에의 열망과 투명 지향성으로 상승된 하나의 본보기라고 할 수 있다.

　따라서 이 두 편의 시에는 사랑이 지니는 하강과 상승, 무거움과 가벼움, 좌절과 열망이 함께 작용하고 있음을 알게 된다. 전자가 아픔과 고통으로서의 사랑, 운명과 구속으로서의 사랑이라는 하강적 속성을 강하게 드러낸다고 한다면, 후자는 환희와 열망으로서의 사랑, 자유와 소망으로서의 사랑이라는 상승적 속성을 반영한다고 할 것이다. 이러한 모순되는 두 측면이 허영자의 시에서 지속적으로 작용함으로써 시적 긴장을 유발하고 정서를 탄력 있게 만들어 준다.

　　숨이 가쁜 푸르름
　　둘레에 술렁여도

　　그리움이여
　　떨리는 신열이여

　　오히려 한여름에도
　　춥고 또 추워라.

— 「여름 감기」

　　못다 이룬 한과 서러움이
　　응어리져 얼어붙고
　　마침내 마서져 푸슬푸슬 흩내리는
　　얼음과 눈보라의 겨울을 지니고 있다

　　그러기에
　　사람은 누구나
　　타오르는 불꽃을 꿈꾼다

　　목숨의 심지에 기름이 끓는

황홀한 도취와 투신
기나긴 불운의 밤을 밝힐
정답고 눈물겨운 주홍빛 불꽃을 꿈꾼다.

— 「얼음과 불꽃」

허영자의 시에는 이러한 사랑의 모순성, 생의 양면성이 하나의 중심 축을 이루고 있다고 해도 과언이 아닐 정도로 빈번하게 표출된다. 그것은 뜨거움과 차가움, 또는 불꽃과 얼음이라는 극명한 대립 심상으로서 표상 된다. 먼저 「여름 감기」에서는 '떨리는 신열'과 '춥고 추워라'의 대응 속에서 이러한 모순성, 양면성이 두드러진다. 그것은 사랑이 지니고 있는 모순성이자 바로 인생이 근원적으로 내포하고 있는 양면성이라 할 것이다. 한여름에 느낄 수밖에 없는 추위란 바로 사랑의 모순을 겪는 데서 오는 아픔의 표현이며 생의 이율배반성을 깨닫는 데서 오는 비애와 탄식의 표현이라고 볼 수 있기 때문이다. 따라서 시 「얼음과 불꽃」의 세계가 가능해진다. 사랑은 얼음 같은 한과 서러움을 씨줄로 하고 불꽃같은 정염과 즐거움을 날줄로 하여 짜여지는 모순을 속성으로 한다. 마찬가지고 인생 또한 못 다한 한과 서러움을 지니며 도취와 정염을 태우면서 살아가는 모순성·양면성을 지닌다. 바로 이러한 사랑과 인생의 모순성·양면성이야말로 사랑이 인생에 있어서 가장 기본적이면서도 궁극적인 원리이며 목적에 해당한다는 점을 말해 준다고 하겠다. 사랑과 인생은 다 같이 정염과 허무, 육신과 영혼, 감성과 이지, 현실과 영원, 구속과 자유라고 하는 모순성·양면성 위에 놓여지는 것이며, 그러기에 이 양면성·모순성의 충돌에서 생명의 긴장력과 팽창력이 유발되는 것이라 할 수 있다. '얼음'과 '불꽃'의 대립 항으로 요약할 수 있는 이러한 사랑의 모순성과 양면성, 그리고 인생의 모순성과 이율배반성이 서로 갈등하고 화해하는 데서 허영자의 사랑시학이 그 참 모습을 드러낸다고 하겠다.

3

　허영자의 시가 지니고 있는 가장 중요한 장점은 그의 시가 날카로운 절제와 극기의 힘을 보여주고 있다는 점이다. 그의 시에 뜨거운 정열과 차가운 허무가 함께 자리하고 있으며, 그러한 모순성·양면성을 초극하고자 노력하는 데서 그의 시의 핵심이 놓여져 있다는 점은 이미 살펴본 바 있다. 그렇지만 그의 시는 이러한 사랑과 인생의 모순성·이율배반성에 대한 갈등과 오뇌를 내면화하여 극복하고자 노력하는 것과 함께 그 표현의 문제, 즉 언어 미학에 있어서 절제의 치열한 노력을 보여주고 있어서 더욱 관심을 끈다. 그의 시에는 사랑과 인생의 모순에서 오는 비애와 절망을 이겨내려는 안간힘이 그에 걸맞는 절제된 언어와 형태를 획득함으로써 시적 성공의 포인트를 마련한다.

①
나무들이
울음을 삼키고 있다

돌들이
울음을 삼키고 있다

조그만 귀또리도
울음을 삼키고 있다

가을
어느 다저녁 때

울구 싶은 나도

울음을 삼키고 있다.

― 「가을 다저녁 때」

②
돌틈에서 솟아나는
싸늘한 샘물처럼

눈밭에 고개 드는
새파란 팟종처럼

그렇게
맑게

또한 그렇게
매웁게.

― 「무제」

먼저 시 ①에는 정서적인 극기의 모습이 구체적으로 나타난다. '나무·돌·귀또리·나'가 서로 대응되면서 '울음을 삼키고 있다'를 반복함으로써 형태와 의미가 어울려 빚어내는 서정적인 울림을 들려준다. 울음이라고 하는 감정의 분출을 표면에 드러내고 있음에도 불구하고 그것이 '나무·돌·귀또리·나'로 연결됨으로써 아슬아슬하게 극기를 성취하고 있는 것이다. 특히 '울음을 삼키고 있다'를 병렬하면서, 강조를 역설 화함으로써 울음을 참아내려는 안간힘을 제시한 것은 특징적이라 할 수 있다.

무엇보다도 시 ②는 허영자 시의 핵심을 요약적으로 제시하여 관심을 끈다. 이 시는 불과 13어절로서 시를 구성하고 있으며, 그 속에 시인 특유의 모순의 생명력을 날카롭게 담고 있어서 주목되는 것이다. 여기에는 다 네 차례 명사가 쓰이고 있다. '돌틈·새물'과 '눈밭·팟종' 이라는 대립항은 그 자체가 광물

적 상상력과 식물 상상력의 대립으로 해서 견고함과 부드러움, 항구성과 유한
성의 갈등을 감시한다. 그러면서도 '샘물'과 '팟종'을 통해서 효과적으로 생명
력을 제고하고 있는 것이 특징이다. 특히 여기에서 '솟아나는 /고개 드는'이라
는 서술어는 이 둘이 모두 생명의 상승 지향성을 암시한다는 점에서 적절하다
고 하겠다. 아울러 여기에 사용된 단 두 번의 관형어 '싸늘한 /새파란'은 그러
한 무엇보다도 마지막 두 연, 즉 불과 두 단어와 세 단어로 짜여진 3, 4연은
절제된 형태의 단순성 속에 강인하고 힘찬 생명 의지를 분출하고 있어서 주목
된다. '그렇게 /맑게'와 또한 그렇게 /매웁게'라고 하는 두 연의 대립 속에는
맑음으로서의 사랑과 인생, 매서움으로서의 사랑과 인생에 대한 갈망이 첨예
하게 대립하고 있어서 관심을 끄는 것이다. '맑게'라고 하는 투명 지향성과
'매웁게'라고 하는 상인 지향성이 함께 대조됨으로써 생명력의 투명함과 생명
의지의 가열함이 날카롭게 형상화된 것이다. 따라서 이러한 '맑게'와 '매웁게'
의 대응 속에는 사랑과 인생의 고양된 모습이 하나의 이념 태로서 제시되어
있다고 하겠다. 그것은 '돌틈'과 '눈밭', '샘물'과 '팟종', 그리고 '싸늘한'과
'새파란'사이에 형태적·의미적 연관성을 지니면서 예리하게 시적 주제를 형
상화하고 있는 것이다. 이렇게 볼 때 이 시의 성공적인 요소는 바로 투명하고
치열한 생명력과 생명 의지가 단순하면서도 절제된 형태와 언어미를 획득한
데서 드러난다고 하겠다. 사랑의 모순성과 인생의 이율배반성을 초극하려는
안간힘이 바로 언어적인 절제와 정신적 극기의 노력 사이에 조화를 확보함으
로써 어느 정도 이념적인 모습을 성취하게 된 것이다. 이 지점에서 새로운
진실이 눈뜸과 참된 정신의 자유와 평화에 대한 갈망이 드러나게 된다.

어여쁨이야
어찌
꽃 뿐이랴

눈물겹기야
어찌
새 잎 뿐이랴

창궐하는 역병
죄에서조차
푸른
미나리 내음 난다
긴 봄날엔—

숨어 사는
섧은 정부(情婦)
난쟁이 오랑캐꽃

외눈 뜨고 내다본다
긴 봄날엔—

—「긴 봄날」

저 빈 들판을
걸어가면
오래오래 마음으로 사모하던
어여쁜 사람을 만날 상싶다

꾸밈없는
진실과 순수
자유와 정의와 참 용기가
죽순처럼 돋아나는
의초로운 마을에 이를 상싶다

저 빈 들판을
걸어가면
하늘과 땅이 맞닿는 곳
아득히 신비로운
신의 땅에까지 다다를 상싶다.

— 「빈 들판을 걸어가면」

　허영자 시의 한 대표작이라 할 수 있는 이 두 편의 시에는 삶의 깊이 속에 감춰진 진실에 대한 갈망과 함께 진정한 사랑으로서의 자유와 평화에 대한 기다림이 드러나 있다. 먼저 「긴 봄날」에는 아이러니를 통해서 진실에의 향성을 드러낸다. '어여쁨이야 /어찌 /꽃 뿐이랴'라는 핵심 구절이 그것이다. 참된 진실이란 드러난 것, 보이는 것, 상식적인 것들을 넘어서는 데서 실로 찾아질 수 있다. 오히려 진실이란 '창궐하는 역병 /죄에서조차 /미나리 내음 난다'처럼 역설적인 것에서 참 모습이 드러날 수 있기 때문이다. 그러기에 '섦은 정부'나 '난쟁이 오랑캐꽃'과 같이 파행성·불구성 속에서 진정한 그리움의 의미와 참 사랑의 진실이 더욱 빛날 수도 있는 것이다. 이 시는 어쩌면 박목월의 「윤사월」에서 나타난 '눈먼 처녀'의 모티브를 사용해서 한 걸음 진전된 사랑의 안타까움과 기다림의 애절함을 성공적으로 표출한 작품이라 하겠다.

　한편 시 「빈 들판을 걸어가면」에서는 서술적인 진술을 통해서 보다 이념적인 순수의 세계, 진실의 세계에 대한 기다림과 갈망을 노래하고 있다. 근년에 발표된 신작 시집 『빈 들판을 걸어가면』(열음사, 1984)의 표제시이기도 한 이 시에는 오늘날 시인 자신의 정신적인 위상이 드러나 있다고 해도 과언이 아닐 정도로 직설적인 표현이 숨쉬고 있다. 먼저 현실은 '빈 들판'으로서 표상되어 있다. 그것은 비관적인 현실 인식이며 나아가서 비극적 세계관이라 할 것이다. 그것은 시인 자신의 생애 사에서 연유하기도 하겠지만 자유와 정의가 실현되지 않고 있는 당대 현실에 대한 절망감에서 비롯되기도 한다. 시의 퍼스나가 빈 들판을 걸어가면서 '오래오래 마음으로 사모하던/어여쁜 사람을 만날 상싶다'라고 하는 개인사적 갈망과 기다림을 간직하는 것은 그대로 '꾸밈없는 진실과 순수/자유와 정의와 참 용기가/죽순처럼 돋아나는/의초로운 마을에 이를 상싶다'라고 하는 역사적·현실적 바람과 연결되기 때문이다. 그러나 그것은 둘 다 쉽게 성취될 수 있는 것이 아니다. 바로 여기에서 '하늘과 땅이 맞닿는 곳/아득히 신비로운/신의 땅'에 대한 갈망과 지향성이 드러나게 된다. 어쩌면 그것은 지상에서 도달할 수 없는 하나의 이상향일는지도 모른다. 그렇지만 그러한 이상향이 있다고 믿고, 갈망하는 데서 살아 있음의 의미가 선명히 드러나는 것이다. 그러한 신비로운 땅, 조화로운 이상의 세계에 도달하고자 하는 열망과 그리움, 그리고 지향성이 있기에 근원적인 절망으로부터 일어설 수 있는 힘이 마련되기 때문이다. 이 점에서 허영자의 시는 과거 지향성이 아니라 현재 진행형이며 미래 지향성으로서의 탄력과 건강성을 지니고 있는 것이다.

4

허영자의 시에 있어서 사랑의 과정은 모순과 이율배반성에서 시작되어 흔들림과 허망함, 안타까움과 체념, 참음과 용서, 참회와 비탄, 그리고 오뇌와 절망감 및 목마름과 기다림의 끊임없는 파장으로 이어진다. 또한 그것은 삶의 과정을 그대로 반영한 것일 수도 있으리라. 그러면서도 그의 시는 그러한 오뇌와 절망, 기다림과 갈망으로부터 일어서서 정신적인 초극과 절제를 획득하려는 끈질긴 안간힘을 보여준다는 점에서 내면적인 울림을 더해 주는 것으로 이해된다.

그의 시는 기본적으로 노천명과 같은 선배 시인들의 시 세계와 연결되면서도 그것을 벗어나려는 노력을 전개해 왔다고 볼 수 있다. 그것은 어쩌면 사랑과 오뇌의 시학이며, 모순과 절망의 시학이라고 부를 수도 있으리라. 그렇지만 그의 시는 많은 선배 시인들이 흔히 빠져 왔던 과거 지향성과 감상주의에서 어느 정도 벗어난 데서 의미가 놓여진다고 하겠다. 그가 성취하고 있는 '불꽃' 과 '얼음'의 날카로운 대립과 화해야말로 이 땅 사랑시의 한 가능성을 열어준 것으로 판단되기 때문이다.

그럼에도 불구하고 그의 시는 아쉬움을 던져주는 것이 사실이라 하겠다. 그의 시에는 개인사적 사랑과 오뇌, 모순과 절망이 주조를 이라고 있으면서도 그것이 좀더 넓은 이웃, 좀더 큰 사랑의 세계로 열려 가는 모습이 부족하기 때문이다. 시집『빈 들판을 걸어가면』에 이르러서 개인사적 사랑과 존재 문제 가 다소 역사적·사회적 지평으로 열리는 듯한 느낌을 주는 것이 사실이라 해도 좀더 그것이 능동적인 모습을 지녀야 한다는 말이다. 모순으로서의 사랑 과 인생, 허무로서의 사랑과 인생을 보편적인 인간의 모습으로 더욱 확대하고 심화시켜 갈 때 그의 시가 지닌 천부적인 따뜻함과 매서움이 더욱 빛을 발할 것이 사실이기 때문이다. 그런 점에서 허 시인은 자신의 장기인 짧은 서정시에 힘을 기울이는 한편 서사시나 장시 또는 극시를 통해서 끊임없이 자기 세계를 개신하고 탄력을 불어넣는 작업을 전개해 보는 것도 뜻 있는 일이 될 것이다. 우리가 60년대의 가장 역량 있는 시인의 한 사람으로서 그에게 기대하는 것은 끊임없이 자기 세계를 확대하고 심화하는 작업을 통해서 일반적인 여류시의 한계를 좀더 과감하게 벗어나길 바란다는 점이다. 이제 우리에게도 대가 시인 으로서의 보다 스케일이 큰 시인, 일관성을 지니면서도 과감하게 자기 변모를 성취하는 이상적인 시인의 모습을 기대할 수 있는 시점이 됐다고 판단되기 때문이다.

인간에의 긍정과 공고한 중심의 시
— 허영자의 시

이건청*

1

　허영자는 1938년 경상남도 함양군 휴천면에서 許王斗와 鄭蓮葉의 장녀
로 태어났다. 허영자는 지적으로 연마된 공고한 구조의 서정시로 새로운 서정
의 지평을 열어 보여준 시인이다.

　허영자가 시에 관심을 갖게 된 것은 중학교 시절부터였다. 국어 담당의
담임 교사에게서 시 지도를 받으면서 습작을 하기 시작했다고 한다. 경기여고
재학 중엔 교사였던 시인 노문천에게서 시적 감화를 받을 수 있었고, 시적
재질을 연마하면서 상상력과 감수성을 키워나갔다. 그가, 시적 재질을 인정받
으면서 본격적인 격려를 받게 된 것은 숙명여자대학교 국문학과를 거쳐 대학
원 과정을 공부하면서였다. 김남조, 곽종원, 정한모, 조연현과 같은 문단 인사
들의 강의를 수강하면서 등단의 꿈을 실현해가게 된 것이다.

　허영자가 시단에 등단하게 된 것은『현대문학』에「道程 連歌」(1961.2),
「戀歌 3首」(1961.9),「思母曲」(1962.2)등의 작품이 발표되면서부터이다. 추

---

* 한양대 교수

천자는 박목월이었다.

허영자의 저서 목록은 다음과 같다. 개인 창작 시집으로『가슴엔 듯 눈엔 듯』(중앙문화사, 1966),『親展』(문원사, 1971),『어여쁨이야 어찌 꽃뿐이랴』(범우사, 1977),『빈 들판을 걸어가면』(열음사, 1984),『조용한 슬픔』(문학세계사, 1990),『기타를 치는 집씨의 노래』(미래문화사, 1995),『목마른 꿈으로써』(마을, 1997)등이 있으며 시선집으로『그 어둠과 빛의 사랑』(열음사, 1985),『이별하는 길머리엔』(문학사상사, 1968),『꽃피는 날』(자유문학사, 1987),『말의 향기』(고려원, 1988),『아름다움을 위하여』(문학세계사, 1980),『암청의 문신』(미래사, 1991) 등이 있다. 산문집으로『한송이 꽃도 당신 뜻으로』(문학예술사, 1978),『아름다운 삶을 향하여』(문학세계사, 1980),『사랑의 이름으로 너에게 묻는다면』(중앙일보사, 1985),『인생은 아름다운 사랑이어라』(자유문학사, 1985),『내일 우리가 이별할지라도』(청맥, 1986),『사랑과 추억의 불꽃』(자유문학사, 1986),『우리 무엇을 꿈꾸었다 말하랴』(백상, 1987),『내가 너의 이름을 부르면』(학원사.1983),『영혼을 노래하며 아픔을 나누며』(학원사, 1985),『슬프지 않은 뒷모습은 없다』(청맥, 1989),『블르뉴 숲의 아침 이슬』(청산, 1993)등을 비롯한 많은 수상, 수필집들이 있다. 그의 시집들과 그의 시에 관계된 평문들을 집대성하여 갑년에 펴낸『허영자 전시집』(마을, 1998)은 그의 시 전모를 살펴볼 수 있는 좋은 자료이다.

2

허영자의 시를 다음과 같이 3단계로 나누어 살펴보려 한다. 제1기는 자아의 주관에 투영된 시적 대상과의 교감을 노래해 보여준 시집『가슴엔 듯 눈엔 듯』,『親展』,『어여쁨이야 어찌 꽃 뿐이랴』의 세계, 제2기는 자아의 주관이 밖을 향해 열리기 시작하면서 개인사적 서정이 객관화의 과정을 보여주기 시작하는 시집 『빈 들판을 걸어가면』, 『조용한 슬픔』의 세계, 제3기는 현실세계의 다양성에로 관심을 넓혀 보여준 시집 『기타를 치는 집씨의 노래』, 『목마른 꿈으로써』의 세계이다.

2-1

허영자는 시집 『가슴엔 듯 눈엔 듯』, 『親展』, 『어여쁨이야 어찌 꽃 뿐이랴』에서 자아의 내면에 투영된 대상과의 교감을 노래해 보여주었다. 이 시기의 시인은 섬세한 감성으로 시적 대상에 근접해가고 있는데, 시적 대상들은 모두가 먼 곳에 있으며 드높이 우러르는 곳, 경외의 자리에 있다. 그런데, 시인은 그런 시적 대상을 보고자 하는 간절한 열망을 지니고 있으며, 모든 일상이 그리움의 대상이 되어 있다. 그렇기 때문에 그리움의 대상을 '보려'는 자아는 늘 겸허하게 자신을 다스리며 지극한 마음으로 대상을 접해간다. 그리고, 허영자의 시적 대상은 이 우주에 존재하는 모든 것들로 확산되면서 가치를 구현한다.

그윽히
굽어보는 눈길

맑은 날엔
맑은 속에

비 오면
비 속에

이슬에
꽃에
샛별에

임아

이
온 삼라만상에

나는
그대를 본다

— 「임」

허영자가 노래하는 그리움의 대상으로서의 '그대'는 범세계에 존재하는 모든 대상들을 통해 확인되는 것들이다. 이 우주에는 온통 '그대'만 존재할 뿐이고 '나'와 무관한 것은 아무 것도 없다. 어디에서나, '그윽히/굽어보는 눈길'과 만난다.

이 시의 화자가 이처럼 모든 대상 속에서 그대를 보는 것은 물론, 인식 주체로서의 '나'의 내면이 그대만으로 충만하게 차 있다는 사실을 반증하는 것이기도 한 것이다. '그대'만을 향한 간절한 열망으로 바라보는 세상 삼라만상들은 '그대'를 투영하고 있으며, '그대'자체가 되어 있는 것이다. 그렇기 때문에 맑은 날은 맑은 날 속에서 그대를 보고, 비가 오는 날에는 역시 비속에서 그대를 보게 되는 것이다. '이슬'에도 '꽃'에도 '별'에도 '그대'가 있을 뿐인 것이다. 허영자의 '그대'는 이런 우주 속의 삼라만상일 뿐만 아니라 때로는 피로 맺어진 혈육이기도 하다.

1. 은나비
손톱 발톱 잦아지게
남 유다른 세월에

짚동 한숨은
소금 부벼 삭이고

엄니 엄니
울 엄니는
나래도 빛나는
나비라 은나비.

2. 눈밝애 귀밝애

다음에
죽은 다음에도
또 세상 있으믄

자비하신 석가세존
그 말씀대로
삼월에 제비 오는 세상 있으믄야

엄마야 오늘같이
바느질하는 엄마 곁에서
바늘에 긴 실 꿰어드리지

새아씨적
옛말은
인두에 묻어나고

어룽진 앞섶자락 섧디 섧은 눈빛을
물려줄테지

이 다음에 죽은 다음에도
이런 세상에

엄마는 울엄마
나는 또 까망머리
엄마 딸 되리

눈 밝애 되리야
귀밝애 되리야

3. 해빙기

우수
남녘 바람에
강얼름 녹누만은

험니 가슴 한은
언젯 바람에
풀리노

눈 감아
깊은 잠 드시고야

저승 따
다 적시는
궂은 비로 풀리려나

— 「사모곡」

어머니를 그리움의 대상으로 한 위의 시는 우리 시사의 '사모곡'들 중에서도 돋보이는 작품이다. 이 시가 돋보이는 것은 시적 정서의 곡진함에서 연유된다. '짚동 한숨은/소금부벼 삭이고'에서 간난의 어머니 한 생애를 '소금에 부벼서 삭인'쓰리고 아픈 것으로 받아들이고 있음을 볼 수 있다. 그리고, 그런 어머니를 '은나비'라는 시적 상관물로 인식해 낸다. 그리고, 그런 어머니 가슴에 맺한 '한'의 정서가 해빙기를 맞아 '저승 때/다 적시는/궂은 비로 풀리려나'라고 노래한다. 저승과 지상을 다 적실만큼 어머니의 '한'이 크고 깊은 것이기도 하겠지만 또한 어머니의 '한'이 지상의 모든 땅을 다 적시는 것은 물론, 저승까지도 적시면서 온갖 생명을 일깨워내는 전능한 비가 되어 내릴 수도 있다고 한다.

이 시의 화자는 어머니 앞에서 마냥 어리기만 한 딸이다. 그래서, 이 시적 화자의 목소리도 그런 아이의 것이 되어 있다. '자비하신 석가세존/그 말씀대로/삼월에 제비 오는 세상 있으믄야/엄마야 오늘같이/바느질하는 엄마 옆에서/바늘에 긴 실 꿰어 드리지'나 '이 다음에/죽은 다음에도/이런 세상에//엄마는 울 엄마/나는 또 까망머리/엄마 딸 되리//눈밝애 되리야/귀밝애 되리야'. 이런 구절들은 다정하게 우러르는 모녀간의 지극한 사랑의 모습을 보여준다. 이승을 떠난 저승에서까지 어머니 곁에 있으면서 눈귀 어두운 어머니의 바느질 실을 꿰어드리겠다는 술회나 다시 태어나도 어머니의 딸로 태어나겠다는 술회에서 지극하면서도 다감한 사랑의 모습을 보여준다. '엄마야 오늘같이/바느질하는 엄마 곁에서', '엄마는 울 엄마/나는 또 까망머리'의 어조는 이미 성인으로 성장한 시인의 목소리가 아니다. 그것은 어머니의 한없이 어리기만 한 '딸'의 목소리다. 이런 어린 딸의 어조가 이 시를 더욱 곡진한 것이 되게 한다.

허영자의 이 시는 전통 시가의 리듬을 적절히 원용함으로써 노래로서의 감흥을 적절히 실어내 보여주고 있다. 전통리듬의 4음보와 3음보가 적절히 교차, 원용되면서 어머니를 기리는, 시적 정서를 훌륭하게 운반해낸다. 특히, 종결어미 '있으믄야', '테지', '되리', '되리야', '녹누만은', '풀리노', '풀리려나'와 같은 것들은 호흡을 적절히 배분해주는 역할을 함으로써 이 시의 운율에 일조하고 있음을 알 수 있다.

허영자 초기시에서의 자아는 이처럼, 대상에 대한 간절한 그리움의 열망을 지니면서도 또한, 스스로를 부끄러운 자아로 인식하는 양면성을 지니는 것으로 보인다.[1] 이런 양면성은 자아의 내면에 심각한 긴장을 유발하고 있어서 자신을 '떫고 비린' 것이거나 '그 불길 다스려 다스려/슬프도록 소슬한' 것으로 인식시킨다. 김재홍은 허영자의 시의 핵심 모티프를 '사랑과 모순', '목마름과 절제'라고 지적하면서 그의 시에 등장하는 '님'이나 '그대'가 삼라만상으로 치환되고 있음을 지적하였다.[2] 대상에 대한 적극적 응전과 겸허한 침잠 사이에서 번민하는 시적 자아를 준렬하게 통찰해 낸 초기 시편들은 한국 서정시의 높은 성취를 보여준 것으로 파악된다.

    이 맑은 가을 햇살 속에선
    누구도 어쩔 수 없다
    그냥 나이먹고 철이 들 수 밖에는

    젊은 날
    떫고 비리던 내 피도
    저 붉은 단감으로 익을 수 밖에는

—「감」

    불길 속에

---

1) 허영자는 이 시기의 시에 대해 이렇게 피력한 바 있다.(허영자, 「나의 대학생 시절」, 『허영자 選隋筆』, p.556). "20대의 관념적인 사랑, 그 못 견딜 열병을 앓아 보지 못한 사람은 아마 없을 것이다. 물질적인 것, 육체적인 것, 관능적인 것을 배제한 순수한 물과 같은 사랑, 편협하고 기형적이며 정신에 치우친 사랑, 그것이 어떻게 나의 영혼과 육체를 초췌케 하던가는 지금에 와서도 무어라 말할 수 없을 정도이다."
2) 허영자 시선집 『말의 향기』(고려원, 1988) 해설

머리칼 풀면
사내를 호리는
야차같은 계집

그 불길 다스려 다스려
슬프도록 소슬한 몸은
현신하옵신 관음보살님
-이조 항아리

— 「백자」

　위의 시들은 삶의 열정과 그렇게 분출되어 나오려는 열정을 제어할 수밖에 없는 현실 사이의 갈등이 노래되고 있다. 허영자는 이런 내적 갈등과 힘든 응전을 벌이는데, 이 응전의 중심에 그가 발견해낸 시적 상징이 놓여 있다.

　「감」은 삶의 열정과, 그런 열정이 제한될 수밖에 없는 현실 규범 속에서 빚어지는 오뇌의 현실이 스스로 내적 성장을 거치면서 온전한 존재로 성숙되어간다는 현실을 보여준다. '이 맑은 가을 햇살 속에선/누구도 어쩔 수 없다/그냥 나이 먹고 철이 들 수밖에는'에서 허영자는 시적 자아가 지니는 갈등의 내면을 투시해 보여준다. 그런데, 이 시인은 자신의 내면을 바라보는 방식을 생명의 근원 법칙 속에서 찾아낸다. 그것은 떫고 비리던 풋감이 단감으로 성숙해 가는 과정 속에서 찾아진 해법이다. '누구도 어쩔 수 없다'는 진술 속에 사랑의 숙명성과 필연성이 포함되어 있다. 진정한 존재로의 성숙은 신의 영역에 속한 것이고, 신의 섭리 속에서 온전한 자기 구현이 가능하다는 깨달음에 이르고 있다. '떫고 비리던 내 피'도 신의 섭리 속에서 완성될 수밖에 없다는 깊은 깨달음도 그런 인식에서 비롯된 것이다. 상징으로서의 '감'은 그런 시적 인식을 온전하게 수렴하면서 시적 내포로 확산시켜주는 공고한 정서의 중심이 되어 있다.

　「백자」에서 노래되는 사랑의 본질은 매우 적극적이며 열정적이다. 앞의 시「감」이 숙명론적인 자기 통찰에 의한 것이었다면 「백자」의 그것은 스스로 불길 속에 몸을 던져 온전한 존재로 완성되어 가는 사랑의 본질이 발견된다. 불길 속에 머리를 풀고 사내를 호리는 험한 몰골의 귀신같은 계집이지만, 그런 불길의 가혹한 통과의례를 지내고 나면 관음보살의 온전한 은혜로움으로 완성될 수 있다. 마치, 진흙의 질박함이 백자 항아리로 변성되어 완성되는 것과 같다. 시적 상징으로서의 '백자'는 사랑의 열정과 완성의 본질을 투시해 보여주는 시적 상징이다.

시적 상징으로서의 「감」이나 「백자」는 단시이면서도 사랑의 본질을 깊이 있게 통찰해내고 있다. 허영자의 서정을 보다 견고하게 하고 내포를 확산시킨다. 시인은 서정을 자신의 개인사와 연관시키지 않음으로써 시적 내포의 범주를 넓게 한다. 김종길은 허영자의 시에 개인적 내력이나 생활의 외형이 직접 드러나는 일이 없음을 지적하면서 그런 사실성을 배제하고도 진한 감동을 창출해 보여줄 수 있다는 데에 허영자 시의 특성이 있다고 지적한 바 있다.[3]

허영자는 시집『가슴엔 듯 눈엔 듯』,『親展』,『어여쁨이야 어찌 꽃 뿐이랴』자아의 내면에 투영된 대상과의 교감을 노래해 보여주었다. 허영자의 시적 대상은 이 우주에 존재하는 모든 것들로 확산되어 나타난다. 허영자 초기시에서의 자아는 대상에 대한 간절한 그리움의 열망을 지니면서도 또한, 스스로를 부끄러운 자아로 인식하는 양면성을 지니는 것으로 보인다. 이런 양면성은 자아의 내면에 강한 긴장을 유발한다. 특히, 시적 상징의 적절한 원용을 통해 시적 서정을 공고하게 하고 있으며, 내포를 확산 보여주었다. 대상에 대한 적극적 응전과 겸허한 침잠 사이에서 번민하는 시적 자아를 준렬하게 통찰해 냄으로써 한국 서정시의 높은 성취를 보여준 것으로 파악된다.

---

3) 김종길,「허영자 시의 특질」

2-2

허영자는 시집 『빈 들판을 걸어가면』, 『조용한 슬픔』에서 자아의 주관이 밖을 향해 열리기 시작하면서 시적 대상들이 객관적인 것들로 바뀌어지기 시작하였다. 이 시기의 시에는 지나간 과거가 비옥한 상상의 토양이 되어 나타난다. 허영자의 시적 상상력이 과거를 토대로 한 작품들이 많아졌다는 사실은 2·30대의 '떫고 비리던' 목마름과 갈등의 시기를 지나 스스로를 성찰할 수 있는 시기에 도달하고 있음을 보여주는 것으로 볼 수 있다. 그리고 그는 '우연히 던져진 존재'로서의 자신을 발견하면서 자신의 삶을 최선을 다해 버텨가려 하였다.[4] 실제로 이 시집들에 수록된 시편들이 허영자의 육신의 나이 40대를 지나면서 창작된 것들임을 생각해보면 이런 점을 쉽게 알 수 있다.

꽃피는 봄밤에는
마음도 열리거라

옛날에 앓던 열병
새로 또 아려 오고

옛날에 기쁘던 일
새로 눈물 겨웁구나

임의 말씀 들리는
꽃피는 봄밤

---

4) 허영자, 「시를 위한 산문」,(허영자 시집, 『조용한 슬픔』)

　　목숨이 목숨이 이토록 향그런 봄밤

— 「봄밤」

　　변산 바닷물은
　　하오 다섯 시에도
　　오히려 따스하였습니다…

　　엽서를 읽으며
　　나는 울고 싶었다

　　기명색 노을 지는
　　하오 다섯시
　　인생은 이렇게 저무는데

　　느닷없어라
　　가슴 속 깊이
　　출렁이는 파도 소리.

— 「변산 바다」에서

　　위의 시의 화자는 치열했던 삶의 열정을 얼마쯤 벗어난 자리에 있다. 삶을 객관화할 수 있는 거리를 확보하고 있으며, '옛날'을 지나간 시간으로 바로 볼 수 있는 자리에 있다. 그렇다고 해서 이 시의 화자가 삶의 열정과 목마름으로부터 완전히 벗어나 있는 것은 아니다.

　　앞의 시 「봄밤」의 화자는 옛날의 열병이 '또 아려'오는 아픔을 앓고 있으며, '눈물 겨움'을 감내하면서 꽃피는 봄밤을 지내고 있기 때문이다. 그러나, 이 시의 화자가 치열했던 삶의 현장으로부터는 조금쯤 물러서 있으며, 목숨이 '향그런' 봄밤의 정취까지를 느끼는 자리에 있게 되었음을 알 수 있다. 그러니까, 위의 시는 치열했던 삶의 현장으로부터 물러서 있게 된 화자의 복합적 심리가 상승적으로 작용하고 있다고 볼 수 있는 것이고, '아리고''눈물겨움'의 아픈 정서를 '향그런 봄밤'의 정취로 받아들이는 사람의 내면에 어리는 시적 긴장이 두드러진 효과를 이뤄내고 있는 것이라고 생각된다.

　뒤의 시 「변산 바다」의 화자는 지금 심적 격랑 속에 던져져 있다. 이 시의 화자가 심적인 격랑에 휘몰리게 된 것은 아직 연소되지 않은 삶의 여운 속에서 '엽서'를 읽게 된데서 연유된 것이다. 이 엽서는 저무는 인생의 한 켠으로 비켜서 있는 시적 화자에게 까맣게 잊고 살던 새로운 공간을 펼쳐 보여주고 있다. '변산 바닷물은/하오 다섯시에도/오히려 따스하였습니다…'의 '오히려' 가 주는 의미의 파장이 비상하게 확산된다. 왜냐하면 하루 해가 기우는 시간인 '하오 다섯시'의 바닷물이 한낮의 그것보다도 오히려 따스하다는 진술이 '하오 다섯시/ 인생은 이렇게 저무는데'와 조응하게 되기 때문이다. 저무는 인생을 '하오 다섯시'쯤으로 자각하고 있는 이 시의 화자가 '느닷없어라/ 가슴 속 깊이 깊이/ 출렁이는 파도소리'에서처럼 새삼스런 감정의 격랑에 휩싸이고 있는 것이다.

아, 어쩌면
꽃처럼 살고싶었는지 모른다

아니 어쩌면
잎처럼 지고싶었는지 모른다

붉디붉은 그 향기가 아니라면

푸르디 푸른
그 숨결이 아니라면

두엄더미! 두엄더미!

아지랑이 질펀히
젖어 오는 봄 들판

문둥이처럼 썩고 있는
두엄더미!

— 「두엄」

느티나무여

세월이 어루만짐 굳은 껍질
옹이지고 구멍뚫린
우람한 몸통이
놀랍구나

반 넘어 말라죽은 그 몸통이
화관처럼 받들어 올린
푸른 가지 연한 잎새들이
놀랍구나

가지와 잎새가 드리운 쉼터
고단한 나그네가 다리를 쉬어 가는
널따랗고 편안한 그 그늘이
참으로 놀랍고도 놀랍구나.

— 「느티나무」

이 시기의 허영자는 삶의 근원으로의 하강을 보여주기도 한다. 허영자가
삶의 근원으로 깊은 하강을 시도하게 되는 것은, 밖을 향해 자기를 표명하고자
했던 이제까지의 관점을 바꾸게 되면서 스스로 내면 성찰의 기회를 가지게

되는데서 연유되고 있는 것으로 보인다. 삶을 통찰하는 눈의 깊이와 넓이가 깊고 넓어지면서 스스로의 삶의 의미를 '두엄'과 '그늘'같은 것으로 인식해내고 있다.

두엄은 스스로를 썩혀 새로운 생명을 밀어 올리는 자양분이 된다. '그늘'은 스스로의 품안에 쉴 자리를 만들어 곤곤한 사람들에게 휴식처를 만들어준다. 시인이 자신을 '두엄'과 '그늘'로 인식하게 된 것은 스스로에 대한 통찰의 결과이다. 꽃향기나 나뭇잎의 푸르른 숨결을 따라 살고 싶었던 날들을 반추하면서 자신을 아지랑이 속에서 문둥병처럼 썩고 있는 두엄더미로 인식한다. 스스로의 삶의 열정 앞에 한계가 가로 놓여 있음을 절감하면서 거름이 되어 썩는 자아를 상정하고 있다. 물론, 그렇게 썩은 시적 자아는 봄들판의 새생명을 키우는 비옥한 자양이 되어 새로운 생명으로 태어나기도 할 것이다.

뒤의 시 「느티나무」에서 시인은 시적 자아를 늙은 느티나무로 인식한다. 굵은 껍질과 옹이, 구멍 뚫린 몸통, 그리고, 반쯤은 죽어 있으면서도 새 잎을 피워내는 나무-이것이 좌절과 갈등을 겪으면서 현재에 이른 시적 자아의 자기 인식이기도 할 것이다.

허영자의 언어는 극도로 절제되어 있다. 시의 언어가 극도로 절제된다는 것은 시적 형식에 대한 시인의 의식이 매우 준엄하다는 사실을 보여주는 것이다.

젖은
모래톱의
물새 발자국

바닷물도
다 못 지운

물새 발자국.

—「그대에의 추억·II」

‘물새’와 ‘바다’의 대비를 통해 현실을 투시해 보여주고 있다. ‘물새’는 ‘바다’를 삶의 터전으로 하여 살아간다. 그곳에서 먹이를 얻으며 그 위에 펼쳐진 하늘 위를 날면서 삶을 영위해 간다. 물새는 그 삶의 흔적을 모래톱에 남긴다. 그러나, 물새가 모래톱에 남긴 발자국은 밀려오는 파도에 씻기게 마련이고 그렇게 해서 지워져 버린다. 그런데, 허영자는 바닷물로도 지우지 못한 물새의 발자국이 있음을 안다. 뜻깊은 삶의 족적으로 깊게 패인 추억은 깊이 새겨진 흔적들로 남기 마련이며, 그런 삶의 족적들은 물로써는 결코 지워질 수 없는 것이다. 허영자는 바닷물로도 지워지지 않는 ‘발자국’이 ‘그대에의 추억’이라고 한다. 극도로 절제된 언어들이 추억의 광막한 지평을 향해 열려져 있는 셈이다.

허영자는 시집『빈 들판을 걸어가면』,『조용한 슬픔』에서 개인사적 서정이 객관화의 과정을 보여주었다. 이 시기의 시에는 시인의 과거 체험들이 상상의 토양이 되어 있다. 치열했던 삶의 현장으로부터 물러서 있게 된 화자의 복합적 심리가 상호 상승적으로 작용하면서 시적 긴장을 이뤄내고 있다. 이 시기의 시는 또한 삶의 근원으로의 하강을 보여주기도 한다. 시인이 하강을 시도하게 되면서 삶을 통찰하는 깊이와 넓이가 깊고 넓어지면서 스스로의 삶의 의미를 파악해내고 있다.

2-3

허영자는 시집『기타를 치는 집씨의 노래』,『목마른 꿈으로써』에서 다양한 현실에의 관심을 보여주었다. 나이들어감에 대한 긍정 속에 파악된 존재 탐구로부터, 이국 풍물에 대한 관심, 일상 현실과의 조우를 통해 새롭게 발견하는 시적 자아의 모습이 노래되었다. 이제 허영자의 시적 자아는 노년기에 접어들면서 세계 속을 활보하게 되었다. 그러면서 현실과 세계로 눈을 넓혀가고 있는 것이다. 사랑의 대상들을 향한 개인적 조응의 시로부터 보편적 인간의 문제, 현실문제에로 관심의 범주를 넓혀가고 있는 것이다.

캄캄한 밤중이
저기서 온다
긴 비를 끌고

푸른 제복에 싸인
검은 어둠이
저기서 온다
쓰레받기를 끌고

어지럽게 널린
종이, 개똥, 담배꽁초
붉게 취한
소음과 포도주의 거리를

조용히 쓸며 닦으며
성자처럼 걸어가는
흑인 청소부.

— 「흑인 청소부」

위의 시가 노래하는 것은 삶의 페이소스이다. 허영자의 페이소스는 외국여행 중에 만난 '흑인 청소부'를 통해서 환기된 것이다. '흑인 청소부'는 숙명적으로 차별화된 현실에, 그것도 숱한 제도적 제한 속에서 사는 사람들이 대부분이다. 허영자는 흑인 청소부를 통해서 도시의 우울을 형상화해 보여주고 있으며, 참 가치를 상실해가고 있는 현대 도시의 진실이 어디에 있는가를 보여주고 있다. 이 시가 보여주는 현대 도시의 페이소스는 매우 각성적인 이미지가 되어 있다. '캄캄한 밤중이/ 저기서 온다/ 긴 비를 끌고// 푸른 제복에 싸인/ 검은 어둠이/ 저기서 온다/ 쓰레받기를 끌고'. 빗자루와 쓰레받기를 들고 걸어오는 흑인 청소부의 이미지는 문명화된 현대 사회의 문제를 보여주는 하나의 은유가 되어 있다.

▲ 시집 『기타를 치는 집시의 노래』

쓰레기와 소음으로 뒤덮인 도시를 '조용히 쓸며 닦으며' 지나가는 흑인청소부에게서 '성자'를 발견해내고 있는 것이다. 섬세한 감성으로 '사랑'과 '그리움'을 노래해 온 허영자 시의 큰 변모이다. 허영자의 시적 관심은 사회에서 소외된 사람들에게도 주어지고 있다.

애야

천만년 말없이 솟아 있는
높은 산 아래
노래하며 흘러가는
시냇물이 있는 것을
너는 알지

위로 뿜어나는
황홀한 구름
저 눈부신 잎새들을 위하여

땅 속깊이 길을 찾는
뿌리가 있는 것을
너는 알지

애야
낮에는 우리 몸을 덮혀주는
햇빛이 있고
밤에는
우리 마음 덮혀주는
달빛이 있는 것을
너는 알지.

— 「너는 알지-뇌성마비 소녀에게」

한 올 한 올
그대가 뜨는 쉐터는
먼 나라 소녀의
아름다운 입성이 되리

햇빛 화안한 날
엄마 아빠의 손을 잡고
나들이 가는 소녀의
벅찬 기쁨이 되리

공교한
그대의 손끝에선
끝없이 이어지는
쉐하르자드의 이야기

봄, 여름, 가을, 겨울

계절이 수 놓이고
해와 달/무수한 별들이 돋아나고

한 올 한 올
그대가 뜨는 쉐터는
시린 가슴을 덮히는
따뜻한 선물이 되리

— 「근로자의 손을 위한 노래」

뇌성마비 소녀나 근로자는 모두가 힘든 삶을 살아가고 있는 사람들이다. '뇌성마비 소녀'나 '근로자'들에게 위로의 뜻을 전하게 된 것은 그가 지속적으로 노래해 온 '사랑'이 근본적으로 범 인간적 세계로까지 심화되었음을 보여주는 것이다. 애초에 그는 그의 시 「임」에서, 그가 노래하는 사랑이 삼라만상 모두를 향한 것임을 밝힌 바 있었다. 이제, 허영자는 '뇌성마비 소녀'를 위하여 이 세상 만물들이 상호 조화 속에 존재하고 있음을 들려준다. 말없이 솟아 있는 높은 산 아래로 시냇물이 감돌아 흐르고 있으며, 나뭇가지에 푸르름을 자랑하며 달려 있는 나뭇잎을 위해서 땅 속으로 뻗어 가는 뿌리가 있다. 몸을 덮혀주는 햇빛이 있고, 마음을 덮혀주는 달이 있기도 한 것이다. 세상 만물은 이처럼 상호 조화로운 어울림을 이루면서 존재하고 있는 것이다. 「근로자의 손을 위한 노래」 역시 고된 노고를 견디고 있는 근로자에게 그들의 보람을 제시함으로써 위로의 뜻을 전하고 있다.

허영자는 그의 시를 통해서 그가 생각한, 평생의 과업이 무엇이었으며, 무엇을 위해 헌신했던 것인가를 반문한다. 다음의 시는 그런 반문에 대한 스스로의 답변이며 또한 물음이기도 하다. 지속적으로 시적 대상과 '나'와의 관계를 조명하고자 했던 허영자는 평생의 작업인 시가 무엇인가를 되짚어본다.

심장의 피

간의 기름을
졸이고 태우는

그 처절하고
다함 없는
봉헌의 불꽃 속에

비로소 現身하는
한 점
빛나는
舍利.

—「詩」에서

시를
왜 쓰느냐고?

티 한 점 없는
순수한 기쁨
순수한 슬픔과
만나기 위해서지

시를
왜 쓰느냐고?

참으로
아프게 뉘우쳐서
더러움을 깨끗이
씻어내기 위해서지

시를
왜 쓰느냐고

사랑하는 당신을'
사랑한다'고
정직히 서슴없이
말하기 위해서지.

— 「무제」

　지속적으로 인간을 노래하면서 인간에의 '사랑'을 추구해온 허영자의 시는 궁극적으로 인간에 대한 긍정이며, 격려이고 위안이었다. 허영자에게 있어서의 시는 하나의 '봉헌'이었던 셈이다. 그의 봉헌은 궁극적으로 '사리'에 이르기 위한 도정인데, 그런 그의 도정은 심장의 피와 간의 기름을 졸이고 태우는 처절함으로 점철된 것이었다. 결국 그렇게 해서 도달한 '사리'로서의 시가 그의 '봉헌물'인 셈이다.

　허영자는 시집 『기타를 치는 집씨의 노래』, 『목마른 꿈으로써』에서 다양한 현실에의 관심을 보여주었다. 나이들어감에 대한 긍정 속에 파악된 존재 탐구로부터, 이국 풍물에 대한 관심, 일상 현실과의 조우를 통해 새롭게 발견하는 시적 자아의 모습이 노래되었다. 시적 자아가 현실과 세계로 눈을 넓혀가고 있는 것이다. 사랑의 대상들을 향한 개인적 조응의 시로부터 보편적 인간의 문제, 현실문제에로 관심의 범주를 넓혀가고 있는 것이다. 지속적으로 '사랑'을 추구해온 허영자의 '봉헌물'로서의 시는 궁극적으로 인간에 대한 긍정이며, 격려이고 위안이었음을 알 수 있다.

3

　허영자는 시집 『가슴엔 듯 눈엔 듯』, 『親展』, 『어여쁨이야 어찌 꽃 뿐이랴』 에서 자아의 내면에 투영된 대상과의 교감을 노래해 보여주었다. 이 시기의 허영자의 시는 예리하고 섬세한 감각으로 대상을 만나는데, 그의 시적 대상들은 우주에 존재하는 모든 것들로 확산된다. 허영자 초기시에서의 자아는 대상에 대한 간절한 그리움의 열망을 지니면서도 또한, 스스로를 부끄러운 자아로 인식하는 양면성을 지닌다. 이런 양면성은 자아의 내면에서 상승적 욕구와 하강적인 부끄러움이 밀고 땡기는 강한 긴장 효과를 유발시킨다. 그리고, 적절한 시적 상징을 획득함으로써 시적 서정을 공고한 것이 되게 하고 있으며, 내포를 심화시킬 수 있었다. 대상에 대한 적극적 응전과 겸허한 침잠 사이에서 번민하는 시적 자아를 준렬하게 통찰해 냄으로써 한국 서정시의 높은 성취를 보여주었다.

　허영자는 시집 『빈 들판을 걸어가면』, 『조용한 슬픔』에서 시적 대상과의 거리를 확보하려 하고 있으며, 객관의 통찰을 지닌다. 이 시기의 시에는 시인의 과거 체험들이 상상의 토양이 되어 있다. 치열했던 삶의 현장으로부터 물러서 있게 된 화자의 복합적 심리가 상호 상승적으로 작용하면서 시적 긴장을 이뤄내고 있다. 이 시기의 시는 또한 삶의 근원으로의 하강을 보여주기도 한다. 시인이 하강을 시도하게 되면서 삶을 통찰하는 깊이와 넓이가 깊고 넓어지면서 스스로의 삶의 의미를 파악해내고 있다.

　허영자는 시집 『기타를 치는 집씨의 노래』, 『목마른 꿈으로써』에서 다양한 현실에의 관심을 보여주었다. 나이들어감에 대한 긍정 속에 파악된 존재 탐구로부터, 이국 풍물에 대한 관심, 일상 현실과의 조우를 통해 새롭게 발견하는 시적 자아의 모습이 노래되었다. 시적 자아가 현실과 세계로 눈을 넓혀가고

있는 것이다. 사랑의 대상들을 향한 개인적 조응의 시로부터 보편적 인간의
문제, 현실문제에로 관심의 범주를 넓혀가고 있는 것이다. 지속적으로 '사랑'
을 추구해온 허영자의 시는 궁극적으로 인간에 대한 긍정이며, 격려이고 위안
이었음을 알 수 있다.

'부끄러움'과 식물적 이미지의 구원의식

정영자*

1.

고조선시대의 여옥(麗玉)의 「공무도하가 (公無渡河歌)」를 최초의 시(詩)로 출발한 한국 여류 시는, 「원왕생가(願往生家)」, 「도천수관음가(禱千手觀音歌)」, 「가시리」 황진이 등의 향가, 고려속요, 시조를 거치면서 그 전통적 서정을 노래해 왔다.

'임'의 영원한 갈망 속에 '한(恨)'이 계속되는 한국 전통문학은 산문에서보다 시에 있어서 더 강렬한 전통성을 보이고 있다. '임'과 '한'의 특성을 가지고 '은근'과 '끈기', '가냘픔'과 '애처로움'이라는 긍정적 형태는 넘을 수 없는 현실을 직시하고, 드디어 '두어라', '노세'의 나그네성으로 비약했다. 그러나 여성 특유의 정신적 결집이라 할 수 있는 '끈질김'과 '너그러움'이라는 상반된 특성은 여성적인 개념이 되고 있다. 이러한 문학의 특성 등은 여성과 불가분의 관계에 있는 한국 문화의 '멋'이라는 풍류를 수용하고 또한 갈망했다. 때문에 '임', '한', 등의 여성적인 특질을 지닌 한국 현대 시문학사에 있어 여류시의

---

* 신라대 교수

공과는 아직 정리되지 못한 단계에 있다.

1920년대의 여류시가 제대로 평가받지 못하였으나 1930년대의 모윤숙, 노천명, 그리고 그 뒤를 이은 1950년대의 김남조, 홍윤숙으로 이어지는 여류시는 1960년대 동인지 『청미』와 『여류시』를 중심으로 여류시의 질적이며 양적인 확대를 가져오게 되었다.

이러한 여류시의 성장 시기에 때맞추어 허영자(許英子)는 1962년 『현대문학』 추천으로 문단에 나와 25년의 시작(詩作) 기간을 통하여 끈질기게 사랑을 노래하고 있다. 그는 전통 서정을 바탕으로 시의 운율적인 면과 언어의 간결성에 특히 유념하고 있다.

허 시인이 활동해 왔던 20여 년의 시작 과정은 한국 여류시의 성숙 시기와 그 맥을 같이하고 있다. 시의 대중적인 접근이 기대되는 1980년대에 지속적인 역할을 하고 있는 허영자 시인의 시는 한 마디로 절대적 애정을 노래하면서도 '부끄러움'과 '열렬한 소유론'의 양면성적인 갈등에 고뇌한다. 그러나 그 애정은 식물적 이미지의 형상화를 통하여 영원절대의 구원의식으로 승화되고, 절대진실을 그 기초로 하고 있다.

시는 적당히 애매하고 막연한 것으로 노래되는 것이 아니라 실상(實像)의 모습 그대로 욕망을 표출한다. 이러한 욕망을 바탕으로 내면세계의 아름다움을 시로써 형상화한 허영자의 시는 시류(詩流)에 편승하거나 새로움에 눈치 보지 아니하고 묵묵히 그 전통적 서정을 지키고 있다. 김영랑, 서정주, 박목월 등의 전통성이 그대로 '서러움'이나 '아픔', '부끄러움'이라는 '사랑'의 정서로 간절하게 표현되고 있다.

60년대 후반과 70년대 초에 들어오면서 4·19전후의 상황과 결부되어 사회적 기능이란 시의 문제가 대두하게 되었다. 참여시 내지 사회의식을 가지지 않는 시, 비판 의식에 소홀한 시를 저급한 감상주의적인 시라고 몰아붙이는 위험 수위도 지나왔다.

허영자는 25년을 한 목소리로 사랑을 노래해 오면서 차츰 식물적 이미지와 봄이라는 계절적인 원형(原型)을 통하여 현실의 보다 밝음에 조명하는 긍정적인 고뇌와 화려한 슬픔의 늪을 보여주고 있다. 허영자 시인의 활약 시기는 한국시의 발전 시기이며, 여류시의 성숙기라고 볼 수 있다.

김재홍은 1970년대 여류 시를 끈기와 깊이가 없다[1]고 지적하고, 사랑의 문제와 자연의 문제를 개인의 감정적 차원에서만 다루지 말고 폭 넓은 역사의식과 전통의 문제 혹은 사상적 각도에서 살려야 한다[2]고 역설했다. 사상성의 결여와 역사의식의 혼미함은 여류 시만의 문제가 아니다. 그것은 한국시의 전반적인 문제점으로 지적된다. 비판의식의 지성적인 면을 강조하는 나머지 동양적 서정의 전통성을 무시해서는 안 된다.

김현은 '정서적 긴장의 결여'가 한국 여류 시 혹은 한국시가 가지고 있는 문제점임을 밝히고 있다.[3] 원초적인 감정들이 정서적인 긴장을 통하지 않을 때, 센티멘탈리즘으로 전락하며[4] 사랑을 그 시의 주체로 하고 있는 허영자의 시는 정서적 긴장을 통하여 이러한 감상의 영역을 극복하고 있다고 지적했다.

신동욱은 두 가지의 가치 운동의 축으로서 허영자의 시를 논한 바 있다. 정열과 사랑의 외향 축과 안온한 행복을 깨뜨리지 않으려는 내향축의 둘로 본 것이다.[5]

사랑을 노래하되 그 사랑에 완전 도취하지 아니하고, 부르다 말며, 찾다가 말고, 그리고는 자연마저 사랑하는 공간과 그 동일 시적인 소재로 노래하는 그의 사랑은 항상 '부끄러움'이나 '죄책감', '참회'등이 함께 한다. 그것은 자

---

1) 김재홍, 「70년대 시의 반성과 전망」, 『현대시학』, 1982. 10, pp.106~107.
2) 앞의 책, p.107.
3) 김현, 「감상과 극기」, 『한국여류문학전집6』, 한국여류문학인협회, 신세계사, 1997, p.331
4) 앞의 책, p.334
5) 앞의 책, p.339.

신의 진실을 고집하는 결벽증에서 연유한다고 볼 때, 그의 사랑시론은 극히 긍정적이며 생산적이다.

'부끄러움'은 결국 참회의식, 고통의식과 연결된다. 사랑은 소유와 갈망과 고독에서 극히 절제되고 간결하게 응축되어 있다. 사랑의 소유 론은 식물적 이미지의 내면세계의 연소 과정을 거쳐 구원의식의 영원지정로 방향을 돌리고 있다. 그가 수직상승의 나무 계열과 생명력의 절정인 꽃을 소재로 사랑을 노래하고 있는 것은 긍정적인 삶을 끈질기게 살아가고자 하는 가장 정직한 정신에 근거한다.

2.

김지향은 일찍이 허영자의 시가 '수줍은 내연성의 에로스임[6]'을 밝히고 있다.

인간 내면세계의 그리움과 고뇌를 노래하고 있는 허 시인의 시에는 '부끄러움'이라는 여성적 이미지가 많다. '부끄러움'은 선악과를 따먹고 신의 지시를 어긴 아담과 이브의 부끄러움을 그 출발로 한다.

헤리히 프롬은 「사랑의 예술」에서 "사랑에 의한 재결합 없이 인간의 분리를 인식한다는 것- 그것이 부끄러움의 근원인 것이며, 그것은 동시에 죄책감과 불안의 원천[7]"이라고 했다.

허영자의 '부끄러움'에 고통의식과 참회의식이 따른다는 것은 인간이 가지는 원죄의식이며, 사랑의 진실을 찾는 시인의 성실한 삶의 좌표를 말해 주고 있다.

윤동주는 부끄럼 없는 삶을 살기 위한 결백한 양심의 선언을 「서시」에서 노래하고 있다. 「서시」의 매력은 그 '부끄러움'에 있다. 그것은 진실을 바탕으

---

6) 신동욱, 「사랑과 기다림의 뜻(허영자론)」, 『현대문학』, 1980. 2, p.347.
7) 김지향, 「현역 여류시와 에로스」, 『현대시학』, 1974. 10, p.116.

로 솟아나는 시인의 양심이기 때문이다.

허영자의 '부끄러움'은 바로 이러한 양심, 진솔한 자신의 정신을 바탕으로 나타난다. 시인 자신이 밝힌 바와 같이 "나의 시는 아프고 쓰라린 그 부끄러움을 쓸어모은 것"[8]이라고 했다.

"돌아다보면 살아온 자취는 항상 부끄럽고 잘못이었다. 바르게 살고 아름답게 살고 싶다는 뜻은 늘 이룩되지 못하는 꿈이요 갈망이다. 그 것은 먼 하늘에 걸려 있는 무지개였다. 그러나 비록 그 꿈이 달성되지 못한다 하더라도 무지개를 바라보는 것만으로 우리는 얼마나 큰 위안을 얻은 것인가."[9]

단순한 여성적 이미지의 '부끄러움'에서 인간적인 참회의식, 그 철학적이고 미학적인 삶의 희구로 확산되고 있음을 본다.

너무
맑은 눈초리다
온갖 죄는
드러날 듯

부끄러워
나는
숨고 싶어……

— 「하늘」

연분홍빛
여리디여린 연정의
부끄러움이 지는
가을 뜨락입니다

---

8) E.프롬·이원용역, 『사랑의 예술』, 삼신서적, 1997, p.16.
9) 허영자 시집, 『어여쁨이야 어찌 꽃 뿐이랴』, 「후기」, 범우사, 1977, p.106.

눈 멀었던 관능의
아픔
그 선지피를 뱉아내는
참회의 뜨락입니다

찬 비 비껴 뿌리는
푸섶
이 황량한 마당에서 비로소
가장 소중한 걸 깨닫습니다

다만 사람은
더욱 사랑하며
사랑하여야 하는
추운 나무들이었습니다

밤이 깊으면
명목(瞑目)의 시간
등불을 돋우어 높이 혀고
묵은 복음서를 읽겠습니다.

— 「가을」

　「하늘」에서의 '부끄러움'은 상대방의 맑음 때문에 가지게 되는 죄의 부끄러움이다. 「가을」에서는 '부끄러움'이 '참회'로 변모되고 가장 소중한 '사랑'을 밝히는 구원으로 승화된다. 첫 연은 '부끄러움'으로, 둘째 연은 '참회로, 셋째 연은 '가장 소중한 것'인 사랑을, '넷째 연은 사람에게 '사랑'을, 마지막 연은 '구원의식'으로 연결되는 인간의 내면 세계를 수직상승의 원리로 노래한다. '가을'이라는 자연 묘사를 하면서도 인간 내면의 심리를 심화, 확대하는 시의 세계를 만난다.

이러한 그의 모든 문학정신의 근저는 사랑이다. 사랑 때문에 갖게 되는 부끄러움이며 참회며 구원의식이다. 부끄러움을 노래한 시로는 「설경」, 「강설」, 「씨앗을 받으며」, 「지난 날」, 「우기·이별」, 「기도실」등이 있다.

그러나 그의 '부끄러움'은 「친전」에서 '살 속에/그 이름을 새기며/이 봄밤/눈 떠 새운다'는 소유의 갈망에 눈 뜨고 「떡살」에서는 그 소유 론이 심화, 확대되고 있다.

고운 네 살결 위에
영혼 위에
이 신비한
사랑의 문양 찍고 싶다.

'이것은 내 것이다!'
땅 속에 묻혀서도
썩지를 않을
저승에 가서도
지워지지 않을

영원한 표적을 해두고 싶다.

— 「떡살」

'떡살'이라는 객관적인 사물을 통하여 사랑함으로 소유한다는 사랑의 확인을 무서운 집념으로 노래하고 있다.

에리카슨은 "사랑은 분리된 작용에서 나타내는 적대감을 영원히 완화시키는 상호 헌신"[10]이라고 말했고, 에리히 프롬은 「소유와 삶」에서 인간의 두

---

10) 허영자 수필집, 「독자를 위하여」, 『아름다운 삶을 향하여』, 문학세계사, 1980, p.5.

가지 경향을 밝혀 '소유'와 '존재'로 설명하고 있다. '소유'는 궁극적으로 살아남으려는 욕망이라는 생물학적 요소에 기인한다.

'이것은 내 것이다!'를 열망하는 소유의 경향을 적나라하게 큰 목소리로 시화(詩化)한 시인의 진솔한 문학정신은 우선 독자의 공감대를 형성한다. 누가 뭐라고 하든 인간은 먼저 소유론에서 출발할 수밖에 없는 욕망의 덩어리를 가진 존재이기 때문이다. 군더더기 없이 자신의 정신을 간결하게 고백하고 있는 시적 분위기는 변명과 설명이 제외된다. 자신도 "어떠한 상황 속에서건 다른 군말 없이 시를 쓰고 싶다"[11]고 했다.

그의 시가 애송되는 이유는 바로 여기에 있다. 기만하지 않고, 피하지 않고, 얼버무리지 않고, 변명 없이 자신을 밝히고 있기 때문이다.

「떡살」의 사랑은 '살결'과 '영혼'위에 찍은 문양(紋樣)이다. 그의 사랑이 에로스적인 것에 머물고 마는 것이 아니라, 정신적 구원의식으로 승화되고 있다. 때문에 「떡살」에서 보이는 '육체와 정신'에 대한 합일된 사랑의 추구는 에로스의 영역을 초월하려는 그의 구원 의식에서 찾아야 될 것이다.

수필 「나를 불사르며」는 허영자 시론(詩論)의 일단을 보여주고 있다. 시에서 생명과 존재의 의의를 찾고 온전히 자기를 불태우는 정열과 사명을 가질 때 그것이 곧 구원의 길[12]임을 제시하고 있다. 또한 간결한 언어와 쾌락적 기능에도 언급하고 있다. 복잡 무질서한 경험 등을 종합, 이산, 조화시켜 가장 간결하고 압축된 언어로 성실히 표현함으로써 깊은 쾌감과 즐거움을 느낀다[13]고 했다.

「떡살」은 이러한 자신의 시론에 가장 잘 맞는 시라고 할 수 있다. 「떡살」에서 보인 간결하고 압축된 언어는 초기 시의 간결성에서 더 발전되고 있으며,

---

11) Erikson, E.H. In sight and responsibility, New Yok: Norton, 1964, p.126.
12) 허영자의 수필집, 「시를 위한 단상」, 『한 송이 꽃도 당신 뜻으로』, 문학예술사, 1978, p.328.
13) 위의 책 p.285.

초기 시에서 사랑함의 그 부끄러움이 '육체'와 '정신'의 합일된 소유의 갈망으로 대담한 정직성을 보여주고 있다.

3.

허영자의 사랑은 그 소재 면에서 생명력의 절정인 꽃과 수직상승의 나무 계열로 표현되고 있다. 그에게 있어서 식물적 이미지는 그의 시를 대표하는 이미지이다. 뜨거운 사랑이 확산되는 육욕적인 주제를 식물성적인 이미지로 표현하고 있다는 것은 시인의 놀라운 시적 발상의 긴장감이다.

동물적인 사랑의 주제를 가장 푸르고 화려한 식물적 상상력으로 형상화시킨다는 것은 허 시인의 재치이다

그 예지의 뛰어남이 그의 시를 보편화시키지 않고 빛을 발할 수 있도록 해주는 핵심이 되고 있다.

가쁜 숨결
끓는 몸뚱아리
다 던져 둔 채

빛나는 촉루
희디흰 넋으로
바라만 보는

임이여
임이여

오관에 사무치는
큰

아픔이여.

— 「수련을 보며」

꽃을 바라보는 시인의 눈은 이미 꽃이 아니라 사랑에 '가쁜 숨결/끓는 몸뚱아리'를 어쩔 수 없는 여인으로 변모하고 있다. 그러나 끝내 그 격렬함을 파괴되거나 무너지는 것이 아니라, '희디흰 넋으로/바라만 보는', '오관에 사무치는/큰/아픔'으로 자리한다. 생명의 절정인 그 꽃의 아름다움을 '임'으로 환치하고 꽃핌을 '아픔'으로 시화(詩化)하는 그 역설의 미학에 그의 시는 종결된다.

수련을 보면서도 인간을 생각할 수밖에 없는 그의 시는 인간 내면의 노래에 철저하다.

내 마음이 캄캄 어두웠구나
세상 일에 너무 흔들리고 있었구나
무어나 서둘러서 되는 일은 드물다
노래도 사랑도 죽음까지도⋯⋯

후박나무는 동양의 군자
청량한 그 그늘에 들면
시름은 발 아래 티끌 먼지
원수도 용서되는 넉넉한 품 속.

— 「후박나무」

식물성적 지향의 나무 이미지는 천상적인 구원을 노래한다. 이러한 시인의 식물성적인 지향의 확산은 가장 원초적이고, 진솔한 에로스의 소유론을 절절히 노래하는 그의 표현과는 대조적이다. 때문에 그의 시적 열망은 그 사랑의 소유에 있고, 그의 시적 의지는 그 사랑의 구원에 근원한다.

‘후박나무’를 동양의 군자(君子)로 보고, 「벽오동」에서는 나무에 인격을 부여하여 처사(處士)로 보고 있다. ‘이 바쁜 세상을/바쁜 세상을’, ‘생각도 천천히/걸음새도 천천히’사는 처사의 여유를 벽오동나무에서 감지하는 것이다. 이것은 나무를 인간으로 보는 동일성 구조이다.

식물성 이미지는 「꽃피는 날」, 「사루비아」, 「들국화」, 「포인세티아」, 「연」, 「나팔꽃」, 「수련을 보며」, 「꽃피는 날」, 「친전」 등의 시는 식물성 이미지와 밀접한 관계가 있다. 그러므로 그의 시는 이러한 식물성 이미지의 절대적인 것으로 표현되고 있다. 허영자 시의 주제는 사랑이다. 봄과 꽃의 식물성적인 이미지의 그의 시는 생명력의 절정, 그 쾌감, 그 아픔, 그 화려함을 노래하는 것이다. 특히 그 사랑의 표현을 식물성적인 상상력으로 확산하고 있다는 것은 영원을 갈망하는 그의 구원의지의 푸르고 맑은 시정신에 근거한다.

4.

허영자는 1980년대의 시를 주도하는 전통적 서정파의 중견 여류 시인으로 부상했다. 그의 시적 탐구나 그의 시적 정신의 완숙은 1980년대에 달렸다. 앞으로 그의 전통적 서정이 어떠한 패턴으로 몰입되며 그 간결한 언어의 조화가 어떠한 간결함으로 압축되어갈지 기대된다. 특히 그의 독특한 ‘부끄러움의 시학’이 어떠한 사랑의 도전으로 변모되어갈지 흥미롭다.

사랑을 갈구하는 이 땅의 독자들이 그의 시를 주목하는 이유는 사랑, 그리고 푸르고 싱싱한 식물성 이미지의 표현 기법의 조화에 있다. 사랑을 꽃피게 하고 나무로 키울 수 있다는 것은 시인의 영광이기 때문이다.

허영자 시 연구

한영옥*

I. 서론

시인 허영자는 1962년『현대문학』지를 통해 등단, 오늘에 이르기까지 40여 년의 시력을 다져왔으며 등단 이후 꾸준히 시작활동을 전개 7권의 시집[1]을 펴냈다. 7권의 시집은 모두 고른 수준으로 일관된 주제와 방법을 유지함으로 써 그만의 뚜렷한 정신의 길을 보여주어 이제 그는 이 땅의 중요한 시인으로 자리매김 되기에 충분하다.

허영자의 시편들은 한국 현대시의 위상을 보다 분명히 잡아주는 계기를 갖게 한다. 50년대의 혼란기를 거치면서 60년대는 한국의 현대시가 그간의 성과를 알차게 수확하는 시기였다. 바로 이 자리에 허영자의 시편들은 자리한

---

* 성신여대 교수

1) 제 1시집『가슴엔 듯 눈엔 듯』(중앙문화사, 1966)
  제 2시집『친전(親展)』(한국시인협회 刊, 1971)
  제 3시집『어여쁨이야 어찌 꽃 뿐이랴』(범우사, 1977)
  제 4시집『빈 들판을 걸어가면』(열음사, 1984),
  제 5시집『조용한 슬픔』(문학세계사, 1990)
  제 6시집『기타를 치는 집시의 노래』(미래문화사, 1995)
  제 7시집『목마른 꿈으로써』(마을, 1997)

다. 특히 그의 시편들이 한국적 정서인 정한의 서정에 기반을 두면서도 센티멘
털리즘에 빠지지 않았던 점은 감상주의 혹은 여성시에 대한 편견으로부터
벗어나는 이중의 계기를 얻는다. "그의 시는 많은 선배 시인들이 흔히 빠져
왔던 과거 지향성과 감상주의에서 어느 정도 벗어난 데서 의미가 놓여진다"[2]
는 사실은 바로 한국 현대시의 한 발전상과 연계된다고 볼 수 있다.

　김병익은 강은교의 첫 시집 『풀잎』의 해설에서 "강은교의 이 같은 자리차
지는 선배여류들의 얼굴을 붉히게 하면서 여류가 아닌 여성시인으로서의 떳떳
한 자세를 확인시켜준다."[3]고 언급한 바 있다. 이 언급에서의 '이 같은 자리차
지'란 강은교의 시가 30년대 이후의 여류시 맥락에 있지 않고 20년대 이후의
한국 시 흐름에 편입될 수 있다는 의미를 가리키는 것이었다. 이와 같은 논의
는 퍽 타당한 것이기는 하나 지나치게 단정적이다. 이러한 논지는 분명히
다른 여성시인들에게 소급될 수 있는 것이기 때문이다. 물론 이중 허영자의
시편들은 여성시인 남성시인을 떠나서 충분히 한국시의 흐름에 편입되기에
충분하다. 정한모의 지적대로 "허영자는 한국 현대시의 정도를 가고 있는 시
인"[4]라는 데서 이미 그 답은 주어진다.

　이상과 같은 구차스런 논의는 허영자 시의 특질을 규명해나가는 것과 무관
할 수 없기 때문이었다. 그의 시편들을 통해 '시'장르의 진정성을 다시 성찰할
계기를 삼으려 할 때, 그의 시편들이 텍스트로 취해져야 할 충분한 근거가
필요하다고 본 것이다. 실제로 허영자의 시편들은 60, 70, 80년대를 두고 꾸준
히 평단의 주목을 받아왔다. 주목의 계기는 주로 "압축미와 긴장미를 이루는
격조와 간절함"[5]에서 얻어질 수 있었다. 이에 더하여 "변성의 기적을 이룩하
는 허영자의 몇 편의 작품은 비록 소품일지라도 최상의 시의 범주"[6]에 속한다

2) 김재홍, 「갈망과 절제의 시」, 허영자, 『허영자 전시집』, 마을, 1998, p.392.
3) 김병익, 「허무의 선험과 체험」, 강은교, 『풀잎』, 민음사, 1974, p.74.
4) 김병익, 위의 글, 같은 면.
5) 정영자, 「사랑과 간절함의 서정」, 허영자, 위의 책, p. 537.

는 김종길의 언급은 허영자 시의 면모를 보다 반듯하게 세워주는 것이었다.

허영자 시에 대한 중요한 논의는 1998년에 묶은 『허영자 전시집』속에 고스란히 모여 있다. '사랑과 극기와 절제'라는 주제로 시의 내용과 형식을 다룬, 김재홍[7], 박호영[8], '한국적 전통서정의 맥락을 이어온 여성시인'이라는 데 초점을 둔 정영자[9], '봄의 생명성'에 연계하여 다룬 최동호[10], 생명시학의 유기체적 자연관의 투사로 읽어낸 송희복[11]의 글들은 허영자의 시를 보다 깊게 읽는 좋은 계기를 베푼다.

그런데 이상의 논의들은 그의 시 세계를 단편적으로 조망하였다는 아쉬움을 갖는다. 이에 허영자의 전 시편들을 통섭하는 주제와 방법을 살펴야 할 필요가 요청된다. 이 요청에 응답하는 논의를 세워가려는 것이 바로 이 글의 목적임은 물론이다. 이 자리에서는 허영자의 전 시집을 통해 일관되게 쓰여지고 있는 내용과 방법을 항목화하여, 1. 주체 단련의 가열성 2. 생의 황홀과 연민 3. 현실 인식의 투사 4. 역동적 상상력과 존재 현현에 관하여 다루려 한다. 1, 2, 3에서는 내용적 측면을 4는 방법적 측면을 다루게 될 것이다. 허영자의 전 시집에서 이상의 특질은 거의 체질적인 것임을 파악할 수 있었다. 따라서 특별히 시집의 변화를 시기별로 나누는 일에서 벗어나 전 텍스트를 오가며 일관된 의식 세계를 짚어내는 의식비평의 길을 따랐다. 이에 "같은 작가의 여러 작품을 잘 읽어보면 그것이 하나의 목소리를 내고 있다는 것을 알 수 있다. 개개의 작품은 자율적 총체가 아니며 작가의 문학적 경험의 단편"[12]이라는 제네바 학파의 논리는 큰 힘이 아닐 수 없었다. 한 편 한 편의

---

6) 김종길, 「허영자 시의 특질」, 허영자, 위의 책, p.397.
7) 김재홍, 앞의 책.
8) 박호영, 「사랑과 절제의 변주」. 허영자, 『허영자 전시집』.
9) 정영자, 앞의 책.
10) 최동호, 「목숨이 향그런 시」, 허영자, 『허영자 전시집』.
11) 송희복, 「단순한 순환 속의 웅숭깊은 섭리」, 허영자, 『허영자 전시집』.
12) 김현, 「제네바 학파의 문학비평」, 박이문 편, 『현상학』, 고려원, 1992, p.86.

시가 각기 다른 시편들과 대화적 관계를 유지할 때 한 시인의 총체적 세계가 드러날 수 있다는 사실에 동의하면서 이 글을 전개하려 하기 때문이다.

II. 허영자 시의 의식과 방법

1. 주체 단련의 가열성

허영자 시의 핵심을 이루는 것 중 하나가 '자아'의 문제다. 주관성의 장르인 시에서 '자아'가 핵심인 것은 당연한 일일 것이다. 그러나 허영자의 경우는 '자아'를 입체적으로 보려는 의지가 앞세워져 있다는 데서 차별성을 갖는다. 그만큼 주체 단련의 가열찬 면모를 다각도로 제시하는 것이라 하겠다. 나 자신의 확실성을 보증 받고 싶은 것은 인간의 기본 욕구다. 따라서 서양철학은 모든 존재자는 존재자 자신과 일치한다는 집착을 견지해왔다. 즉 자기동일성의 믿음을 유지해 온 것이다. 따라서 타자개념이 형성되고 타자의 부정적 개념, 즉 나 아닌 것으로 치부되는 타자개념이 고착화되었다. 진리의 개념 역시 이에 부가된 것이었다. 그러나 차츰 자기동일성이 존재자와 일치할 수 없다는, 나는 나 아닌 것에 의해 규정받는, 즉 타자의 현존 없이는 나의 현존도 불가능하다는 깨달음과 함께 타자의 윤리가 그 입지를 마련하게 되었다. 이제 자기동일성은 타자와 손잡음으로써 겨우 확보된다는 인식이 깊이 뿌리내린 것이다.

이상의 언급은 허영자 시에서의 '주체'가 차이를 품으면서 확장하는 메커니즘, 즉 결코 동일자의 독선이 아닌, 동일성의 미학에 도달하려는 자아 단련을 형상화하는 데 주목하기 위함이다. 이러한 자아 단련의 면모를 "확산적 운동을 보여주는 외향 축으로서의 삶의 불꽃이 타오르는 정열과 사랑의 시세계"[13]

---

13) 동욱, 『사랑과 기다림의 뜻』, 허영자, 앞의 책, p.468.

와 "제어를 통하여 확산을 다스리며 제한된 테두리 안에 응축"14)으로 나누어
본 신동욱의 논의에 힘입으며 주체의 외향, 주체의 내향 그리고 자기 동일성의
주체로 구분하여 논의를 전개하기로 한다.

1) 주체의 外向

흐르는 바람으로
가락을 빚는 그 사람

아 나는
얼마나를

그 창조의 가슴과 손으로
하늘에 사무치는
주문이고 싶으랴

봄날 아침
문을 여는 꽃
죄없이 웃는 혼령이고 싶으랴

—「피리」①, 제 1시집

가을비
주문처럼 내리고

온 수풀은
몸서리를 친다

아아
조락하는 나의 청춘이여

---

14) 동욱, 위의 책, 같은 곳.

사랑이나
예술이나
또는 신이나

아직도 미간을 태우는
이런 이름 때문에

한밤중에 일어나 앉아
나는 운다

— 「가을비」②, 제 2시집

잠들 줄 모르는 그리움
출렁이는 관능이여
네 영혼과
육신의
끝없는 갈증이
마침내
천 길 벼랑에 이마를 짓찧고
희디 흰 포말로 부서지는
마조히즘의 절정이여

— 「파도」③, 제 5시집

이상 각 시집에서 주체가 외향적으로 확산된 경우의 시편들을 뽑아보았다. 이러한 성향의 시들은 대개 자아의 확실성, 즉 존재자의 자기동일성을 오롯하게 확인 받고 싶은 강렬한 욕구로 드러난다. 따라서 강렬한 정서가 분사된다. 이 강렬성은 본원적인 것에의 갈망이나 혹은 현존재의 욕망인 에로티시즘으로 분사된다. 예시된 시 ①「피리」는 "하늘에 사무치는 주문"으로 근원적 존재 그 자체로 개시되고 싶은 욕망을 드러낸다. 즉 시간성에 물들지 않은 시간의 시원, 혹은 영원성에 맡겨져 있는 무구한 존재자로서의 욕망을 드러내 보인다. 창조자의 뜻에서 너무 멀어진 자신에 대한 각성인 것이다. 이는 시편에서 주체를 강조하는, 외향적 확산으로 드러나게 된다. 제목 '피리'가 암시하는 것처럼 존재의 순수한 퍼짐, 울림, 확산을 기대하는 자아의 심정을 읽을 수 있다.

②는 현재라는 시간과 공간 속에 투여된 자아의 모습을 그대로 외향화시키고 있는 시다. 그만큼 진솔한 어투로 구성되어 있다. "사랑이나, 예술이나, 또는 신이나"에 대한 추구는 시인에게 있어 환희와 비극의 줄타기와도 같은 것이다. "미간을 태우는 이런 이름"에서 끝내 놓여날 수 없는 현존재의 실존을 형상화하고 있다. "나는 운다"라는 행위의 진술을 통해 시인이 자신을 외향하는 순간을 드러내준다고 볼 수 있겠다. 그런데 이러한 주체 외향의 순간은 앞의 1·2연에서 보는 대로 가을비에 몸서리치는 수풀에 의탁하여 보다 분명한 이미지로 제시된다. 이 이미지가 주체의 우는 행위의 외현으로 겹쳐지면서 생동감을 더한다. 이렇듯 적절하게 객관적 상관 물에 의탁하는 외향화의 기법은 허영자 시의 특징이라고도 볼 수 있다. 시 ③의 경우는 파도의 형상에 의탁하여 삶의 관능적 에너지를 실어내 보인다. "출렁이는 관능"은 파도의 형상과 인간의 에로티시즘이 절묘하게 만나는 자리라 할 수 있다. 관능은 삶의 외향적 표출이다. 현존재의 감출 수 없는 에너지이기에 외향적이 될 수밖에 없다. 이 작품 외에도 여러 곳에서 보이는 관능적 표현의 시편들은 모두 이와 같은 주체의 외적 발현과 관계된다. 시「떡살」을 두고 "대담한 정직성"15)으로 요약한 정영자의 언급에서도 이를 확인할 수 있다. 허영자의 시편들은 이렇듯 자아를 정직하게 확산, 자신의 의지나 욕망을 군더더기 없이 노출한다. 물론 여기서의 욕망은 영혼의 순수한 갈급, 무상의 욕망 곧 시적 욕망의 실체로 자리한다. 이러한 시편들에서는 어쩔 수 없이 '자아'가 강조된

---

15) 정영자, 앞의 책. p.546.

다. 허영자의 또 다른 시편들은 확산된 '자아'를 다스림으로써, 이러한 시편들과의 화음을 이루어낸다. 이는 주체의 내향으로 드러난다.

2) 주체의 内向

주체가 홀로 존재할 수 없는, 더불어 함께 존재하는 자리에서 '나'는 감춤, 축소, 소멸의 작용을 감행하지 않으면 안 된다. "모든 존재자는 존재 안에 모여있다"[16]고 하이데거는 존재 안에 모여 있는 동일성과 한편으로는 각 존재자가 지녀야 하는 차이성에 대해 숙고하면서 존재연관을 짚는다. 개체적 존재자인 나의 존재를 파악하려면 존재 안의 또 다른 존재자, 너를 인지해야만 한다. 따라서 동일성은 차이를 품을 때 확보된다. '나'라는 존재가 타자와의 연관 속에서 형성되는 것임을 허영자의 시편들은 단정하게 형상화한다. 특유의 절제의 미학은 이러한 시적 주제와 좋은 짝이 된다.

인생이 참으로
풀잎에 맺힌
이슬이어든

하늘같은
임아

네 옆에
항상
나

바늘에
실이런 듯

---

16) 마르틴 하이데거(신상희 역), 『동일성과 차이』, 민음사, 2000, p.86.

실이런 듯
좇아 있음에야

이 한세상을
나 어이
넘치는 기쁨으로
번뜩여 살지 않을리야

— 「하늘같은 임」①. 제 1시집

푸르름을 숭상하던 마음 거두어
사라져 가는 것을 사랑하라고

앞을 막아서는 바위같은 절망을
물처럼 고요히 싸안으라고

날카롭게 날이 선 원수의 칼날도
바람처럼 부드럽게 어루만지라고

가을이 가을이
나에게 가르친다.

— 「가을이」②. 제 6시집

돌팔매를 맞으면서도
소리치지 않았고
울지 않았고
피 흘리지도 않았다

오직
마디마디 핏줄
가늘고 가는 모세혈관까지

터져 홍건하던 강물
내출혈의 강물

— 「내출혈」③. 제 7시집

　　이상 3편을 주체가 내향하는 의지를 표상한 작품으로 골라보았다. ①의 경우는 절대타자로서의 임, "하늘같은 임"에 의해 내가 드러날 수 있음을 겸허히 노래하고 있다. 우주의 섭리 안에 자리하는 나의 존재를 거시적 존재 속에서 깨닫는, 따라서 주체를 안으로 오무라뜨리고 있는 모습을 보여준다. 바늘과 실의 연관으로서만 존재하는 '나'를 겸손하게 드러내고 있다. 존재의 연관 속에서만 삶의 의지를 확보 받을 수 있는 나를 응시하고 있는 것이다. ②의 경우는 가을이라는 넉넉한 계절 속에서 발현되는 혼융의 미덕을 보여준다. 대립적인 것들을 무너뜨려 나눔으로 바꾸는 1·2·3연은 각기 선명하게 대립적 이미지를 구사한다. "가을이, 가을이"라는 반복 어구는 대립을 부수려는 의지를 강화한다. 이 역시 나의 확산이 아닌 나의 축소를 통해 가능한 것이다. ③의 「내출혈」은 이러한 자아의 단련이 얼마나 힘든 일인가를 보여준다. 세계 안에서 나는 편안하게 거주할 수 없다. 세계는 나를 염려하게 하며 그 무엇에 대한 인식은 오로지 고통의 인식일 뿐이다. 결국 자의식과 냉철하게 대좌하는 일만이 세계를 순결하게 통과할 수 있게 한다. 자의식과의 대좌는 자기 욕망을 제어하고 오직 안으로 홍건히 터져 흐르는 "내출혈의 강물"을 지녀야 하는 것이다. 타자와의 연대를 누리는 일은 이처럼 만만하지 않다. 마침내 이 고통을 체질화시키면서 부드럽게 타자와 차이를 나누며 자기동일성을 확보하는 감격의 자리, 합의 자리를 허영자의 시편들은 다시 형상화한다. 이는 자기 동일성으로서의 주체를 확보하는 감동으로 드러난다.

3) 자기동일성으로서의 주체

입술에
입술 겹치고

뺨에
뺨 부비고

가슴에
가슴을
맞대이듯이

그대 영혼 위에
내 영혼

고즈넉이 한 데
포개일 수 있다면……

— 「무제」①, 제 5시집

가시와 꽃이
위태롭게 나란히

적의와 관능이
부딪칠 듯 나란히

울음과 웃음을
한 가지에 머금은

모순의 향기

하얀 찔레꽃

— 「찔레꽃」②, 제 6시집

바깥에는 바람이 불고
방 안의 찻물은 끓는다

바깥에는 찬 비 내리고
방 안은 은은하고 따뜻한 차의 향기

편안과 안락이 좌정한
환하고 밝은 방 안

나무들 벌벌 떨며 서 있는
캄캄하고 어두운 바깥

부디 나무도
방 안의 나처럼 행복했으면

아니 나도
바깥의 나무처럼 불행했으면

— 「안과밖」③, 제 7시집

　　이상의 세 편은 주체가 자기 동일성을 확보하는 메커니즘을 환하게 보여준
다. 대부분 후기 시집에서 발췌된 것은 우연만은 아닌 듯하다. 즉 시정신의
무르익음과 무관하지 않기 때문이다. ①은 타자와의 부드러운 겹침, 결코 폭력
적이 아닌 동일성 확보의 방법을 구상화하고 있다. 마치 손에 잡혀질 듯 동일
성의 꿈이 펼쳐져 있다. "고즈넉이 한데 포개일 수 있다면……"은 동일성
추구의 더없이 적절한 경지를 형상화한 것이다. ②의 경우는 모순이 공존하는

삶의 섭리를 체득함으로 차이를 사이로 나누어 갖는 동일성의 참의미를 구현해 보이고 있다. "모순의 향기"는 바로 사이, 나눔[17]의 미학이며 동일성의 미학인 것이다. 즉 모순 사이에서 모든 것은 生起되기에 이 사이는 함께 나눔으로서의 사이, 차이와 동일성이 공속하는 자리인 것이다. 이러한 섭리를 더없이 적절하게 형상화하고 있는 찔레꽃의 본질, 존재성을 캐냄으로서 시인은 섭리를 터득한다. ③역시 안과 밖의 차이를 지우는, 사이를 터서 나누어 갖는 미학을 보여준다. 차이를 끌어안는 동일성의 미학을 선명하게 제시하고 있는 것이다. 이처럼 명쾌하게 삶의 형이상학을, 형이상학으로 지워버리며 형상화시킬 수 있는 것은 오직 '시'장르만의 특징이다. 이 장르의 특징을 최대로 실현시키는 것이 시의 진정성이라면 허영자의 시편들은 이로써 적지 않은 가치를 확보한다.

이상 허영자 시편에서의 자아 단련의 가열찬 궤적들을 따라가 보았다. 전 시편에 흩어져 있는 주체의 외향성과 내향성은 결국 자기 동일성의 지점을 감동적으로 마련하는 화음이었음을 읽을 수 있었다. 이렇듯 그의 시편들은 때로 '자아'의 확산을 때로 '자아'의 축소를 보여주며 또 한편으로 자기 동일성을 확보하는 자리에 이르는 순간을 보여주고 있는 것이다.

2. 생의 황홀과 연민

허영자 시의 또 하나의 내용적 특성은 생명의 황홀과 연민을 주제로 삼고 있다는 것이다. 그는 생의 경이감과 더불어 허무감을 잘 체득하고 있다. 이에 생명의 타오름과 생명의 사그라짐에 유난히 세심한 통찰력을 보여주는 것이

---

17) 신상희, 「하이데거의 사이-나눔」, 마르틴 하이데거, 앞의 책, p.218.
　　존재의 품어-주는 건너옴과 존재자의 품어-지는 도래함이 서로에게 향해져 본재하는 영역은 <사이-나눔>의 <사이>이다. 이 <사이>의 영역은 존재의 진리가 <스스로를 감추면서 꼭-닫아-두고-있는 것의 환한-밝힘>으로 역사적으로 생기 하는 생기의 영역 이외의 다른 것이 아니다.

다. 이러한 생명의 황홀과 사그라짐을 향한 연민을 그의 시는 유난히 예리한 감각으로 쪼개어 보여준다. 선명하게 한 단면을 제시하는 것이다. 이 단면은 생의 황홀감으로 드러나기도 하고, 연민으로 드러나기도 한다. 한편 황홀과 연민을 넘어선 생의 소중함, 그 자체의 공고한 단면으로 드러나기도 한다.

1) 생의 황홀

후루루 몸을 털곤
천지는 또 한번
무당의 활옷을 챙겨 입었다

다스려 다스려
반눈이나 붙였던 핏물
치오르는 곤두박질을
어쩌면 좋아

칠칠 흘러내려
비릿내 도는
화냥기를
참말 어쩌면 좋아

가슴 불꽃을 온통 내쏟아
짱짱한 목소리의
노래를 부르리라

미쳐나는 춤
시퍼런 칼춤을
전신만신으로
또 춤추리라

— 「녹음」, 제 1시집

　생명의 절정을 가시화 하는 녹음의 정경을 녹음의 목소리로 풀어낸 시다. 터져 오르는 생의 충만감이 "비릿내 도는 화냥기"로 드러난다. 이런 관능적 어조는 생의 황홀감을 표출하는 데 알맞다. "미쳐나는 춤" "시퍼런 칼춤"이라는 가열된 표현 역시 생의 약동과 잘 맺어진다. 신명난 무당의 춤과 노래로 어우러진 굿판을 보는 듯하다. 생명의 향연을 뜨겁게 보여주고 있다 하겠다. 제7시집 『목마른 꿈으로써』에 실린 「녹음」에서도 "타오르는 녹음"으로 역시 생명의 황홀감을 노래하고 있다. 이러한 생의 황홀감을 노래하는 시편들은 주로 '봄(春)'을 형상화하는 데서 보다 쉽게 찾아볼 수 있다.

> 참말
> 어쩔 수 없어라
> 봄밤에는
>
> 엎드린 저 산천도
> 옷가슴 풀어 헤쳐
> 거친 잠을 자노니

—「봄밤」 부분, 제3시집

> 목숨이 목숨이
> 이토록 향그런 밤

—「봄밤」 부분, 제4시집

> 온 땅 위에 번지는
> 초록의 불길

—「봄」 부분, 제5시집

　많은 예 중에서 무작위로 골라 보았다. 모두가 봄을 소재로 생명의 불길, 그 어지러운 황홀감을 묘사하고 있다.

2) 생의 연민

황홀한 생명은 시간 위에 엎드려 있다. 시간과 함께 흘러가며 쇠락한다.
쇠락하는 생명의 허무감은 황홀감이 품어야 할 타자가 아닐 수 없다. 황홀함의
타자인 생명의 허무, 그 비극성에 대한 측은지심이 허영자 시의 곳곳에 배어
있다.

> 변산 바닷물은
> 하오 다섯시에도
> 오히려 따스하였습니다……
>
> 엽서를 읽으며
> 나는 울고 싶었다
>
> 기명색 노을 지는
> 하오 다섯시
> 인생은 이렇게 저무는데
>
> 느닷없어라
> 가슴 속 깊이 깊이
> 출렁이는 파도 소리
>
> ― 「변산 바다―하오 다섯시」, 제4 시집

"기명색 노을지는/하오 다섯시"라는 시간성을 내세워 생명의 사그라짐을
표상하고 있다. 기우는 시간과 함께 인생도 저문다. 이 속에서 삶의 욕망은
더욱 강해지고, 그만큼 삶에의 연민도 깊어진다. "저무는데"와 "출렁이는 파
도소리"가 대극을 이루면서 삶의 연민이 노을 빛으로 번져나고 있다. 이런
연민의 정한은 '가을' 소재 시편들에서 보다 많이 드러나고 있음을 볼 수 있

다.

> 가을 빈 들판은
> 패망의 왕국
>
> — 「가을Ⅳ」 부분, 제 4 시집

> 하늘엔 성근 별떨기
> 풀벌레 흐느끼는 깊은 가을밤
>
> — 「낙엽·1」 부분, 제 4 시집

> 꽃 피고 잎 피던 울음과 웃음, 슬픔과 기쁨은 한바탕
> 꿈으로 사위는가
> 상무 돌리고 춤 추던 꽹과리소리 징소리 북소리는 추스리는
> 흐느낌으로 잦아드는가
>
> — 「가을」 부분, 제 6 시집

> 가을
> 어느 다 저녁때
>
> 울고 싶은 나도
> 울음을 삼키고 있다
>
> — 「가을 다 저녁때」 부분, 제 7시집

살펴본 대로 가을 소재의 시편들은 유독 생의 연민을 자아내고 있다. 그러나 이러한 생의 연민들이 허영자의 시편들에서 자리잡는 것은 부정으로서의 그것은 아니다. 다만 생에 대한 섬세한 감지로서 자리잡을 뿐이다. 생의 아픈 단면을 쪼개어 보이면서, 생 속에 던져진 자아의 내면에 일어나는 파장을 형상화하는 것이다. 이 파장 속에서 일렁이는 생에 대한 고마움, 귀중함의 여운을 허영자의 시편들은 따로 마련한다. 즉 그의 또 다른 많은 시편들은

인생의 존귀함을 오롯이 내세우기도 한다. 이는 바로 '생의 긍정'과 귀중한
생을 소중하게 영위해야 할 '인간적 삶의 기율'을 암시하는 시편들이다.

3) 생의 긍정

생의 황홀과 연민은 생에 대한 애착과 경외의 감정에 다름 아니다. 살만한
곳, 따스한 곳으로 삶의 공간을 들어올리는 데서 허영자 시의 진면목은 보다
확실성을 부여받는다. "허무를 기피한다거나 허무를 부정하지 않고 긍정적으
로 수용"[18]함으로서 얻어낸 이 세계야말로 그의 시가 도달하려는 궁극일 것
이다.

> 내가 배고플 때
> 배고픔 잊으라고
> 얼굴 위에 속눈썹에 목덜미께에
> 간지럼 먹여 마구 웃기고
>
> 또 내가 이처럼
> 북풍 속에 떨고 있을 때
> 조그만 심장이 떨고 있을 때
> 등어리 어루만져 도닥거리는
>
> 다사로와라
> 겨울 햇볕!

— 「겨울 햇볕」①. 제 3시집

> 눈 주는 곳
> 어디에나
> 너는

---

18) 박진환, 「허무의 시적 변증법 혹은 승화」, 『허영자 전시집』, 마을, 1998, p.19.

있다

마음 주는 곳
어디에나
너는
있다

향기롭고
따스한
곳

거기
언제나
너는
있다.

— 「따스한 곳」 전문 ②. 제 4시집

나뭇가지 위에
내리는 눈송이는
학처럼 살풋
날개접으며 속삭인다.
"우리 이 세상을 아름답게 꾸미자"

검은 땅위에
내리는 눈송이는
꽃잎처럼 가만히
떨어지며 속삭인다
"우리 이 세상을 깨끗하게 꾸미자"

내 마음 위에
내리는 눈송이는
연인처럼 다정히
귓가에 속삭인다
"우리 이 세상을 기쁨으로 살자"

— 「눈오는 날」 전문 ③, 제 5 시집

이상 세 편을 통해 '생의 긍정'을 형상화한 궤적을 따라가 보기로 한다. ①의 경우는 '겨울 햇볕'의 이미지가 베푸는 다사로움을 통해 생의 간난을 넘어서려는 의지를 함축해 보인다. "등어리 어루만져 도닥거리는" 겨울 햇볕의 상징은 우리의 삶 도처에 어른어른 숨어 있다. 즉 우리를 도닥거려 주는 것들이 실인즉 여기저기 있다. 우리에게 "간지럼 먹여 마구 웃기"는 그 어떤 따뜻한 것들의 촉감을 일깨워주는 시다. ②의 시는 바로 따뜻한 것들의 감각을 스스로 일깨워 내는 주체의 능동적 삶의 자세를 보여준다. "거기 언제나 너는 있다"에서의 '거기'는 따스한 곳이며, 인간의 긍정적 시선이 머무는 곳이다. '거기'는 인간의 시선에 의해서만 포착되는 곳이다. 즉 인간이 만드는 공간이다. 능동적, 긍정적 삶이란 결국 인간의 의지가 만들어내는 삶임을 이 시는 일깨운다. ③의 「눈오는 날」에 이르러 삶을 긍정하려는 의지는 보다 구체적으로 표명된다. '눈송이'에게 목소리를 의탁하여 아름다움, 깨끗함, 기쁨의 삶을 발성한다. "기쁨으로 살자"고 내 마음 위에 내리는 눈의 속삭임은 실인즉 자아내면의 의지라고 볼 때 이 작품 역시 삶을 영위하는 주체의 긍정적 자세가 내세워져 있다 하겠다. 삶을 긍정하면서 인간적 삶의 기율인 아름다움, 깨끗함, 기쁨을 노래하고 있는 것이다.

이상 그의 전 시집에 펴져 있는 생의 황홀과 연민, 그리고 긍정의 형상화를 살펴보았다. 세 가지 양상으로 편의상 항목 화하여 읽었지만, 결국 이는 시의 표층에서만 구분이 가능한 것이었다. 이미 생의 황홀 속에 연민이, 연민 속에 황홀히, 그리고 연민과 황홀 자체가 생의 긍정이었기 때문이다. 다만 각 편마다 우세하게 드러난 주 정서를 살펴보고 각 작품을 다시금 대화적 관계로 읽어내 시인의 정신세계를 보다 환하게 보기 위하여 항목화가 필요하였다.

3. 현실 인식의 투사

김종길 교수는 허영자의 시편들을 호의적으로 논의하는 자리에서 "그의 시에는 특이할 만큼 사실성이 배제되어"[19] 있음을 언급한 바 있다. 이 말은 바꾸어 본다면 허영자의 시편들이 현실인식과 많은 거리를 유지한다는 얘기일 것이다. 정숙희의 "사회 역사적 상상력이라기보다는 다분히 서정적인 상상력에 그 기반"[20]을 둔 것으로 본 논의 역시 마찬가지 얘기다. 최근의 논의를 전개한 배영애의 "그의 시에는 현실적인 사회 문제를 시적 주제로 다루지 않는다"[21]는 언급 역시 이와 궤를 같이 한다. 그러나 이상의 논의들은 재고를 필요로 한다. 허영자의 7권의 시집 도처에 날카로운 현실인식이 번뜩이고 있으며 후기 시집으로 올수록 현실문제에 더욱 예리한 의식을 보이고 있기 때문이다. 그런데 허영자 시에서의 현실인식은 충분한 시적 여과를 거친다. 즉 현실문제를 '시'장르의 본질로 환원시키는 데 주력한다. 직접적 진술을 피하고 환기력에 집중하여 고도의 표현미를 응축하는 것이다.

"예술은 화석화된 세계를 말하고 노래하고 아마도 춤추게 함으로써 物化와 싸운다"[22]는 데서 충분히 예술의 사회적 기능은 자리한다. 허영자의 시편들 역시 물화 되는 삶, 사회와 직면하여 춤추게 하여, 깨워내려 애쓴다. "예술작품은 사회적으로 해석되어야 한다. 그러나 그러한 해석은 소재에서 출발해서는

---

19) 김종길, 앞의 책, p.394.
20) 정숙희, 「염결성 또는 지적 서정주의」, 허영자, 『허영자 전시집』, p.494.
21) 배영애 「자성과 자문의 시학」, 『한국문예비평연구 제6집』, 2000, p.81.
22) 허버트 마르쿠제(박순황 역), 『예술의 미학적 차원』, 영학, 1982, p.93.

안 된다"23)는 논의는 허영자 시가 품고 있는 첨예한 현실인식을 규명하기에 알맞다. 허영자 시에서의 현실비판 혹은 현실 우려는 현실적 소재를 직접 다루지 않고 우회하여 문제의식을 환기시키는 힘으로 투사되기 때문이다.

이 세상이 아무리
어둡다 한들
당신이 문득
감옥 속 수인(囚人)이라면
세상은 놀랍도록
빛나는 땅 아니리

삶이 아무리
괴롭다 한들
당신이 문득
버리려 하였다면
참으로 그것은 아까운 것 아니리

선 풍경화를 보듯
세상을 관조하는
밝은 것을
노래하는 마음이면
이 세상에 살아있다는 일이
가슴 두근거리게
신나는 일 아니리

— 「밝은 것을 노래함」 ①, 제 2시집

불의를 불의롭다

---

23) 김유동, 『아도르노 사상』, 문예출판사, 1994, p.188.

이르지 못한
무딘
혓바닥은 불타거라

비뚜름하게 보던 눈
바로 듣지 못하던 귀
인색한 사랑의
날 간(肝)은
불타거라 불타거라

저지른 죄를 아는
육신의 비밀
마디마디 감겨 있던
쓸쓸한 외로움은
불타거라 불타거라 불타거라

— 「화장(火葬)」②. 제 4시집

저
아득한 거리를
절망이라 하랴

한뿌리에 나고서도
모질게 상사맺힌
잎과 꽃의 이승과 저승

— 「분단-상사화」③. 제 5시집

쑥국 쑥국
쑥국새 운다

쑥국 먹고 낳은 딸

쑥국 먹고 살다가
죽어서는 새가 된
쑥국 쑥국 쑥국새

코크 코카인
맥도날드 햄버거
슬픈 슬픈 아메리카
목이 메는 긴 봄날

쑥국 쑥국 쑥국새가
숨어서 운다

— 「쑥국새」④, 제 7시집

이상 전 시집에서 절절한 예를 골라 보았다. ①은 어두운 현실을 배면으로 하면서, 어두운 현실을 극기하는 삶의 자세를 보여주고 있다. 어두운 현실을 질타하기보다는 어둠을 이겨내는 지혜를 역설하는 시다. 시인의 목소리는 부드러운 설득으로 가득 차 있다. 그러나 결코 단순한 외침에 떨어지지 않는다. 읽는 이의 마음을 변화시키는데 무엇보다 문학의 사회적 기능이 놓여져야 한다면 사회적 기능은 바로 심미적 기능에 값하는 것임을 깨닫게 한다. ②「화장」은 ①에 비해 목소리가 상당히 고조되어 있다. 소재 자체도 과격하다. 마지막 연의 "불타거라 불타거라 불타거라"의 반복은 마치 불타오르는 광경이 보이는 듯한 현실감을 자아낸다. 그런데 이 시는 "쓸쓸한 외로움"으로 죄를 지은 사람의 심정을 표상 함으로써 단순한 메시지의 차원에서 도약한다. 불의를 질타하면서, 불의를 저지른 인간을 정화시키는 것으로 '화장'의 의미는 상승되는 것이다. 정의에 둔감해 가는, 物化의 극을 이루고 있는 현대인의 삶에 일격을 가하는 목소리가 들린다. ③의 '분단'은 조국의 현실을 상사화에 의탁하여 예리하게 짚어내고 있다. '분단'을 소재로 한 여타의 다른 시편들에서는 보기 힘든 압축과 간결미를 보게 된다. 분단의 恨, 한 맺힌 현실을 이 짧은 시는 고도로 함축, 말할 수 없는 목메임 그 자체로 현현되는 효과를 얻는다. ④의 경우는 아메리칸 드림을 안고 떠나가 고단한 삶을 이어가는 이방인, 우리 민족의 슬픔을 형상화하고 있다. "쑥국 쑥국 쑥국새"가 "슬픈 슬픈 아메리카"의 삶을 이어가는 것은 현실의 밝은 모습은 아니다. 더구나 자신의 정체성을 상실한 채 "숨어서" 우는 삶은 문제의식을 불러일으킨다. 현실의 문제적 국면을 그대로 노출시키기보다는 오히려 유연한 가락에 실어냄 으로써 시의 소재는 깊이 내재화된다. 여기에 오히려 날카로운 현실인식이 강하게 환기된다.

살펴본 대로 허영자 시에서의 현실인식은 서정적 인식으로 감싸여져 드러 난다. 시인이 현실을 시에서 그리고자 할 때, 그 '현실'은 말할 것도 없이 문제적 현실일 것이다. 그런데 시는 문제적 현실을 향해 대적하기보다는 감싸 안으며 승화시킴으로써 현실을 바꾼다. 이것이 시가 지닌 도약의 힘, 서정의 힘이다.

"작품은 작가가 체험한 현실의 직접성을 문학 장르의 내적 법칙에 따라 간접적으로 내용을 바꾼 것"[24]이라는 사실에 허영자의 시편들은 충실하다. 시 장르의 내적 법칙은 무엇보다 압축과 암시의 미학에 근거하고 있음은 주지 하는 바다.

예시된 작품 외에서 보는 현실인식의 시편들 역시 모두 이상과 같이 시 장르의 본질 속에서 구현되고 있다. 이 때문에 허영자 시에 도사린 날카로운 현실직시는 간과되었으리라고 짐작한다.

4. 역동적 상상력과 존재 현현

이제 허영자 시의 기법적인 면을 고구해보기로 한다. 반복과 절제와 압축미

---

24) 최유찬, 『문학과 사회』, 실천문학사, 1994, p.100.

로 대변되는 허영자 시 형식의 특성을 이 자리에서는 역동적 상상력과 존재 현현으로 살펴보겠다.

허영자의 시편들을 살펴보면 현상적 존재로부터 출발한 상상력이 급선회하여 새로운 상상력의 현실로 옮아가는 역동성을 발견하게 된다. 혹은 처음부터 대상의 외적 현상을 벗겨 버리고 새로운 상상력의 현실 속으로 끌어들이는 역동성을 보여주기도 한다. 주로 짧은 형식을 즐기는 허영자 시의 이러한 상상력의 발현은 고도로 압축되어 드러나기 마련이다. 고도로 압축된 상상력의 현실, 여기에 '존재의 울림'으로서 그의 시는 값지게 자리한다. 이 '존재의 울림'은 '존재의 드러냄'으로도 자리하고 한편으로는 시를 읽는 독자의 감동, 울림으로서도 자리하기 때문이다.

가스통 바슐라르는 상상력이란 이미지를 형성하는 능력이 아니라 지각작용에 의해 수용된 이미지를 변형시키는 능력이라고 설파하고 있다. 그는 이미지들의 변형을 애초의 이미지와의 예기치 않은 결합으로 풀이하면서, 이 불예측성이야말로 상상력이 존재하는 이유로 본다. 지각작용에 의해 주어진 최초의 이미지가 제 스스로를 허물어 가며 무수한 이미지 다발을 형성, 마침내 최종점에서 존재변환을 보여주는 감동이 바로 시적 감동임을 그는 암시한다. "시란 본질적으로 새로운 이미지들에 대한 갈망"25)이라면 시는 이상적인 상태로 이미지의 변환을 꾀해 가는 인간의 욕망이 응축된 자리일 것이다. 인간의 욕망이 움직여 가는 상상력, 이를 두고 바슐라르는 역동적 상상력이라고 부른다. 바슐라르는 이미지의 형태에 얽매여 있는 형태적 상상력, 형태를 벗어나 자유로운 질료의 유동성을 누리는 물질적 상상력을 대별해낸다. 그런데 그에게서 물질적 이미지는 "역동적 상상력을 위하여 각별한 승화, 특징적 초월을 벌써 준비"26)하는 것으로 파악된다. 물질적 상상력에 감추어진 "어떤 욕망에

---

25) 가스통 바슐라르(정영란 역), 『공기와 꿈』, 민음사, 1993, pp.9~46 참조.
26) 가스통 바슐라르, 위의 책, p.25.

의해 표현되는 상상력"27)의 실체, 역동적 상상력을 보아낸 것이다. 여기서 물질적 상상력과 역동적 상상력은 서로 깊이 연계된다. 역동적 상상력은 인간 의지가 만들어내는 상상력이며 물질적 상상력의 기능적 차원을 말하는 것이기 때문이다. 이제 대상에서 촉발된 이미지의 변환적 상상력 더 나아가 물질적 상상력, 물질적 상상력을 인간의 의지로 변환시켜 가는, 다름 아닌 역동적 상상력이 드러나는 계기를 허영자의 시편을 통해 보기로 한다.

　김종길은 허영자의 대표작이라 할 「감」과 「백자」를 분석하는 자리에서 이 시편들의 감동이 "역동적 변성의 드라마"28)에 연유한다고 말하고 있다. 그는 랜섬의 형이상학시의 범주에서 이 작품들을 말한다. 즉 물질 시와 관념시 의 한계를 극복한 "최상의 시의 범주"29)로 언급한 것이다. 이 논의는 허영자 시에서의 '역동적 상상력'에 주목하여 전개된 것으로 볼 수 있다. 편의를 위하 여 우선 두 작품을 읽어보는 것이 좋겠다.

　　　이 맑은 가을 햇살 속에선
　　　누구도 어쩔 수 없다
　　　그냥 나이 먹고 철이 들 수밖에는

　　　젊은 날
　　　뜨겁고 비리던 내 피도
　　　저 붉은 단감으로 익을 수밖에는

　　　　　　　　　　　　　　　　　— 「감」①, 제 2시집

　　　불길 속에
　　　머리칼 풀면

---

27) 곽광수, 『바슐라르 연구』, 민음사, 1995, p.46.
28) 김종길, 앞의 책, p.397.
29) 김종길, 같은 곳.

사내를 호리는
야차같은 계집

그 불길 다스려 다스려
슬프도록 소슬한 몸은
현신하옵신 관음보살님
— 이조 항아리

— 「백자」②, 제 2시집

①「감」의 상상력은 감이라는 대상 이미지에서 출발하고 있다. 가을 햇볕, 떫음, 비린내, 붉음은 감의 형태가 아닌, 질료적인 것들이다. 즉 감의 형태적 이미지를 떨치고 물질적 상상력으로의 이행을 보여준 것이다. '피'로의 이행은 시인의 의지력에서 비롯되는 역동적 상상력의 힘이다. 결국 이 시는 '감'의 상상력을 '피'의 익음으로 몰고 가는, 성숙한 영혼을 갈망하는 주체의 욕망이 움직여 간 자리를 보여주는 것이다. 따라서 "저 붉은 단감"은 단순히 지각이미지가 아닌 존재의 변환을 이룩한 이미지이며 읽는 이에게 '울림'을 울려주게 되는 것이다. 한편 "저 붉은 단감"은 성숙한 영혼을 환기하는 존재, 그 자체로 현현되는 효과를 얻는다.

②의 「백자」의 경우도 역시, '백자'라는 구체적 지각대상으로부터 촉발된다. 1차적 이미지의 변성은 불길 → 머리칼 → 계집으로 다시 2차적 이미지의 변성은 소슬한 몸 → 관음보살님으로 이어짐으로써 최초의 이미지로부터의 변전의 드라마를 보여준다. 존재의 양면성, 대극 성을 간결하게 형상화하고 있다. 두 편 모두 예측 불가능한 이미지의 변전을 통해 새로운 존재세계를 현현한다. 존재자 속에서 존재자를 형성하는 '존재'의 기미를 또렷하게 잡아내는 것, "존재생성의 힘을 촉발"30)시키는 데서 허영자의 상상력은 감동을

---

30) 곽광수, 앞의 책, p.40.

자아낸다.

타는 뙤약볕 밑에
숨죽인
내 외로운 그리움은
상처마다 흐르는 진물이다
가득히 날아오르는
저 검푸른 나방이떼다

—「녹음 천지」 부분 ①, 제 3시집

묻노니
초록빛 사연의
봄 편지는

들리느니
금과 금이 부딪는 소리
또 들리노니
은과 은이 부딪는 소리

—「봄 편지」 부분 ②, 제 4시집

무의미
무의미
두 팔을 들어 내어젓는
벙어리의 수화

—「사막에서 Ⅱ」③, 제 6시집

①은 '녹음'의 이미지가 그리움의 상처로, 그리움의 상처가 다시 검푸른
나방이 떼로 변환된 시다. '검푸른 나방이떼'의 이미지는 다시 고통스런 영혼
의 솟아오름을 환기시킨다. '녹음천지'를 통해 "외로운 그리움"으로 진물이

흐르는 처절한 영혼의 상태를 존재론적으로 가시화 시키고 있다. ②의 경우는 '봄'의 이미지를 금속으로 다시 금속성의 소리로 변성시키고 있다. 결국 소리의 터짐으로 "초록빛"의 봄 이미지를 바꾸어 간 것이다. 이 역시 봄의 현존을 새롭게 마련하는 이미지다. ③의 경우는 막막한, 드넓은 사막을 "벙어리의 수화"로 역동시키고 있는 경우다. 함부로 의미화할 수 없고, 함부로 척도를 혜량할 수 없는 삶이라는 우주를 적절히 의미화하고 있다. 이렇듯 최초의 지각이미지가 순수한 욕망으로 움직여 가는, 욕망에 의해 의미화되는 세계를 만드는 메커니즘을 허영자의 시편들은 잘 보여준다. 즉 그의 시들은 역동적 상상력으로 '존재'에의 현현을 꾀하는 방법을 지니고 있는 것이다.

III. 결론

이상으로 허영자 시를 움직이는 통일적인 힘을 전 시집 사이를 오가며 잡아 보았다. 곽광수는 상상력 이론으로 김현승의 시를 읽는 자리에서 한 시인의 세계가 세계일 수 있는 특이성이 있다면, 뛰어난 창조성의 징표라고 말하면서, 이 특이성은 작품 전체를 꿰뚫고 있는 "통일적 흐름"[31]이라고 할 어떤 것이라고 설파한다. 물론 이는 바슐라르의 '이미지 현상학'이 꿰뚫어낸 성찰이기도 하다. 허영자의 시편들은 이러한 논의에 잇대어 해명되기에 충분하였음을 본고는 살핀 셈이다. 따라서 시집별로 시기를 나누어 시의 특질을 살피지 않고 통일적 흐름을 견지하는 그의 전 작품 속에 감추인 길을 따라갈 수 있었다.

허영자의 시편들은 살펴본 대로 서정적 자아에의 단련을 혹독히 치르면서 대상에게 다가가고 있었다. 때문에 시적 대상을 통해 생의 황홀과 연민을, 마침내 긍정을 읽어낼 수 있었을 것이다. 이어 생의 안타까움 자체를 외면하는 비인간적, 물화의 현실에 대한 분노를 차갑게 암시하는 데 결코 게으르지

---

31) 곽광수, 앞의 책, p.249.

않았음을 살필 수 있었다. 한편 역동적 상상력의 힘을 통해 은폐된 '존재'를 현현시키는 메커니즘을 시적 방법으로 삼고 있음을 간파하였다. 결국 그의 시편들을 대부분 '이미지의 현상학'에 의지해 읽은 셈이다.

여성성의 구현과 욕망의 절제
— 허영자의 초기시 세계

박유미*

1. 서론

1961년 「도정연가」, 「연가」, 3수로 추천을 받은 뒤, 62년 「사모곡」으로 추천 완료하여 시단에 등단한 허영자 시인은 뛰어난 직관과 지적 서정으로 자신의 내면을 통찰하면서, 인간 존재의 근원적 구경에 도달하려는 열망을 40 여 년에 이르는 시적 생애 동안 줄곧 견지해 왔다. 첫시집 『가슴엔 듯 눈엔 듯』(1966)을 비롯하여 제2 시집 『친전』(1971)에 이어, 『어여쁨이야 어찌 꽃뿐이랴』(1977), 『빈 들판을 걸어가며』(1984), 『조용한 슬픔』(1907), 『기타를 치는 집시의 노래』(1995), 『목마른 꿈으로써』(1997)를 출간한 뒤, 1998년 기존 시집의 합본이랄 수 있는 『전시집』을 상재하기까지 오랜 시적 도정에서 그는 시의 품격과 위의를 지키며 시의 정도를 걸어왔다.

그의 시세계는 줄곧 변화의 원리보다는 지속의 동심원 속에서 꾸준히 경작되어 왔다. 음악에서 하나의 주제가 꾸준하게 변주되듯이 그는 시인으로서, 여성으로서의 정체성 찾기를 시라는 동일한 패턴 안에서 다양하게 변주해

---

* 성신여대 강사

온 것이다. 물론 연륜에 따른 의식의 변모와 언어 표출 방식의 변화야 당연하
겠지만, 그의 시는 근본적으로 동일성 상실의 시대에 자신의 정체성을 찾기
위한 모색의 과정으로서 '사랑과 모순, 절제와 긴장, 영혼과 육체'의 대립되는
양가적 이미지를 역동적으로 승화시키면서 일정한 시적 성취를 일궈왔다.

　60년대의 가장 역량 있는 시인의 한 사람으로 평가되는 허영자 시인은
당시 사회적 환경으로 볼 때 교육받은 소수의 지식인 여성으로서, 시 쓰기에
대한 남다른 자의식을 가지고 주체와 타자, 이성과 감성, 문명과 자연, 정신과
몸이 결코 둘로 나뉘어진 것이 아닌 서로 하나로 이어져 있다는 통합적 세계를
꿈꾸며 이러한 모성적 세계관의 시적 발현을 개성적인 문체와 낮은 목소리의
겸허한 어조로 노래해 왔다.

　그의 시 쓰기에 대한 평가는 동시대의 다른 여성 시인들에 비해 훨씬 긍정
적이다. 김현은 여류시의 문제점을 지적하는 자리에서 허영자의 시를 여류시
의 한계인 감상을 정서적 긴장으로 극복함으로써 시의 품격을 유지하고 있다
고 평했으며[1], 김재홍, 신동욱, 정한모, 김종길 등 남성 평자들은 대체로 긍정
적인 평가를 내리고 있다[2]. 특히 김종길은 허영자의 시 세계에 대해 '언어의
절제와 은유의 발견'을 통해 '단순한 정서의 표현에 그치지 않고 영혼과 육체
의 깊은 곳으로부터의 울림'을 느끼게 한다고 상찬하고 있다. 정한모 역시
구체적인 작품 평을 통해 '한국 현대시의 정도를 가고 있는 시인'으로서 그의
시적 절주를 높이 평가하고 있다. 이러한 남성 평자들 외에도 김현자, 정영자
등의 여성 평자들의 평가도 대체로 긍정적이다.[3] 특히 김현자는 한국 여성시

---

1) 김현,「감상과 극기」,『한국여류문학전집6』, 신세계사, 1977.
2) 김재홍, 「갈망과 절제의 시」,『허영자전시집』재수록
　 신동욱, 「사랑과 기다림의 뜻」,『허영자전시집』재수록
　 정한모, 「여류시인의 정감과 시의식」,『허영자전시집』재수록
　 김종길, 「허영자 시의 특질」,『허영자전시집』재수록
3) 김현자, 「한국여성시의 계보」, 「페미니즘 관점에서 본 한국 현대시 연구」,『한국시의
　 감각과 미적 거리』, 문학과 지성사, 1997.

의 계보를 사적으로 고찰하는 자리에서 '한국적 정서를 바탕으로 간결한 함축미와 더불어 더욱 탄력적이고 다부진 태도로 승화시키고 있다'며 그녀의 시사적 위상을 전통 서정시 영역에서 자리 매김하고 있다.

물론 이러한 긍정적 평가는 그의 시적 역량에 대한 평가이긴 하지만, 그의 이름 앞에 여류라는 수식어를 얹어놓고 여류 중의 탁월한 시인이라는 평가는 온당하지 못하다.4) 그는 한 사람의 여성 시인으로서, 여성적 글쓰기를 통해 자신의 정체성을 탐구했을 뿐만 아니라, 예술가로서의 자의식 또한 당대의 남성 시인들에 비해 전혀 손색이 없는 시인으로서, 온당한 문학사적 평가가 부여되어야 한다고 본다.

이 글에서는 시 쓰기를 통해 자신의 정체성을 탐구해 온 허영자의 시세계를 여성적 글쓰기의 측면에서 고찰해 보고자 한다. 여성성이 구현되는 글쓰기의 한 형태를 여성적 글쓰기라 할 때, 여성성의 개념을 다양한 측면에서 규정지을 수 있겠지만, 이 글에서는 특히 '여성으로서의 자아를 탐색해 가는 과정'으로 보려고 한다. 허영자의 시에 두드러지게 드러나는 관계지향성과 과정적 존재로서의 자아 정립은 바로 여성으로서의 정체성을 탐색해 가는 과정으로 보여진다. 특히 시 쓰기의 자의식이 첨예하게 드러나고 있는 초기 시를 중심으로 여성성의 발현이 억압된 욕망의 분출이 아닌 절제의 언어로 구현되는 양상을 살펴보고자 한다.

2-1. 여성성, 여성의 정체성, 여성적 글쓰기』

모든 예술 작품의 생성은 생명의 탄생과 유사하다는 점에서 예술가의 내면에는 그가 남성이든 여성이든 간에 '여성성'이 깃들어 있기 마련이다. 물론

정영자, 「사랑과 간결함의 서정」, 「부끄러움과 식물적 이미지의 구원의식」, 『허영자 전시집』

4) 김현, 앞의 글.

예술가뿐만 아니라 인간의 내면 의식 공간에는 '여성적인 것'과 '남성적인 것'이 공존해 있다. 이런 양성 성 이론은 융 심리학의 자아 개념에서 매우 중요하게 언급되고 있는데, 융은 한 개인의 성숙이란 그의 무의식적인 측면과 얼마나 친숙한가에 달려 있다고 보았다. 그리하여 남성에게는 그의 무의식에 억압되어 있는 여성적인 요소를 인정하고 받아들일 것을 요구하며, 여성에게는 억압되어 있는 남성성이 발현될 수 있을 때 이상적 자아개념을 가질 수 있다고 보았다.

한 인간의 정신현상에 깃들어 있는 이런 남성적 특질과 여성적 특질즉 아니무스와 아니마는 서로 대립적 관계에 있는 요소가 아니라 차이를 드러내는 상보적 관계에 있는 자아 이미지일 뿐이다. 남성성/여성 성이 문명/자연, 이성/감성, 강렬함/부드러움, 적극적/소극적, 능동적/수동적, 논리적/감각적으로 대립되는 것이 아니라 불완전한 인간이 자신의 내면에 구축하고 싶은 완전성의 원형 이미지인 것이다. 특히 한 개인이 내면적 성숙을 꿈꾼다면 자신의 내면에 깃들여 있는 이러한 양성적 목소리에 귀 기울여야 한다.

그러나 인류 역사상 오랜 세월 유지되어 온 가부장제는 남성적인 것과 여성적인 것을 우열의 이분법적 체계로 대립시켰다. 특히 우리 나라와 같이 유교적 전통의 가부장제 사회에서 여성적인 것은 철저하게 남성적인 것과 종속적인 관계를 맺으며 현실적 삶에서 억압 또는 배제되어 왔다. 우리 문학의 오랜 전통의 하나로 '여성 성'을 꼽는 것도, 문학이 당대 사회나 현실 정치에서 소외된 이들의 좌절된 욕망의 언어로 표출되고 있는 것과도 무관하지 않다. 문학의 언어는 현실에서 배제된 무의식의 욕망으로부터 발화된 언어에 가깝다는 점에서 더욱 그렇다.

특히 서정시는 그 장르적 속성이 적대감정인 파토스적인 것과는 대조적으로 부드럽고 조화로운 감정을 펼치는 데 있다는 점5)을 염두에 둘 때 본질적으

---

5) E.Staiger, 『시학의 근본 개념』, 오현일·이유영 역, 삼중당, 1982, p.95.

로 여성적 특질을 지닌다 하겠다. 즉 시적 주체 앞에 놓인 세계와 타자에 대한 말 건넴을 기본 속성으로 하면서 세계를 자아에 동화시켜 자아와 세계 사이에 거리가 부재하는 동일성의 수사학을 구현하는 장르로서 화자의 어조라든가, 이미지나 상상력의 발현 양태 등에 있어서 작가의 내면에 억압되어 있는 여성성이 구현되게 마련이다. 우리 시가의 전통을 일변해 보아도 공무도하가에서부터 고려가요 정과정곡, 사미인곡 등의 고전작품에서도 여성 화자의 목소리는 하나의 문학적 관습이 되고 있다. 또한 문학의 언어는 본질적으로 사랑의 언어[6]라고 할 때 그 사랑의 고백은 대부분 여성적인 것으로 간주되면서 서정 문학에 있어서 여성성은 하나의 본질적 속성이 되고 있다.

그러나 남성 작가의 경우 작품을 통한 여성성의 구현은 그의 내면에 억압되어 있는 타자로서의 여성성의 발현이라고 할 수 있지만, 여성 작가의 경우 텍스트 생산에 있어서의 여성성의 구현은 그의 여성으로서의 자아 정체성을 찾기 위한 모색의 과정이라는 점에서 주목을 요한다.[7] 물론 남성 텍스트와 여성 텍스트의 차이는 생물학적 조건의 차이도 배제할 수 없겠지만, 무엇보다 세계에 대한 텍스트 주체의 관심과 경험, 의식의 차이에서 비롯된다고 보아야 할 것이다. 하지만 정체성 이론에 일가를 이룬 에릭슨의 경우만 보더라도 여성 신체의 내면 공간을 외적 성취를 향해 나아가려 하지 않고 뭔가 가치 있는 것으로 그곳이 채워지기만을 기다리는 수동적인 공간으로 파악하고 있다.[8]

에릭슨의 정체성 이론이 다분히 남성 중심적 입장에서 전개되고 있다면, 낸시 초도로우의 대상 관계[9]에 바탕을 둔 정체성 이론은 기존의 남성 우위적

6) J.Kristeva, 『사랑의 역사』, 김영 역, 민음사, 1995, p.9.
7) 이정호, 『페미니즘과 영미문학 읽기』, 서울대 출판부, 1996, p.351.
8) Erik Erikson, 『Identity & the Life Cycle』, New York, 1959. Judith Kegan Gardiner 「여성의 정체성과 여성의 글」, 김열규 외 공역, 『페미니즘과 문학』, 문예출판사, 1992, p.221. 재인용

일반화를 넘어서고 있다. 그는 소년과 소녀의 정체성 형성 과정을 비교하면서 소년들의 경우는 기존의 남성적 모범형과 대체로 일치하는 반면, 소녀들의 경우는 소년들과 매우 다르게 형성되는 것에 주목하게 된다. 소년의 경우는 자신이 한 남성으로 형성되어 가는 과정이 최초의 양육자인 어머니와의 차이라는 부정적 관점에서 출발하지만, 소녀의 경우는 어머니와 유사하게 정체성을 형성하는 긍정적 양상을 띠고 있다는 것이다. 즉 소녀는 성장과정에서 경험했던 어머니와의 공생관계를 자신도 해낼 수 있는 긍정적 방향으로 성 정체성을 형성해 가는 것이다.[10] 그리하여 여성들의 자아 개념은 '관계를 통해' 형성된다고 기술하고 있다. 남성 모범형을 기준으로 정체성 이론을 전개해 나간 에릭슨 같은 이들은 정체성 형성에 있어 바람직한 목표를 안정감이나 불변성에 두고 있으며 변할 수 있다는 가능성을 염두에 두더라도 어디까지나 발전적 과정으로 나아가는 진전되어 가는 형태 (evolving configuration)로 보고 있다.[11]

반면 쵸도로우는 여성의 인격을 '관계적인 것'(relational)으로 기술하고 이러한 관계 지향적 존재로서의 자아개념은 발달 단계에 따라 매우 유동적인 것으로 정의 내리고 있다. 생물학적 발달 단계에 따라 발전적으로 나타나는 것이 아니라 순환적으로 반복되기도 한다는 그녀의 통찰에 기대어 가디너는 '여성의 정체성은 하나의 과정'이라는 은유적 제안을 통해 여성의 정체성이 남성의 특성보다 덜 고착되고 덜 획일적이고 더 융통성 있는 것으로 기술하고 있다. 이렇듯 쵸도로우나 가디너 같이 여성에 의한 '정체성 이론'은 관계성,

---

9) 자아(self)가 타자(other)의 관계 속에서 어떻게 정체성을 형성하는가를 연구하는 정신분
   석학의 한 이론 분파. Nancy Chodorow, 『Reproduction of Mothering』,Berkeley,1978
   Judith Kegan Gardiner, 앞의 책, p.224.
10) 신은경, 「여성성의 구현으로서의 여성텍스트와 여성 문체」, 『한국페미니즘의 시학』,
    동화서적, 1996, pp.193-194.
11) Judith Kegan Gardiner, 위의 책, p.225.

순환성, 유동성, 수용성, 내면성 등을 여성 특유의 양상으로 파악하며 이러한 특질들이 여성 텍스트의 생성에 있어 기본 동인이 된다고 한다. 관계적 존재로서의 여성 정체성은 하나의 과정이라는 가디너는 특히 여성적 글쓰기의 공간 안에서 작가들이 자신의 존재를 정의하려고 노력함으로써 수용자인 여성 또한 그러한 과정에 참여하게 되고 그러므로써 여성적 유대감을 확장하게 된다고 가정한다.[12]

또한 몸으로 글쓰기는 여성적 글쓰기와 같은 맥락에서 이해되고 있다.[13] 남성 중심적 질서에서 억압된 타자로서의 여성성의 복권과 정신의 타자로서 육체에 대한 관심은 동궤를 이루고 있다. 근대 이후 과학적 이성에 대한 확고한 신뢰는 상대적으로 감성의 영역을 위축시켜 왔다. 특히 칸트를 위시한 많은 철학자들은 "남자는 이성, 여자는 감성"이라는 도식적 이분법으로 이성과 감성을 대립시켜왔다. 이러한 이분법은 남성/여성, 이성/감성의 구분뿐만 아니라 문명/자연, 정신/육체 등의 대립적 가치관을 낳았으며, 더 나아가 남성과 이성, 문명과 정신을 우월한 위치에 두면서 주체와 타자의 관계로까지 발전시켰다. 그리하여 타자를 주체에 복속시키는 남성 우월적, 주체 중심적인 사유 체계를 만들어 왔다. 이런 이분법적 철학의 담론에서 몸은 오랜 세월 고아처럼 취급되었다.[14]

그러나 인류학이 크게 발전하게 되면서 육체에 대한 개념과 육체에 대한 관습이 주요 관심사로 등장하게 되었다. 그리고 인류학자들은 자연 상태의 육체가 문화적 육체로 변모되는 과정을 주목하면서 여러 사회적, 문화적 담론에서 육체의 위치를 재정립하게 된다.[15] 특히 문학과 예술 분야의 담론에서는

---

12) Judith Kegan Gardiner, 앞의 책, p.237.
13) '몸으로 글쓰기'는 프랑스 페미니스트 비평가들 중 엘렌 씩수와 뤼스 이리가레이가 주장하는 이론인데, 이들은 '여성적 글쓰기'에 대한 탐색 가운데 이론적 글쓰기와 다른 형태의 글쓰기로 이 용어를 사용하고 있다.
14) 정화열, 『몸의 정치』, 민음사, 1999, p.240.

글쓰기를 비롯한 예술 표현의 원동력이 되는 욕망의 원천과 대상을 궁구하면
서 육체적 경험이나 몸을 배제한 어떤 담론도 공허할 수밖에 없음을 인정하게
된다. 이런 육체적 경험이나 몸에 대한 관심의 증폭은 오랜 세월 역사의 주류
에서 밀려난 채 침묵을 강요받았던 여성들이 자신들의 여성적 경험이 갖는
의미를 찾는 노력을 통해 여성의 위치를 재정립하려는 페미니즘 이론이 급부
상 하게 된다.

　페미니즘 이론에서 몸은 나와 세계를 이어주는 통로로서 새롭게 해석된다.
즉 인간의 육체는 직접성, 구체성, 감각성, 즉각성 등의 특성을 통해 세계와
직접 교통하기에 적절한 기제가 된다는 것이다. 인간의 육체 중 특히 여성의
육체는 일정한 논리적 틀을 거부하고 유동적이고 활동적인 영역을 추구한다는
측면에서 세계와 좀더 가까이 있다. 이런 의미에서 엘렌 씩수는 육체를 탈남근
화하면서 여성의 성에 기초한 글쓰기를 위해 섹스트(섹스와 텍스트의 결합어)
라는 신조어까지 만들었으며, 열려있고 목소리와 촉감까지 느낄 수 있는 여성
적 글쓰기를 옹호하고 있다.16) 그러나 굳이 서양의 페미니즘 이론을 빌리지
않더라도 전일적 세계관을 갖고 있는 우리의 동양 사유 전통에서 몸은 정신과
육체의 통일체로서 의식의 드러남이다. 즉 <몸>은 나라는 기호의 운반체로
서 특히 눈빛과 낯빛, 몸짓은 곧 한 사람의 정신성(기의)이 밖으로 드러난
것(기표)이다. 그런 의미에서 몸은 자아와 세계의 교통 방식이자 통로가 되는
것이다.17) 글쓰기 특히 시 쓰기에서 인물의 재현 또는 형상화는 그 인물이
지닌 '눈빛', '낯빛'같은 몸의 표현으로 드러나고 있다. 이러한 몸적 표현은
단순한 재현에 머물지 않고 그 인물이 지닌 정신성의 외화라는 점에서 주목을
요한다.

---

15) 피터 브룩스, 『육체와 예술』, 이봉지 · 한애경 역, 문학과 지성사, 2000.
16) 신명아, 「라깡과 페미니즘」, 『현대시사상』, 1994, 여름호, p.120.
17) 이승환, 「눈빛, 낯빛, 몸짓」, 정대현 외, 『감성의 철학』, 민음사, 1999, p.135

2-2. 관계적 존재로서의 여성 정체성의 모색

허영자 초기시의 가장 두드러진 특징으로는 시라는 언어 텍스트 속에서 이루어지는 자아와 대상, 주체와 타자의 관계 맺음이다. 그의 시텍스트는 자아 /언어/대상이 분리되지 않은 일체적 관계를 형성하고 있다. 이 관계 맺기를 통해 그는 관계적 존재로서의 자신의 정체성을 형성하고 있다. 정체성이란 "인간의 삶이라고 하는 변화 안에 내재해 있는 동일한 전체 패턴을 의미"[18]하는데, 허영자는 이 패턴의 무늬를 타자와의 관계를 통해 빚어내고 있다. 그는 특히 모든 시적 대상을 자아와 마주선 타자로서 이들과의 내적 조응 관계를 '나 - 너'의 근원적 관계로 환치시킴으로써 타자 지향적인 태도를 드러낸다.

> 당신의 손짓　　　　　한나으로
> 이 몸은
> 천지에 가득 웃음 풍기는
> 꽃일 수 있습니다만
>
> 당신의 눈짓 한나으로
> 이 몸은
> 형체 없이 스러지는
> 한 오리 김일 수도 있습니다
>
> 해와 달을
> 저어리 밀어 두고
> 이 몸은 항상
> 낭랑히 낭랑히 울림하고 지우니

---

18) Norman N. Holland, 「Human Identity」, 『Criticat Inquiry』4(Spring 1978), p.451. Judith Kegan Gardiner, 앞의 책, 재인용.

바람하
푸른 잎새로 걸어둔
이 마음 흔들어
풍경소리 나게 합소서 당신은.

— 「바람」

　‘바람’이라는 자연물을 시적 대상으로 삼고 있는 이 시에서 무엇보다 주목되는 것은 당신과 이 몸(나)의 관계성이다. ‘당신의 손짓과 눈짓’에 따라 ‘천지에 가득 웃음 피우는 꽃’으로 도 ‘형체 없이 스러지는 한 오리 김’일 수도 있는 나에게 당신은 나라는 존재의 온몸을 송두리째 바꾸어 놓는 존재이다. 뿐만 아니라 내 마음마저 흔들어 풍경소리로 울리고 가기를 희구하는 존재이며 나의 온 몸과 온 마음을 봉헌하고 싶은 존재이다. 그 당신이란 존재가 ‘바람’을 의인화한 시적 대상임을 마지막 연에서 밝히고 있는 이 시에서처럼 허영자의 초기시에는 자아의 외부에 있는 시적 대상을 의인화하여 1:1의 내적 조응 관계를 맺고 있음을 쉽게 찾아 볼 수 있다.

　마틴 부버는 자아와 세계가 만나서 이루는 관계를 ‘나 - 너’: ‘나 - 그것’의 이중적 범주로 제시하고 있다. ‘나 -그것’의 관계가 주객의 분리 속에서 세계와 나를 도구적 관계로 세우는데 비해, ‘나 -너’의 관계는 전존재를 기울여서 이루어지는 만남이며 세계와 나를 분리할 수 없는 인격적 관계로 결합한다고 천명한다.[19] 자아의 외부에 있는, 삼라만상에 존재하는 사물들을 바라보는 시인의 시선에는 그 사물들이 지니고 있는 사물성에 대한 인식보다는 내 앞에 놓인 타자로서 그들과의 인격적 결합에 대한 갈망이 먼저 자리한다. ‘나’의 ‘나됨’을 ‘너’라는 짝말을 통해 인식하고 있는 이 시인에게 ‘너’는 언제나 ‘임, 당신, 그대’로 변주되고 있다.

---

19) M.Buber, 『나와 너』, 표재명 역, 문예출판사, 1977, pp.11-12.

당신 앞에선
그만
눈물이 글썽여
하고 싶던 이야기
모두 잊고
묵묵히
고개만 숙여요

—「꽃」

이슬에
꽃에
샛별에……

임아

이
온 삼라만상에

나는
그대를 본다.

—「임」

③
그는
내
어깨동무

홀로 있는
많은 때를

찾아와 주는 그는

<중략>
나를 키우며
나랑 함께 자라는
하나 뿐인 내
어깨동무.

— 「고독」

　　인용시 ①에서는 시적 대상인 '꽃'이 의인화된 화자로서 시의 전면에 나서
고 있다. 시인은 자아의 외부에 있는 '꽃'이라는 객관적 상관물에 자신의 감정
을 이입시켜 사랑과 그리움을 토로하고 있다. 이러한 객관적 상관물에 매개된
그리움의 토로는 이 시인의 뛰어난 특장으로 여성시가 자칫 빠지기 쉬운 감상
성에서 벗어나게끔 도와준다. 인용시 ②에서는 '이슬, 꽃, 별'과 같이 삼라만
상에 존재하는 모든 타자들 속에서 '임'으로서의 그대를 발견하고, 그대에
대한 사랑을 고백하고 있다. ③에서는 내면적 감정인 고독마저도 하나뿐인
동무로서 의인화되고 있다. 이렇듯 시인은 의인화의 방식으로 모든 대상과의
1:1 대응 관계를 맺고 있다. 그리고 이러한 관계 맺기는 바로 시인 자신의
정체성을 찾는 방식이기도 하다. 그에게서 나의 '나됨'은 나의 짝말인 '너'와
의 관계를 통해서이다. 물론 이 때의 너는 시인 자신의 외부에 있는 모든
타자를 아우르는 것으로 사랑하는 연인일수도, 그가 온 몸으로 쓰고 있는
시라는 예술이기도 하며 때로는 절대 타자인 신일 수도 있다.

아마도 그 대
이렇게 나처럼
자주 병 앓으며

모져 누운 축축한 자리
무서운 긴 밤
눈 떠 새우며

<중략>
또 나처럼
꿈을 믿는
어수룩한 사람아

정녕 외롭지 않구나
그대 기다려
찾아가는
이 빛나는 도정은….

―「반려」

위의 시에서 보듯이 주체와 타자의 관계인 '나-너'는 이항 대립적인 체계를
갖고 있지만 그것은 결코 대립적인 관계가 아니라 나와 이어져 있는 연대적
관계이며, 나의 부족함을 채워주는 상보적 관계임을 드러내고 있다. '그대
또한 나처럼 자주 병을 앓으며, 그대 또한 나처럼 꿈을 믿는 어리석은 사람'이
라 토로하면서, 나처럼 아프고, 나처럼 어리석은 나와 같은 그대가 있기에
삶은 외롭지 않고, 그러기에 그대 찾아가는 길은 빛나는 도정일 될 수 있다는
화자의 인식은 나와 그대가 하나로 이어져 있다는 연대감과 함께, 내 삶은
그대를 찾아가는 빛나는 도정이라는 깨달음을 동반하고 있다. 낮-밤, 밝음-어
둠, 남성-여성 등 세계를 이루고 있는 모든 근원적 관계는 짝말을 이루고 있으
며, 이러한 짝말의 관계를 통해 서로의 존재성이 드러남을 이 시인은 누구보다
잘 깨닫고 있는 것이다. 이러한 깨달음은 전일적 세계관에 바탕을 두고 있는
동양 사유의 전통이 시인의 의식 공간에서 내면화된 것으로도 여겨진다.

2-3. 사랑의 탐구, 타자의 수용과 섬김

주지하다시피 허영자 시의 중심 주제는 사랑이다. 문학의 언어는 기본적으로 사랑의 언어라는 크리스테바의 발언을 빌리지 않더라도 시간의 부식을 견디고 우리 앞에 여전히 빛나고 있는 수많은 고전의 영원한 테마는 사랑이라는 데에 이의를 달 사람은 없을 것이다. 모든 문학의 언어가 사랑의 언어라고 할 때, 작가의 개성이 발휘되는 부분은 사랑의 방법과 탐구의 자세일 것이다. 시적 주체 앞에 놓인 모든 타자와의 만남을 1:1의 대응 관계로 맺음으로써 완전하고 절대적인 사랑을 꿈꾸는 이 시인의 사랑법은 사랑의 환상에서 비롯되는 낭만적 열정의 발현으로도 읽혀진다. 그러나 그의 사랑법은 결코 중세의 낭만적 사랑에서 볼 수 있는 수동적인 사랑이 아니다. 그는 막연히 사랑을 기다리며 사랑의 희열만을 노래하지 않는다. 사랑의 기쁨 못지 않게 사랑의 슬픔과 어둠 또한 익히 알고 있다.

한 여인이
그 영혼을
송두리째 드린다 하면

한 여인이
그 살을
피를
내음을
송두리째 드린다 하면

아아
그대의 고독은 풀릴 것가

차갑고 어둡고 말없는 얼굴
그대 마음을 풀길 없는
크나큰 이 슬픔

울먹이며 떨며 머뭇대는
나의 사랑아

— 「바위」

　허영자의 시 텍스트에서 보여주는 주체와 타자의 관계맺기의 궁극은 사랑이다. ‘나·너’의 인격적 결합을 희구하는 시인은 ‘너’라는 타자를 ‘당신, 그대, 임’으로 변주시키면서 타자에 대한 사랑을 고백하고 있다. 그렇다면 도대체 ‘타자’란 누구인가? 시적 주체 앞에 놓이 타자는 그렇게 자명한 존재가 아니다. 물론 사랑하는 임일 수도 있고, 세계일 수도 있지만, 이 타자가 누구냐 하는 타자의 실체성을 밝히는 것보다 더 중요한 것은 그 타자와의 관계를 맺는 주체의 방식이다. 타자의 철학에 대한 서늘한 사유를 우리에게 제시하고 있는 레비나스에게 있어 타자는 결코 주체와 화해할 수 없는 관계이다. 나는 타자를 나에게 동화시킬 수 없다. 나와 타자 사이에 놓인 골과 심연은 끝까지 지울 수 없고 만날 수 없다. 인용시 「바위」에서 보듯이 시의 화자는 “영혼과 살과 피를 송두리째 드린다면 그대의 고독은 풀릴 것가”라는 물음을 던지고 있는데, 이는 결코 그대의 고독을 풀 수 없음에서 오는 크나큰 슬픔의 탄식인 것이다. 차갑고 어두운 얼굴을 하고 있는 바위처럼 그대는 심연의 강 건너 편에서 나를 주시하는 타자이다. 그 타자 앞에서 내 사랑은 울먹이며 떨며 머뭇거리고 있다. 결코 나와 동화될 수 없는 그대, 그대와 동화될 수 없는 나 그러면서도 그대에게 벗어나지 못하며 머뭇거리는 이 관계는 신비일 수밖에 없다. 그러므로 레비나스도 “타자와의 관계는 신비의 관계이다”[20]라고 말하는 것이다. 그

---

20) E.Levinas,『시간과 타자』, 강영안 역, 문예출판사, 1996, p.104.

◀ 제2시집 『친전』

렇다면 타자는 나에게 어떻게 다가오는 것인가? 레비나스에 의하면 타자는
'얼굴'로 다가온다. 허영자 시에서도 타자의 구체적 모습은 얼굴로 현현된다.
그러나 그 얼굴은 「바위」에서 처럼 "차갑고 어두운 말없는 얼굴"이기도 하며,
때로는 "무량한 햇살로 번지는 부처님 미소"같은 얼굴이기도 하다.

   ① 내 고운님 얼굴은 부처님 미소
   한 번 끄덕여 이미 알으심
   무량(無量)한 햇살로 번져나옵네

   천 년 묵혀온 염원은
   진다홍 치마폭에
   타는 노을빛
   전생에도 우리는 사랑하였네

                         — 「무량한 햇살로」

   ②

은그릇, 포도주는
미처 없습니다만
당신을 초대합니다

가난한 여인의
가난한 차림이라
꿈과 사랑이 풍요한
잔칫상

당신은
기꺼이 오시나요
내 인생의 제일 가는
귀하신 손님

— 「床을 차리며」

인용시 ①에서 보듯이 시적 주체가 사랑하는 임, 즉 타자의 모습은 "부처님 미소"와 같은 자비로운 얼굴로 현현된다. 그리고 그 얼굴의 현현은 "무량한 햇살"로 번져나오듯 천지에 미만해 있다. 헤아릴 수 없는 수많은 햇살 속에서 나는 임의 얼굴, 임의 미소를 읽어내는 것이다. 그렇게 밝은 햇살로 뿌려지는 그리움의 현현이 바로 허영자의 시적 언어이다. 레비나스에 따르면 타자의 얼굴은 나의 의지로는 피할 수 없는 낯선 침입자이지만 그 얼굴의 현현은 타자에 대한 책임감있는 수용과 섬김을 요청한다.[21] 인용시 ②에서 보듯이 타자를 수용하는 주체의 자세는 한없는 섬김의 자세를 취하고 있다. "내 인생의 가장 귀한 손님"으로 받아들이며, 그 손님을 위해 상을 차리는 가난한 여인의 삶이야말로 '나'라는 주체의 정체성을 분명히 밝히는 것이다. 이러한

---

21) 임마누엘 레비나스, 「윤리와 정신」, 강영안 역, 앞의 책, 1997, 문예출판사, 해설 부분 재인용, p.135.

수용과 섬김을 통해 타자는 내 삶에 끼어든 낯선 침입자가 아니라 내면성의 닫힌 세계에 갇혀 있는 '나'에게 밖으로의 초월을 가능케 해주는 유일한 접촉점이 되는 것이다.[22] 이때의 타자는 더 이상 사르트르 식의 나를 가두는 감옥이 아니라 지극히 높은 곳에 있는 초월자의 목소리가 되는 것이다. 그 목소리에 응답하는 나는 '책임적 주체'로서 그 주체 앞에 놓인 타인의 얼굴은 초월을 꿈꾸는 주체에게 '그리움의 원천'이 되는 것이다. 타자란 결코 주체와 영원히 동화될 수 없는 심연 너머에 있는 존재이지만, 동화될 수 없기에 동화되기를 갈망하게 되고, 그 갈망으로 주체의 마음속에는 영원한 노스탤지어를 심어주는 것이다. 또한 주체는 얼굴로 현현되는, 인격적 존재로 현현되는 영원히 동화될 수 없는 타자의 타자성을 수용함으로써, 나의 자명성을 입증하게 된다. 그러므로 '내가 누구인가'라는 자아의 정체성에 대한 화두는 곧 '타자는 누구인가'라는 화두로 바뀐다. 내가 섬김받고 싶은 존재이듯, 타자 또한 섬겨야 하는 존재라는 인식 위에 이 시인의 사랑법이 놓여 있다.

2-4. 모성적 그릇으로서 몸의 발견

인간은 육체를 통해 타자와 접촉하며, 육체를 통해 세계와 교류한다. 그러므로 인간의 육체는 경험과 기억의 저장고이자, 자아와 세계가 만나는 통로이다. 특히 여성의 육체는 여성 경험의 가장 문학적인 토대인 동시에 그것의 축어성에 대한 은유이다.[23] 월경, 임신, 출산, 수유에 이르기까지 여성만의 고유한 경험과 그 경험에서 비롯된 은유의 발견은 새로운 언어를 탄생시키려는 욕망으로 드러난다. 이러한 욕망의 표현으로서의 '몸으로 글쓰기'는 그동안 남성 중심적 지배 체제 아래서 모멸당했던 여성의 육체에 대한 새로운 발견과 인식에서 출발한다. 즉 여성에 의한 '몸으로 글쓰기'는 몸에 관한 글쓰

---

22) 전철, 「임마누엘 레비나스의 타자성의 철학」, 한신학보, 1997, 1.13.
23) 헬레나 미키, 페미니스트 시학, 김경수 역, 고려원, 1992, p.189.

기가 아니라, 몸을 쓰는 것으로 자아를 쓰는 진행형의 자기 진술이다.[24] 시 쓰기를 통해 여성으로서의 자아 정체성에 대한 성찰과 탐색의 끈을 놓지 않은 허영자 시인에게도 '몸의 발견은 새롭고 소중한 경험'으로 각인되고 있다.

> "저는 처음에는 인간의 삶을 이끄는 것은 정신의 지향이라고 생각했어요. 불의를 미워하고 어려움을 견디게 하고 옳은 것 혹은 절대적인 것을 향해 나아가게 하는 그런 정신적인 삶만이 있다고 믿었던 것이지요. 그런데 어느 날 '자궁'이라는 것이 있다는 것을, 정신보다도 그것이 더 큰 힘을 지니고 있다는 것을 깨달았습니다. 그것은 막으려 해도 막을 수 없는 완강한 힘이었 습니다."[25]

여성은 남성과 달리 자신의 몸 안에 새로운 생명을 잉태할 수 있는 생명의 집을 지니고 있다. 여성이라는 소우주 속에는 또 하나의 작은 우주가 깃들어 있는 것이다. 이런 작은 우주로서의 자궁은 바로 생명력과 재생의 상징이자 모성의 상징이 된다. 순환하는 우주의 리듬에 따르듯 여성의 몸도 주기에 따라 월경과 출산의 리듬을 탄다. 그 리듬에 맞춰 새로운 생명을 잉태하고자 하는 욕망은 곧 육체로 글을 쓰려는 여성의 욕망이고 그것은 세상을 재창조하 려는 욕망과 연결된다. 위의 발언에 기대어 보면 남성 중심적, 정신 지향적 삶의 틀 속에서 절대적인 것을 향해 나아가던 시인에게 어느날 정신보다 더 큰 힘을 지니고 있는 자궁에 대한 인식은 여성으로서의 자신의 몸에 대한 발견이자, 여성성에 대한 눈뜸이기도 하다. 그리고 이러한 눈뜸에서 그가 발견 한 몸은 용기(容器)로서의 육체이다.

---

24) 김성례, 「여성의 자기진술의 양식과 문체의 발견을 위하여」, 『또하나의 문화』, 9호, p.131.
25) 강웅식, 「시인을 찾아서; 자홀의 춤과 견고한 응집」, 『서정시학』, 2002, 겨울호, p. 80

죄송스러워라

그분께
그리움을 아뢰웁다니

나야
참

검은 얼굴
비인 손 뿐인 것을.....

— 「항아리」

'항아리'라는 객관적 상관물에 기대어 화자의 감정을 토로하고 있는 이
시에서 화자는 시인의 시적 퍼스나이다. 시인이 자신의 시적 퍼스나로서 '항아
리'의 이미지를 차용하고 있다는 것은 먼저 용기로서의 여성의 육체성에 대한
눈뜸을 짐작케 한다. 그러나 그 용기는 '검은 얼굴, 비인 손 뿐'인 비어있는
그릇이다. 그리움도 아직 채워지지 않은 이런 빈 그릇에 시인은 자신의 삶의
경험과 기억을 저장하고 싶다. 눈에 보이지 않지만, 분명 존재하는 영혼과
운명, 사랑, 슬픔, 꿈 등을 담고 싶다. 아니 더 정확히 말하면 새기고 싶어한다.

그 이름을
살 속에 새긴다
암청(暗靑)의 문신(文身)

불가사의의 윤회를 거쳐
마침내
내 영혼이 고개 숙이는 밤이여

무거운 운명이여
절망의 눈비
회의(懷疑)의 미친 바람도
숨죽여 좌선(坐禪)하는 고요

'사랑합니다'

참으로 큰
슬픔일지라도
어리석은 꿈일지라도

살 속에
그 이름 새기며
이 봄밤
눈 떠 새운다

—「친전」

    참으로 오래된 속설이지만, 정설처럼 오해되고 있는 것 가운데 하나가 여성은 수동적 존재라는 것이다. 남성/여성의 이분법적 체계 속에서 남성성은 능동적, 진보적, 공격적 특질을 지니는 데 비해, 여성성은 수동적, 보수적, 방어적이라는 것이다. 이러한 오해와 편견은 남성 평자들에 의해 흔히 여성시의 한계와 문제점으로 지적되곤 한다.[26] 그러나 허영자의 「친전」에서 우리는 결코 수동적 몸짓이 아닌 한 여성 시인의 당당한 사랑의 맹세를 목도하게 된다. 편지

---

26) 김현은 흔히 여류 시인으로 불리는 그녀들의 시의 대부분은 지극히 수동적이며 우수한 시편들 또한 거의가 수동적인 몸짓을 나타내 주고 있다며 여자의 대부분은 마음 문빗장 뒤에 숨어 고개를 살며시 내밀고, 혹은 눈을 감고 자기를 다스려줄 어떤 것을 기다린다. 이러한 수동적 몸짓은 그녀들의 시에서 고독, 기다림, 사랑 등의 감상적 어휘가 동원되면서 정서적 긴장을 잃고 있는 것을 가장 큰 문제로 지적하고 있다. 김현, 「앞의 글」, 『시인의 상상력』, 문학과 지성사, p.32-37.

봉투에 적어서 수신인이 몸소 펴보라는 뜻을 지닌 「친전」을 제목으로 삼고 있는 이 시에서 화자의 몸이 바로 사랑의 편지이다. 몸에 새긴 사랑의 언어는 사랑하는 이에게 직접 고백하기 위한 것이라기보다는 오히려 스스로에게 다짐하는 맹세이다. 물론 이 사랑의 맹세는 슬픔과 아픔을 동반한다. 하지만 화자는 그것이 설령 큰 슬픔일지라도, 어리석은 꿈일지라도 '사랑합니다'라는 다섯 글자로 압축하여 그 이름을 살 속에 새기고 있다. 이 시에서 가장 먼저 주목하게 되는 시어는 '새기다'라는 동사이다. 부모로부터 훈육받던 어린 시절, 금과옥조처럼 귀한 말씀은 반드시 마음에 새기라는 뜻의 '명심하거라'라는 말과 함께 떨어졌다. 이 시의 화자는 그렇듯 마음에 새겨야 할 그 사랑의 기억, 사랑의 맹세를 마음이 아닌 몸(살)에다 새기고 있다. 어슴프레한 푸른 빛을 지닌 암청의 문신은 사랑의 징표이자 동시에 상처이다. 크리스테바의 지적대로 사랑이란 우리에게 상처를 입히지 않고는 존재할 수 없다는 것을 이 시인은 이미 알고 있었던 것일까? 그러나 사랑의 징표가 남아 있는 곳은 마음만이 아니라 몸이기도 하다. 불가의 연기법칙을 몸과 마음의 관계에 대비해 보면 "몸이 있을 때 마음이 있으며, 마음이 있을 때 몸이 있다"라는 상호의존의 진리는 본질적으로 몸과 마음을 묶고 있는 고통의 체험과 올바른 관찰을 통해 밝혀지는 진리이다. 몸과 마음이 둘이 아니라는 不二의 사유 방식은 시인의 일상 생활에서도 내면화되고 있는데, 특히 마음 다스리기는 먼저 몸을 쓰는 수 놓기를 통해 이뤄진다.

> 마음이 어지러운 날은
> 수를 놓는다
>
> 금실 은실 청홍실
> 따라서 가면
> 가슴 속 아우성은 절로 갈앉고

처음 보는 수풀
정갈한 자갈들의
강변에 이르른다

남향 햇볕 속에
수를 놓고 앉으면

세사번뇌(世事煩惱)
무궁한 사랑의 슬픔을
참아내올 듯

머언
극락정토 가는 길도
보일 상 싶다.

— 「刺繡」

　이 시의 화자는 수 놓기를 통해 어지러운 마음을 다스린다고 고백하고 있다. 마음이 어지럽다는 것은 흩어지는 욕망의 갈라짐과 분출하는 욕망의 아우성에 휘둘리기 때문이다. 화자는 따스한 햇볕 아래서 수를 놓으면 마음밭에도 햇살이 비춰들어, 정갈한 자갈들로 간추려진 곧고 바른 마음의 강변에 다다르게 된다고 한다. 비단 이 시의 화자뿐만 아니라 전통 사회에서 수 놓기를 비롯한 일상의 노역들은 단순히 몸의 피로를 가져오는 노역에 그치는 것이 아니라, 마음을 다스리는 修身의 행위였다. 몸과 마음은 결코 둘이 아니기에, 눈에 보이지 않는 마음을 다스리기 위해 그들은 먼저 눈에 보이는 몸을 다스렸던 것이다. 욕망의 원천인 몸의 언어에 귀기울이되, 욕망에 끌려가는 것이 아니라, 절제를 통해 욕망을 다스리는 주체가 되도록 하는 것이 수신의 목적이었다. 수놓기라는 수신의 행위는 말없는 침묵 속에 자기를 맡기는 것이다. 한 땀

한 땀 수 놓기에 몰입해 갈 때, 가슴 속 아우성도 잦아들고, 마음의 평정을 찾게 된다. 즉 절제와 극기를 통해 자비와 구원의 정토를 찾아가는 것이다.

　허영자 시에서 절제와 극기는 매우 중요한 텍스트 생성의 주요 모티브가 되고 있다. 주제적인 면에서뿐만 아니라 시의 형식적인 면에서도 크게 기여하고 있다. 시라는 장르가 본질적으로 언어의 절제를 추구하는 예술이기도 하지만, "최소의 언어로 최다의 의미 내용을 함축하는 언어 예술"이라는 본질주의 시학에 충실한 시론을 지니고 있기 때문이다.[27)

　　　불길 속에
　　　머리칼 풀면
　　　사내를 호리는
　　　야차 같은 계집

　　　그 불길 다스려 다스려
　　　슬프도록 소슬한 몸은
　　　현신하옵신 관음보살님
　　　- 이조 항아리.

　　　　　　　　　　　　　　　　　　　　　　　— 「백자(白瓷)」

　시인 자신에 의해 불교적 계열의 작품으로 분류된 바 있는 「백자」는 예술작품의 탄생 과정을 형상화하고 있는 작품으로도 읽혀진다. 그에게 예술이라는 타자는 어떤 의미를 갖는 것일까? 그에게 예술은 '야차 같은 계집'처럼 여성적 관능성을 보유하고 있는 매혹적 존재이지만, 그것만으로는 부족하다. 관능의 불길, 욕망의 불길을 안으로 다스릴 줄 아는 절제와 극기를 통해 '슬프도록 소슬한 몸으로 현신한 관음보살님'처럼 자비와 연민이 깃든 모성성을 구유할 때만이 예술로서의 자기 정체성을 얻게 될 것이다. 예술뿐만 아니라 사랑에

---

27) 영자, 「시를 위한 산문」, 『조용한 슬픔』, 전시집 p.257.

있어서도 그는 이러한 양면성을 주시하고 있다. 욕망과 절제, 관능과 모성이라는 이러한 양가적 과정을 거친 사랑만이 완전한 사랑이요, 완전한 예술이 될 수 있음을 「백자」라는 예술품의 형상화 과정을 통해 보여주고 있다.

3. 맺음말

지금까지 살펴보았듯 허영자 초기시는 여성으로서의 자아 정체성을 탐색하는 과정으로서의 시쓰기였음을 확인할 수 있었다. 타자와의 관계 맺기를 통해 자신의 정체성을 형성하려는 관계적 존재로서의 자아 개념은 그의 시에서 타자 지향적 태도로 드러나고 있었다. 모든 시적 대상을 자아와 마주선 타자로서 이들과의 내적 조응 관계를 나 - 너의 근원적 관계로 환치시키면서 인격적 결합을 희구하는 이런 타자 지향적 태도는 여성 특유의 양상으로 텍스트 생성의 기본 동인이 되는 여성성의 구현으로 보여진다.

허영자의 초기시에서 보여주는 주체와 타자의 관계 맺기의 궁극은 사랑으로 향한다. 그의 시는 사랑의 텍스트로, 타자를 받아들이는 주체의 자세는 한없는 섬김의 자세를 취하고 있다. 타자란 결코 주체와 영원히 동화될 수 없는 심연 너머의 존재이지만, 동화될 수 없기에 동화되기를 갈망하게 되고 그 갈망으로 주체의 마음속에 심어진 그리움의 언어가 허영자의 시 텍스트이다. 영원히 동화될 수 없는 타자에 대한 수용과 섬김을 통해 나는 책임적 주체가 되며, 타자성을 수용하는 것이 곧 나의 자명성을 입증하는 것이기에 그에게 있어 시쓰기를 통한 자아의 정체성에 대한 탐구는 곧 타자의 시학으로 바뀌게 되는 것이다.

이런 타자의 시학은 그에게 남성 중심적 지배 체제 아래서 오랫동안 소외되었던 여성의 육체에 대한 새로운 눈뜸과 인식을 가져온다. 시쓰기를 통해 여성으로서의 자아 정체성에 대한 성찰과 탐색의 끈을 놓지 않던 시인에게 몸의 발견은 새롭고 소중한 경험으로 각인된다. 특히 생명력과 재생의 상징이자 모성의 상징인 자궁에 대한 인식은 여성으로서의 자신의 몸에 대한 발견이자 여성성에 대한 눈뜸인데, 이런 눈뜸에서 그가 발견한 몸은 모성적 그릇으로서의 육체이다. 눈에 보이지 않지만 분명 존재하는 영혼과 운명, 사랑, 슬픔, 꿈 등을 담고 있는 몸을 통해 몸과 마음이 둘이 아니라는 不二의 사유 방식을 체득하고 있다. 특히 그는 욕망의 원천인 몸의 언어에 귀기울이되, 절제와 극기를 통해 욕망을 다스리는 주체의 모습을 보여주고 있다.

허영자 시에 나타난 '사랑 담론'에 대하여*

강웅식**

　허영자 시인이 이제까지 펴낸 일곱 권의 시집을 검토의 대상으로 한 평문에서 김문주는 다음과 같이 언급한 바 있다.

> (…) 40여 년의 시력(詩歷)을 갖고 있는 그녀의 시는 시간의 경과에 따라 시가 변한다기보다 몇 가지 성격들이 지속적으로 나타나는 특징을 보인다. '부끄러움, 염결성, 에로스, 사랑과 모순, 절제와 긴장, 정갈함, 갈등과 충돌, 합일과 승화'등, 허영자 시인의 시세계를 수식하는 수사들은 특정 시집을 평가하는 데 집중되지 않고 시간적 간격이 있는 여러 시집에 두루 동원된다. 이는 허영자의 시세계가 몇 개의 핵심 자질들을 중심으로 이루어져 있음을 암시한다.[1]

---

* 이 글은 허영자 시인의 전체 시들에 대한 이해와 관련하여 이 책의 편집자가 통시적 맥락에서 편의상 중기라고 구분한 시기에 출간된 세 권의 시집을 검토의 대상으로 한 것이다 : 『어여쁨이 어찌 꽃뿐이랴』(1977), 『빈 들판을 걸어가면』(1984), 『조용한 슬픔』(1990). 이 글에서 인용한 시들은 모두 『허영자 수詩集』(마을, 1998)에 의거하였다.

** 고려대 연구교수

1) 김문주, 「고요 속 들끓음, 육체와 영혼을 넘어서려는 역동성의 시학」, 『서정시학』

위에서 "허영자의 시세계가 몇 개의 핵심 자질들을 중심으로 이루어져 있"다는 말은 그녀의 시세계가 다양하지 않음을 뜻하는 것이 아니다. 그것은 그녀의 시세계가 어떤 문제에 집중돼 있음을 뜻한다. 이 글에서 관심을 갖는 것은 바로 그와 같이 집중된 문제의 성격이다.

많은 경우 허영자의 시는 연시(戀詩)의 형태를 보여준다. 연시의 바탕을 이루는 것은 사랑의 담론이다. 사랑의 담론에서 비유와 운율이 전경으로 드러나면 그것은 연시가 된다. 그런데 이들 연시의 바탕을 이루는 사랑의 담론에서 사랑의 주인공은 사랑을 할 수 없는 사람이다.

> 사랑하는 이를
> 사랑한다고 말하라는
> 그대 말씀이지만
>
> 사랑하는 이를
> 사랑한다고 말할 수 없는
> 조용한 이 슬픔
>
> 그 열정의 떨림과
> 가이없는 기쁨을 말하라는
> 그대 말씀이지만
>
> 무심한 듯 먼 눈길
> 흐르는 구름발에 주는
> 조용한 조용한 이 슬픔
>
> ― 「조용한 슬픔」(제5시집, p.194) 전문

사랑하는 사람에게 사랑한다고 말할 수 없는 처지란 어떤 것일까? 이유야

2002년 겨울호, p.110.

여러 가지가 있을 수 있겠지만, 아무튼 그 사랑은 충족될 수 없는 불가능한 사랑이다. 위의 시에서 화자는 그러한 사랑을 '조용한 슬픔'이라고 말한다. 그러나 마지막 구절에서 두 번 반복되고 있는 "조용한"은 화자의 말이 반어임을 시사해준다. 사랑하는 마음 "그 열정의 떨림과/가이없는 기쁨"을 표현할 수 없는 "조용한 슬픔" 속에서는 그 열정의 뜨거운 격앙이 있다. 사랑하는 사람을 사랑한다고 말할 수 없는 사람에게 남겨진 것은 무엇인가. 사랑의 떨림과 기쁨이 결핍된 메마른 삶이거나 그런 삶에 대한 자멸적 거절인 죽음 충동과 같은 커다란 무력감이다. 어쩌면 화자가 말하는 "조용한 슬픔"이라는 것도 바로 그러한 무력감의 표현일지도 모른다. 여기서 우리는 다시 한번 묻지 않을 수 없다. 사랑하는 사람에게 사랑한다고 말할 수 없는 처지란 어떤 것일까?

아아
실로 은밀한

이마에
화인(火印) 찍힌 사내와

가슴에
주홍글씨 단 여자가

지난 겨울 북풍 속에
몰래 만났을까

무더기 무더기로
무성한 소문

온 땅 위에 번지는

초록의 불길.

— 「봄」(제5시집, p.212) 전문

봄의 형상을 "온 땅 위에 번지는/초록의 불길"이라고 묘사하는 것은 진부하지만 "무더기 무더기로/무성한 소문"이라고 묘사하는 것은 결코 진부하지 않다. '무성한 소문'과 연관됨으써 '초록의 불길'은 그 소문이 불길처럼 번져나가는 상황의 비유가 되면서 동시에 '은밀한 밀회'의 강렬함에 대한 비유가 된다. 이 시에서 화자는 매우 특별한 사람들의 사랑을 상상한다. 사내의 이마에 찍힌 '화인'과 여자의 가슴에 새겨진 '주홍글씨'는 그들이 모두 법의 위반자임을 알려주는 표지들이다. 그들이 범법자라는 사실과 그들이 서로 사랑한다는 사실 사이에는 아무런 연관이 없다. 그럼에도 도덕과 법의 체계를 위반한 사람들이라는 사실은 그들의 사랑을 외설적인 것처럼 만들어 놓는다. 그처럼 불온한 사랑에 빠진 두 인물 가운데 더욱 관심을 끄는 사람은 가슴에 '주홍글씨'가 새겨져 있는 여자이다. '주홍글씨'는 이미 그녀가 이른바 '간통'이라는 죄를 지었다는 것을 가리키는 표지이다. 그런 그녀가 범법자라는 낙인이 찍힌 죄인과 사랑을 한다. 그녀는 단 한순간이라도 사랑에 빠지지 않으면 안 되는 그런 여자인가? 아니면 도덕과 법의 체제 따위에 아랑곳하지 않는 체질적인 반골 기질의 소유자인가? 한 폭의 그림과도 같은 짧은 이야기를 담은 이 시 자체에서는 그 해답을 찾을 수 없음은 물론이다. 그 어느 쪽이든 사람의 만남과 사랑은, 봄이 오면 "온 땅 위에 번지는/초록의 불길"처럼 자연스러운 것이다. 이 시에서 그 '초록 불길'은 도덕과 법 체제가 드리워 놓은 외설의 그림자를 말끔히 태워버린다.

우리는 사랑하는 사람에게 사랑한다고 말할 수 없는 「조용한 슬픔」의 이유가 도덕과 법 체제가 허용하지 않는 그런 사랑 때문은 아닌가 생각해볼 수 있다. 정보가 빈약하기 때문에 꼭 그렇다고 단정할 수는 없을 것이다. 그럼에도 한 가지 분명한 것은 그 바탕에 사랑의 담론을 깔고 있는 허영자의 시에는 도덕과 법 체제에 대한 조심스러운 문제제기가 잠재돼 있다는 사실이 다. 그러한 사실과 연관시켜 생각해 볼 때 「다듬이」이라는 작품은 매우 흥미 롭게 읽힌다.

> 소낙비처럼
> 소낙비처럼
> 아픈 매를 내려주세요
> 어머니
>
> 돌아온 탕자의
> 굽은 어깨 위에
> 부끄러운 뒤통수에
> 벼락 같은 꾸지람을 내리세요
> 어머니
>
> 다시는, 정녕 다시는
> 잘못이 없도록
> 뉘우침이 없도록
> 어머니
>
> 날라리 이 내 영혼
> 홍두깨에 감으시고
> 밤새도록 어머니
> 다듬이질 하세요
>
> — 「다듬이」(제3시집, p.98)

『성경』에 나오는 '돌아온 탕자'의 이야기에서 둘째 아들인 탕자는 유산을 미리 받아 아버지의 품을 떠나 방황하며 그 돈을 모두 탕진한 다음에야 잘못을

▲ 『조용한 슬픔』

뉘우쳐 다시 돌아온다. 그런데 놀라운 것은 아버지가 그 아들을 탓하거나 내치지 않는다는 사실이다. 아버지는 돌아온 아들을 용서할 뿐만 아니라 그를 위해 성대한 잔치를 베풀어준다. 사실 '돌아온 탕자'의 이야기에서 탕자가 지은 죄는 그다지 심각한 것이 아니다. 그의 잘못은 아버지의 재산을 축냈다는 것과 아버지의 법의 울타리를 신뢰하지 못하고 떠났다는 것 정도이다. 재산보다 더 중요한 것은 아버지의 법의 권위이다. 아들이 아버지의 뜻을 거스르고 집을 떠나 방황하는 동안 아버지의 법은 그 권위가 흔들린다. 집을 떠난 작은아들의 부재는 아버지의 법이 의심받고 있다는 사실의 증표이기 때문이다.

돌아온 탕자는 아버지의 법의 권위를 다시 확인시켜줌으로써 그것을 더욱 공고하게 해준다. 아버지가 아들을 위해 잔치를 베풀어주는 것은 차라리 당연하다. 『성경』의 이야기와는 달리 「다듬이」에서는 부자 관계가 모녀 관계로 바뀐다(이 시의 화자가 여성이라는 결정적인 근거는 없지만 화자의 어조는 여자의 그것과 닮았다). '돌아온 탕자'라는 구절을 들어 화자가 남자라고 주장할 수도 있겠으나, 그 구절은 자신의 죄를 스스로 뉘우치는 사람에 대한 상징이므로 그 주장에 그렇게 큰 설득력이 있다고 생각되지 않는다. 아무튼 이 시의 화자는 도대체 무슨 잘못을 저질렀기에 그토록 자학하는 것일까? 만일 화자의 죄가 그렇게 심각한 것이 아니라면 이 시에 나타난 화자의 태도는 거의 마조히즘에 가깝다. 그런데 과연 화자가 바라는 것이 어머니의 체벌이기만 한 것일까? 끊어질 듯하면서도 부단히 이어지는 다듬이질의 리듬은 그 무엇인가에 대한 탄핵이나 공격이기보다는 내면의 근심과 갈등을 스스로 다스리는 일종의 자기 위로에 더 가깝지 않을까? 다듬이질 소리는 아이를 잠재우는 소리이지 잠자는 아이를 깨우는 그런 소리는 아니지 않은가? 이 시에서 화자가 저지른 죄의 구체적인 내용은 제시되어 있지 않다. 따라서 우리는 그것에 대해 전혀 알 수 없다. 그러나 이 시에서 화자가 어머니를 찾는 것은 어머니만이 '아픈 매'를 내릴 만큼 그 죄에 대해 잘 알고 있기 때문은 아닐까? 죄의 내용 이외에도 어머니가 아는 것은 그 죄의 어쩔 수 없음이 아닐까? 그래서 화자가 어머니에게 바라는 것은 체벌이 아니라 오히려 위로가 아닐까? '돌아온 탕자'의 이야기에서 아버지의 법의 울타리로 돌아온 아들에게 아버지는 큰 잔치를 베풀어준다. 그렇다면 아버지의 법의 울타리를 떠났다가 돌아온 딸에게도 아버지는 잔치를 베풀어줄까? 자신의 잘못을 뉘우치고 '돌아온 탕자'라는 기본 구도에 근거하면서도 부자관계를 모자관계로 바꾸어놓은 것은 아버지의 법과 딸(여성)의 관계에 대한 어떤 문제제기를 하기 위함이 아닐까?

　허영자의 시에서 가부장적 질서에 노골적인 적의를 드러내는 대목은 거의 눈에 띄지 않는다. 그러나 그녀는 여성의 고통에 대해 언급함으로써 문제를 제기하고자 한다. 시인이 보기에 한국의 여성은 "5할쯤은 죽어 있"다(「문득 바람이」, 제3시집, p.111).

　　흰 젖줄기
　　쏟아부을
　　땅덩어린 없더냐

　　살아 펄떡이는
　　심장을 받아 안을
　　가슴은 없더냐

한 목숨
수유(須臾)에 사르을
별빛 사랑도 없더냐

세상은
가시넝쿨 얼크러진
굴형

살 타는 땡볕의
원광(圓光)을 쓰고
차라리 너

내장에 불을 담은
땡고추가 되었더냐
여자야 한국여자야

— 「여자」(제4시집, p.143)

　세 번 반복되고 있는 "없더냐"에서도 알 수 있듯이 이 시에서 말하고자
하는 것은 부재와 결핍이다. 여기서 여자의 욕망의 대상이 단순히 생리적인
쾌락이라고 말하지 말기로 하자. 사랑의 담론을 바탕에 깔고 있기에 허영자의
시에 자주 등장할 수밖에 없는 '사랑'이 추구하고자 하는 것은 성적인 의미를
함께 포괄한 어떤 심리적인 희열이다. 이 시에서는 욕망을 만족시켜 줄 수
있는 통로가 차단되어 있다. 그런 맥락에서 '땡고추'는 출구를 찾지 못한 욕망
이 일으킨 내출혈의 상징이라 보아도 무방할 것이다. 우리는 그런 내출혈의
고통을 다음의 시에서 구체적인 형상을 통해 발견한다 : "잠들 줄 모르는 그리
움이여/출렁이는 관능이여/네 영혼과/육신의/끝없는 갈증이/마침내/천 길 벼
랑에 이마를 짓찧고/희디흰 포말로 부서지는/마조히즘의 절정이여."(「파도」,
제5시집, p.196). 그리고 이러한 내출혈의 반대편에는 버려지고 메마르고 텅

빈 상태를 보여주는 심상들이 있다. "아지랑이 질펀히/젖어 오는 봄 들판"에서 '두엄더미는 "문둥이처럼 썩고 있"고(「두엄」, 제4시집, p.141), 강변에서는 "쑥대머리 날리는" 갈잎 그 "버려진 아름다움이/몸을 부벼 외로이/모여 있"다 (「어떤 날」, 제3시집, p.103). 그처럼 버려지고 메마른 모습은 바로 자신의 내면의 모습이다.

> 사랑으로 다 못 채운
> 마음의 빈터엔
> 노래의 새나 와서
> 울고 있던가
>
> 노래로도 다 못 채운
> 마음의 빈 터엔
> 억새풀만 희허옇게
> 서걱이느니
>
> 바람따라 희허옇게
> 서걱이느니.
>
> — 「마음의 빈 터」(제4시집, p.168) 전문

마음의 빈터에서는 "억새풀만 희허옇게/서걱이"고 있다. 'ㅎ''ㅋ''ㅅ'의 소리들이 'ㅡ''ㅓ''ㅣ'의 소리들과 서로 어울려 내는 그 텅 빈 마음의 소리를 들어 보라. 「파도」에서 보았던 것처럼 벼랑에 이마를 짓찧는 형상도 그렇지만 이 시의 공간에 울려 퍼지는 고통의 소리는 삶을 파괴한다. 찢겨진 상처가 치료되지 않고 공허가 채워지지 않는다면 그런 삶은 살아 있으면서도 죽은 것과 진배없는, 시인의 말을 다시 빌려오면 "5할쯤'은 죽어 있는 것과도 같다. 그러나 과연 무엇이 죽음과도 같은 삶에 생기를 불어넣을 수 있을 것인가

? 허영자의 연시들은 바로 그 질문에 대답하기 위한 기나긴 시적 순례이다.
   허영자의 시에서 '여성성'의 문제는 매우 중요한 주제 가운데 하나이다.
세 번째 시집의 첫머리를 장식하고 있는 다음 작품은 그 문제와 긴밀히 연관되
어 있다.

> 꽃아
>
> 정화수에 씻은 몸
> 새벽마다
> 참선(參禪)하는
>
> 미끈대는 검은 욕정
> 그 어둠을 찢는
> 처절한 미소로다
>
> 꽃아
> 연꽃아

— 「연(蓮)」(p. 93) 전문

진흙 속에서 자라는 식물이지만 정결하고 고귀한 느낌을 주는 꽃 때문에
연(蓮)은 많은 예술 작품의 소재가 되었다. 이 시는 연꽃의 그런 생리적 특질인
'처염상정'(處染常淨)을 노래한 작품이다. 이 시의 특별함은 진흙의 공감각적
비유인 "미끈대는 검은 욕정"에서 볼 수 있는 것처럼 외부의 환경을 내면의
속성으로 옮겨 놓은 데 있다. 그러한 전위의 결과로 연(蓮)의 '상정'(常淨)은
그것의 본래적 속성이 아니라 어떤 과정에 따른 것, 혹은 어떤 투쟁에 따른
것이 된다. 연(蓮)에는 '미끈대는 검은 욕정'이 있으며, '어둠'이라는 낱말에서
도 확인되듯이 그것은 이 시의 화자에게는 부정적인 것으로 평가된다. '연꽃'

은 어떤 부정적인 것을 극복한 존재가 짓는 미소와도 같다는 것이 화자의
생각인 듯하다. 화자는 그 미소가 '처절한'것이라고, 다시 말해 더할 나위
없이 애처로운 것이라고 말한다. 이 시에서 '미끈대는 검은 욕정'은 존재의
외부에 있는 것이 아니라 존재의 내부에 있는 것으로 설정되어 있다. "그
어둠을 찢는" 행위는 결국 스스로를 찢는 행위가 된다. 어떤 경우든 미소는
기쁨의 표현이다. 설령 부분에 불과하더라도 스스로를 찢음으로써 얻게 되는
기쁨은 마조히즘에 가깝다. 어떤 존재의 내면에 부정적인 것이 도사리고 있다.
그 존재는 그것을 부정해야만 하는데, 그렇게 해야만 그것은 긍정적인 어떤
것으로 전환될 수 있기 때문이다. 「연」에서 파악할 수 있는 것과 같은 의미의
맥락은 이 시인의 두 번째 시집에 실렸던 다음 작품을 돌아보게 한다.

불길 속에
머리칼 풀면
사내를 호리는
야차 같은 계집

그 불길 다스려 다스려
슬프도록 소슬한 몸은
현신하옵신 관음보살님
― 이조 항아리.

― 「백자」(p.83) 전문

이 시는 백자가 만들어지는 과정을 인간과 연관된 어떤 역동적인 과정과
겹쳐 놓은 것이다. "사내를 호리는/야차 같은 계집"의 형상은 자기(瓷器)를
굽는 불길 속에서 시뻘겋게 달아오른 자기 그 자체의 모습일 것이다. 그리고
"슬프도록 소슬한 몸"의 형상은 완성된 백자의 모습일 것이다. 여기서 전자와
후자 모두 '몸'의 형상이라는 점에서 그 양자를 '육체'와 '영혼'의 대립으로

보기는 어렵다. 차라리 동일한 어떤 존재의 질적 비약과 연관된 전후 단계로 파악하는 것이 더욱 타당할 듯하다. 아무튼 우리는 「백자」에서도 「연」의 경우와 유사한 이야기의 맥락을 발견한다: 부정적인 어떤 것이 부정되어야만 긍정적인 것으로 전환된다는 것, 그리고 그렇게 긍정적인 것으로 전환된 것이 매우 슬퍼 보인다는 것.

‘야차 같은 계집’이나 ‘미끈대는 검은 욕정’과 같은 형상은 아버지의 법의 울타리에서 어떤 위치에 놓일 수 있을까? 아마도 그것은 부정적으로 평가되는 것들의 편에 속하게 될 것이다. 그리고 당연히 “현신하옵신 관음보살님”이나 “정화수에 씻은 몸”의 형상은 긍정적으로 평가되는 것들의 편에 놓이게 될 것이다. 두 작품의 화자는 어떤 형태로든 전자보다 후자에 무게 중심을 둔다는 점에서 그들은 아버지의 법을 받아들이는 것 같다. 그러나 그들은 아버지의 법이라는 체제의 평가에 전적으로 동의하는 것 같지는 않다. 그것들을 다스린다는 점에서는 부정하고 있지만, “처절한”과 “슬프도록 소슬한”이라는 묘사를 통해 역설적으로 그것들을 긍정하기도 하기 때문이다. 내면의 뜨거운, 때로 파괴적인 모습으로 분출될 수도 그런 불길을 다스림은 여성이 아버지의 법과 화해하기 위해 지불해야 하는 대가일까? ‘여성성’과 ‘모성성’을 동시에 지닌 여성이 법의 완전 준수도 피하고 사회성으로부터 완전히 추방되지도 않고 살아가는 길은 무엇일까? 허영자의 시들은 그러한 질문을 하게 만들면서 동시에 그 문제를 풀어나가는 과정을 보여준다. 그런 점에서 우리는 허영자의 시를 부드러우면서도 도저한 여성주의의 유효한 참조항으로 기억해도 좋을 것이다.

허영자의 시와 무위자연의 시학
— 『기타를 치는 집시의 노래』와 『목마른 꿈으로써』를 중심으로

송영순*

1. 들어가기

허영자는 1960년대 순수시와 참여시가 문단의 쟁점이 되고 있을 때 등단한 시인이다. 그는 시단의 조류를 넘어서서 변함없이 서정성이 짙은 시를 써서 1960년대 가장 역량 있는 여성시인으로 자리 매김해 왔으며, 여성적인 예리한 감수성과 독특한 모순의 시학을 통해 세계 속에 놓인 자아에 대한 탐구를 지속적으로 해 왔다.

그의 시는 '정서와 감각과 관념이 통합된 질서를 지향하고 있으며, 그 속에 투영된 영혼의 궤적과 존재론적인 삶의 의미를 예리한 감수성으로 표현'[1]하여 '사랑과 모순의 시, 목마름과 절제의 시'[2], '육체와 영혼이 합일된 사랑'[3], '불꽃과 얼음이 미묘하게 공존하는 내면세계'[4]를 지닌 시인으로 평가되어 왔다. '끊임없는 자성과 자문으로 점철된 노력으로 인생의 단면과 함께 세계

---

* 한세대 강사
1) 정숙희, 「엄결성 또는 지적 서정주의」, 『전시집』, 494쪽.
2) 김재홍, 「갈망과 절제의 시」, 『전시집』, 377쪽.
3) 송하선, 「육체영혼이 합일된 사랑」, 『전시집』, 460쪽.
4) 한영옥, 「얼음과 불꽃」, 『전시집』, 598쪽.

와의 화해 지향이라는 정신세계의 확대, 점점 더 크고 순수한 사랑 찾기, 그리고 인간의 번민을 벗어나는 길의 모색'5)은 시인이 걸어온 시의 여정이었다. 그 길은 때론 따뜻하고, 열정적이고 회의적이었으나 결코 스스로를 놓치지 않은 자아성찰의 과정이었다.

그러한 과정은 첫시집『가슴엔 듯 눈엔 듯』(중앙문화사, 1966)에서『친전』(문원사), 1971),『어여쁨이야 어찌 꽃 뿐이랴』(범우사, 1977),『빈 들판을 걸어가면』(열음사, 1984),『조용한 슬픔』(문학세계사, 1990),『기타를 치는 집 시의 노래』(미래사, 1995),『목마른 꿈으로써』(마을, 1997)까지 일곱 권의 시집으로 이어진다6). 초기시부터 일관되게 흐르던 사랑에 대한 정열은 계속되면서 중기시를 너머 후기시에 이르면 점차적으로 변모한다. 제5시집『조용한 슬픔』에 오면 몇 가지 시적 변화의 조짐이 보인다7)는 암시와 같이 제6시집과 제7시집에 오면 그 변모된 것을 확연히 알 수 있다.

시인의 시쓰기는 자기 존재의 확인이라는 거창한 명제를 내걸면서 회의하고 주저하였지만 부단한 의혹과 머뭇거림이 자신을 구원해 주었다.8) 후기시에 오면서 사물에 대한 관조의 시선은 개인적인 자아탐구를 넘어 보편적인 삶의 존재론적 탐구로 더 깊어지는 노장의 무위자연을 발견할 수 있다. 초기시에서 보여준 사랑과 열정, 기다림의 미학은 어느 정도 가라앉고 삶과 죽음,

---

5) 배영애,「自省과 自問의 시학- 허영자의 70년대 시를 중심으로」,『한국문예비평연구』, 2000, 102-103쪽.

6) 지금까지 단행본으로 낸 시집은 7권이며, 그 외 시선집과 수필집은 다음과 같다.『그 어둠과 빛의 사랑』(열음사, 1985),『내 작은 사랑은』(예전사, 1986),『슬프지 않은 뒷모습은 없다』(정맥, 1989),『사랑이 있기에 고통은 아름답다』(자유문학사, 1989),『암청의 문신』(미래사, 1991),『휘발유 같은 여자이고 싶다』(시학사, 1992),.『사랑과 일을 거리에 맡기고』(동화출판사, 1992.),『우리들의 사랑을 위하여』(자유문학사, 1996.),『무지개를 사랑한 걸 후회하지 말자』(좋은날, 1998.),『허영자 全詩集』(마을, 1998),『허영자 수필집』(마을, 1998.)

7) 박진환,「허무의 시적 변증법 혹은 승화」,『전시집』, 416쪽.

8) 허영자,「여섯번째 시집을 엮으면서」,『허영자 전시집』, 마을, 1998, 261쪽.

인생, 자연에 대한 깊은 성찰로 이어진다. 이 두 시집은 시인의 나이 중년을 막 지나고 있는 시점이 되면서, 그 무렵 시인은 개인적으로 외동딸을 프랑스로 시집을 보낸 시기에 해당하므로 철저히 고독한 존재로서 단독자가 된다. 고독한 단독자는 특히 가을이 소재가 된 경우가 많은 것을 들 수 있다. 가을은 계절로서의 의미뿐만 아니라 인생의 가을을 관조하는 것과 다르지 않다. '부재', '멸', '완행열차', '사막', '폐차', '운명', '봄 한철'등의 제목에서도 암시하듯이 허와 무를 통한 존재성, 사라져 가는 찰라와 순간의 시간성 등을 통해서 삶을 깊이 있게 성찰하여 앞선 시집과는 다른 경향을 보인다.

따라서 본고에서는 여섯 번째 시집『기타를 치는 집시의 노래』(1995)와 일곱 번째 시집『목마른 꿈으로써』(1997)를 중심으로 허영자의 대표적인 기법인 모순의 시학이 노장의 언술 구조와 어느 지점에서 연결되는지를 살피고, 시의 배경에 깔려 있는 허와 무을 통해 시인이 탐구하고자 하는 지향점을 찾아보며, 그것의 연결점이 되는 운명적인 시인으로서 자아성찰의 의미를 노장과 연결지어 고찰하는 데 의미를 둔다.

2. 허영자 시의 모순어법과 노장의 언술 구조

허영자 시의 기법은 한 편의 시에 대립된 시어를 나열하는 것이 특징이다. 대립된 시어들은 '얼음/불꽃, 영혼/육체, 물/불, 사랑/미움, 웃음/울음, 적의/관능, 부끄러움/엄격함, 맑음/매움'등의 모순어법으로 사랑의 이중성, 인간의 욕망과 절제, 갈등과 충돌 등으로 나타난다. 이러한 대립된 감정과 감각은 어느 한 곳에 치우치지 않고 모두를 수용, 긍정하는 것이 허영자 시의 강점이며, 모순의 시학이라고 할 수 있다. 이것은 크기의 대소에 따라 사물을 구분 짓지 않은 노장적 사유와 연결지을 수 있다.

노장에서 말하는 도는 무의 계열과 유의 계열이 일원론적으로 통일된다는 것도 아니고 이원론적으로 대치된다는 것도 아니다. 도는 유/무, 상常/비상非常, 묘妙/요徼의 관계가 데리다가 말한 차연과 보충 대리의 법칙이다.[9] 차연과 연기로서 무와 유의 대립이 이원론이 아닌 것처럼 노장의 언어관은 부정과 역설로서 본질을 해체해서 존재성을 드러낸다. 부정과 역설은 긍정에 대한 부정이며, 부정에 대한 긍정이다. 이것은 서로 대립적인 것을 통해 분리의 의미보다 통합의 의미를 드러내는 언술 구조로 설명된다. 그래서 노장사상에서 말하는 언술 구조는 주체와 객체를 분리하여 차이 성을 드러내면서 일체성을 강조하는 기법이 된다. 즉 차이를 통하여 사물의 본질을 파악한다는 것이다.

허영자의 시에는 이러한 대립적인 개념을 통한 모순 어법이 그의 초기 시부터 꾸준히 드러난다. 특히 인간의 모순적인 감정을 사물의 대립을 통하여 긍정적인 이미지와 부정적인 이미지의 결합으로 한 편의 시를 탄력 있게 해주는 역할을 한다. 아래 시 「찔레꽃」에서 그것을 발견할 수 있다.

가시와 꽃이 위태롭게 나란히
적의와 관능이
부딪칠 듯 나란히

울음과 웃음을
한 가지 머금은
모순의 향기
하얀 찔레꽃.

— 「찔레꽃」

‘가시와 꽃’, ‘적의와 관능’, ‘울음과 웃음’은 서로 대립되는 개념이다. 찔레꽃은 꽃이라는 부드러운 속성을 지니고 있지만 가시를 지닌 점에서 적의와

---

9) 김형효, 『노장사사의 해체적 독법』, 청계, 1999, 58쪽.

관능, 울음과 웃음의 양가적 감정을 갖게 된다. 그러나 그것을 하나로 통합하는 것이 바로 향기이기에 대립된 개념의 해체는 통합의 의미를 더 강조하게 된다. 여기에서 찔레꽃의 이중성이 인간의 본질과 다르지 않다는 숨어 있는 뜻을 발견할 수 있다. 서로 상반된 개념들의 포착이 모순어법이 된다. 모순이란 서로 어긋나는 부정적 의미이지만 그 부정적 의미가 하나의 의미인 꽃을 형성하는 긍정의 의미로 존재론의 표현 방식이다. 일반적으로 꽃은 아름다움의 대표로 표현되는 것에 비하여 허영자는 노장적 사유로서 아름다움과 추함을 지닌 꽃의 본질을 통해 존재성을 드러낸다.

찔레꽃의 가시는 아름다움의 부정적 가치이기에 적의를 품은 대상이 되어 울음의 감정을 품는 면이 있고, 한편으로 꽃이라는 아름다움은 관능이기에 긍정적 의미에서 웃음을 주는 면도 있다. 이 두 상반된 관념은 하나의 향기로 귀결되는 긍정을 하나로 통합한다. 그는 꽃의 관능적이고 웃음일 수 있는 세속적인 관념을 긍정하면서도 가시를 달고 있는 적의와 보이지 않는 울음의 부정적 가치까지 긍정한다. 즉 상반된 모순은 부정이며 곧 긍정이 되어 눈으로 볼 수 없는 숨어 있는 진실을 획득한다. 이러한 점에서 「찔레꽃」은 시인의 관찰력과 사유력이 매우 뛰어나다고 할 수 있다.

> 세상 사람들이 모두 아름다움을 아름답다고 여기는 데서 추함이라는 관념이 나온다. 마찬가지로 착하다고 여기는 데서 착하지 못함이라는 관념이 나온다. 그러므로 유(有)와 무(無)는 서로 그 대립 자로부터 생겨나고, 어려움과 쉬움은 서로를 채워 주며, 김과 짧음은 서로를 분명히 해주고, 높음과 낮음은 서로 의논하며, 음(音)과 성(聲)은 서로 조화를 이루고, 앞과 뒤는 서로를 따르게 마련이다.[10]

노자는 존재하는 사물의 양상을 무와 유, 어려움과 쉬움, 길고 짧음, 높음과

---

10) 노자, 2장, 『노자도덕경』, 범우사, 1988, 24쪽.

낮음, 음악과 소리, 앞과 뒤의 어느 한 쪽에 고정되어 있는 것이 아니라 서로
대치의 관계에 있음으로 서로의 본질을 파악할 수 있다는 것이다. 서로 대립적
인 존재가 아니라 그 이면에 있는 서로의 개념에 의지해서 본질을 드러내는
것이다. 장자도 "저것은 이것에서 나오고 이것은 저것에서 나온다"[11]고 표현
하여 서로 대립되는 것이 아니라 근본적으로는 하나에서 나온 것이라고 설명
하고 있다. 데리다가 말하는 차연과 연기의 법칙이다. 無와 有의 상호 역동적
인 관계에 의해서 만물은 존재한다는 것이다. 그 차이를 통하여 근본적인
것을 파악할 수 있다.

허영자도 이와 같은 노장의 사유구조로 인간의 양가적 감정을 인정함으로
써 인간 본질의 의미를 획득한다.

인간이란 참으로 신묘한 존재인 것만은 틀림없습니다. 더할 수 없이 위대
한 면이 있는가 하면 더할 수 없이 치졸한 명도 있습니다. 한없이 우둔한
점이 있는가 하면 놀랄 만큼 현명한 점도 있습니다. 참으로 선량한 속성이
있는가 하면 무섭게 난폭한 속성도 동시에 지녔습니다. 속된 면이 있는가
하면 성스러운 면도 있고 아름다운 요소가 있는가 하면 추악한 요소 또한
지니고 있습니다. 뻗쳐오르는 불길이 있는가 하면 그 불길을 다스리는 이성의
냉철함도 있습니다. 충동과 견제, 타산과 초월, 이런 모든 모순된 요소들이
갈등을 일으키며 공존하는 것이 어쩌면 인간의 내면구조인지도 모릅니다.
나아가서 이는 우주의 혼돈과 질서에 연계되는 자연법칙인지도 모릅니다.[12]

인간은 위대함과 치졸함, 선과 악, 성과 속, 아름다움과 추함, 욕망과 냉철함,
충동과 견제, 타산과 초월 등의 모순된 요소들이 있기에 갈등을 일으키는
존재라는 것이다. 모든 인간에게 주어진 양가적 감정의 모순을 통해 인간의
존재론을 이야기하고 있다. 그것이 우주의 법칙이며 자연의 법칙이라는 근본

---

11) 장자, 제물론, '披出於是 是亦因彼'
12) 허영자, 「불면의 청춘에게 띄우는 사랑론」, 『허영자 수필집』, 마을, 1998, 281쪽.

적인 실존에 대한 명상이다. 그래서 그의 시는 에로스의 해방을 보여주는 관능 표출이 아니라 육체적 긍정을 통한 영육의 화해를 획득하고자 정신적 지향을 위한 변증법13)이 된다. 영혼과 육체의 갈등을 통해 정신적인 지향점을 찾으려 했던 갈등은 이미초기 시부터 드러난다. 육체적 본능의 주체와 이성적인 주체가 공존하는 사랑의 노래14)는 모순어법을 통해 얻을 수 있는 인간 본질이 된다.

그래서 허영자는 인간의 내면 속에 잠재해 있는 양가적인 감정을 주저함이 없이 드러낸다. 찔레꽃에서 보이고 있는 관능과 적의, 울음과 웃음의 모순은 모두 하나라는 깨달음인 도의 세계를 표현한 노장적 사유이다. 초기 시에서 보인 '친전' 계열의 시에서도 모순어법을 즐겨 사용하여 육체적 삶의 역동성을 공통과 견딤, 죄의식과 욕망의 이분법으로 "초월적 세계를 거부하며 육체적 존재로서의 인간적 삶을 자신의 존재 속으로 수락한 의지"15)로 드러내었다면 이 무렵은 사물에 대한 응시가 삶의 관조로써 자연의 숙명에 따르는 초월의 경지를 읽어내는 견성으로 이어진다.

소나무는
그 청청하고 긴
시간에 순명커니

양귀비는
그 짧으나 뜨거운
순간에 순명커니

---

13) 박진환, 「허무의 시적 변증법 혹은 승화」, 앞의 『전집』, 407쪽.
14) 송하선, 「육체와 영혼이 합일된 사랑」, 앞의 『전집』, 451쪽.
15) 김문주, 「고요 속 들끓음, 육체와 영혼을 넘어서려는 역동성의 시학」, 『서정시학』, 2002 겨울, 115쪽.

뉘우침도
원망도 없어라
내 청춘 양귀비 사랑

— 「공의로움」

위의 시의 핵심은 시간에 대한 초월성이다. 소나무와 양귀비의 삶은 시간상으로 서로 다르다. 소나무는 청청해서 오래 살지만 양귀비는 뜨겁게 살기에 짧게 살 수밖에 없는 숙명론이다. 장자에서 말하는 무용의 미학을 드러낸 시다. 삶의 시간이 길고 짧은 것에 연연하지 않는 자연의 법칙을 긍정하는 사유로 있는 그대로의 무위의 삶을 드러낸다. 모든 사물은 그 나름대로 유용의 미를 지니고 있다고 한 노장과 같이 허영자도 소나무의 긴 생명과 양귀비의 짧은 생명의 차이를 양의 크기로 잴 수 없다는 것이다. 그래서 뉘우칠 것도 원망할 것도 없다는 초월로서 정신적 자유를 갖는다.

노장에서는 공간의 크고 작음과 시간의 길고 짧음을 비교하여 만물의 대소를 결정하지 않는 초월한 경지를 해명한다. 초월의 경지는 무하유의 경지이며 절대 자유의 정신적 소산이다. 즉 길고 짧음에 대한 천리의 순응인 和를 바라볼 수 있는 사람만이 정신의 한없는 자유를 체득하여 '無何有'의 세계에서 노닐 수 있다. 길고 짧음이 있음으로 그 자체가 바로 조화라는 것이며 자연의 질서라는 것이다. 소나무의 청청함과 양귀비의 정열적인 삶이야말로 인간의 내면에 숨어 있는 양가적 감정이며 이 두 감정의 포용이 곧 '공의로움'이라는 제목에서 의미하는 바와 같이 어느 한 쪽으로 치우지지 않는 조화의 세계이다. 마지막 연에서 양귀비 사랑이었던 청춘임을 고백하는 심정에서 이순이 넘은 삶에 대한 시인의 초월성을 발견할 수 있기 때문이다. 뉘우침도 원망도 없는 삶에 대한 초월성이 후기시의 한 특징이라고 할 수 있다.

그래서 시인은 특별히 어느 한 편만을 지향하지는 않는다. 시 「급행열차」에서 급행열차를 놓치고 완행열차를 탐으로 해서 '조그만 간이역의 늙은 역무원/

바람에 흔들리는 노오란 들국화/애틋이 숨어 있는 쓸쓸한 아름다움'을 발견한
다. 완행열차를 타고 천천히 오면서 '서두름 없는 인생의 기쁨'을 찾는다.
원숙한 삶에 대한 새로운 성찰이다. 이처럼 따뜻함/차가움, 밝음/어둠, 행복/불
행(시「안과 밖」에서)으로 대비적 이미지를 나열하거나, 너무 예쁜 꽃이기에
꺽고 싶고, 꺽고 싶지 않는(시「풀꽃에게」에서) 인간의 양가적인 감정을 통해
인간의 모순된 존재성을 드러내고 있다고 할 수 있다. 인간의 양가적 감정을
사물의 이중적인 속성을 드러냄으로써 모순으로 끝나지 않고 그 속에 숨어
있는 세계의 기호를 읽어내는 한 방법임을 알 수 있다.

존재하는 모든 사물을 어느 한 곳으로 치우치게 해석하는 것이 아니라 서로
대치되면서 서로의 본질을 파악하는 노장의 언술 구조와 모순의 시학은 닮아
있다고 할 수 있다. 이 모순의 시학은 어느 한 편으로 치우치지 않는 미의
추구로, 보이지 않는 숨어 있는 이면을 인정하면서 보다 본질적인 것을 파악하
려는 의지로 볼 수 있다. 그것은 인간의 본질, 사물의 본질이기 때문이다.
그가 추구했던 미는 관능적인 미의 추구가 아니라 그 속에 숨겨져 있는 도의
세계를 통해 삶에 대한 본질적이고 근원적인 미를 발견하려 한 것이다. 근본적
이며 본질적인 미에 대한 접근이 바로 노장사상이며, 허영자 시인이 추구하는
모순을 통한 우주론의 이해라고 할 수 있다.

3. 허와 무의 무위정신

모든 세계란 언제나 자아 속에 들어 있다. 시인의 눈길이 닿는 곳에는 언제
나 우주의 한 공간과 시간이 있으며 그것에 투영된 거울은 곧 시인의 자아와
세계가 만나는 자리가 된다. 그 눈길은 때로 따뜻하고 아름답고, 작고 보잘
것 없는 것이지만 시인의 시선에 닿으면서 우주의 한 귀퉁이로 숨쉬면서 움직
이는 사물이 된다. 있음 그대로의 삶을 무의 세계로 인식하고 있는 세계에

대한 사유는 무위의 삶과 이어진다. 허영자 시인의 무와 허는 곧 비움과 채움, 있음과 없음의 인간적인 인식을 넘은 '허', '무'인 세계라는 것이다.

        뼈만 남은 고가(古家)가
        삐걱이고 있었다

        엉머구리 울음조차
        숨 죽인 적막

        쇠어빠진 쇠비름이
        신발 없는 댓돌을 에워싸고 있었다.

— 「고향」

        한 마당
        그득히
        부신 햇빛 속에

        흰 서답만
        푸르게
        바래이고 있었다.

— 「부재」

　　고향은 마음 속에만 있는 幻의 세계이고 무의 세계이다. 그 환의 세계가 현실로 드러날 때는 무의 세계가 된다. 무의 세계는 '뼈만 남은 古家'와 '쇠어빠진 쇠비름'은 '신발 없는 댓돌'과 이어지면서 사라진 시간과 공간을 함께 어우른다. 古家는 幻인 고향의 현실적 공간이며, 그 공간을 대체하고 있는 '쇠어빠진 쇠비름'의 자연 상관 물이 된다. 고향이라는 환의 공간은 무의 공간으로 설정되지만 다시 자연 상관 물로 유의 공간을 획득한다. 즉 인위적인

古家는 사라져도 '쇠어빠진 쇠비름'의 무성한 생명력은 자연의 질서로서 존재하는 유의 세계가 된다는 것이다. 이는 천지는 변하여도 그 본질은 변하지 않는다는 우주의 흐름을 파악하고 있는 시인의 시선이다. 시 「고향」에서 보이고 있는 허와 무의 세계는 '신발 없는 댓돌을 에워싸고 있는 적막'의 존재성으로 무와 유를 동시에 드러낸 사라짐의 미학, 존재의 미학이라고 할 수 있다.

「부재」도 허와 무의 공간으로 충만한 세계를 드러낸 시이다. 햇빛과 흰 서답만 있는 부재의 공간을 설정하고 있지만 그 이면에는 충만한 세계를 만날 수 있다. 햇볕은 그득하지만 아무 것도 없고 흰 서답만이 푸르게 바래고 있다는 1차적 언술은 분명 허의 공간이다. 허의 공간은 다시 있음으로 충만하게 된다. 제목이 시사하는 '부재'는 있음에 대한 반어적 기법이다. 없음이 곧 있음으로 치환되는 것은 햇빛의 이미지와 푸른색의 이미지이다. 환한 햇빛아래 푸른색의 이미지는 의미공간을 훨씬 넓혀주는 역할을 한다. 푸른색의 이미지가 더 충만해지는 것은 흰 서답이 바래고 있다는 것에서 더 확장된다. 즉 또한 '서답만'으로 한정하여 아무 것도 없다는 것을 강조한 듯이 보이지만 '흰 서답'이 '푸른 색채'로 이미지의 변환을 갖기에 시각적으로 충만한 이미지가 연출된다.

「고향」에서의 '적막'과 「부재」에서의 마당 가득한 '햇볕'은 삼라만상이 존재하는 세계의 중심이다. 다시 말하면 공간의 부재인 허를 드러내어 전체 이미지가 부재의 이미지를 주도하는 것처럼 보이지만 실상 햇빛을 받은 흰 서답이 푸르게 변화하는 과정까지 읽어내면 마당의 공간은 충만의 공간으로 확대된다. 햇빛을 풍성하고 받고 있는 하얀 서답이 푸르게 전이되는 과정에서 공간에 대한 거리가 확대되는 시각적 이미지를 제공한다. 흰색은 서답의 낱낱에서 볼 수 있는 색깔이라면 푸른색은 멀리서 볼 때 넓은 공간을 차지하고 있는 무리의 개념으로 보이는 색깔이기 때문이다. 이는 곧 텅 비어 있는 공간이 무한대로 넓어지는 충만의 한 표현이다.

▲ 『목마른 꿈으로써』

위의 두 시는 비어있음의 '허'와 '무'의 이미지를 통해 '空'의 대비적 이미지인 '色'를 드러낸 기법이라고 할 수 있다. 부재의 무상감이 허무 그 자체로 끝나는 것이 아니라 그것을 수용하면서 새로운 지향점을 드러내는 존재의식의 표현이라고 할 수 있다. 이는 '無/有', '虛/滿', '空에/色 '의 대립적 기호를 넘어 의미를 지닌다는 장자의 무위적 사유라고 할 수 있다. 따라서 「고향」과 「부재」에서 보이고 있는 부재의식은 역설로 읽는다면 결코 무로써 표현되는 허무의식은 아니다. 허무의식은 부정정신을 통해 보다 확대된 상상력의 지평을 연 무궁의 사유라고 할 수 있다. 노장의 자연은 인간의 의식과 감각으로 그 본질을 인식할 수 없기에 오직 무위로써 얻을 수 있기 때문이다.

이와 같이 허영자의 우주론은 허와 무에 있는데, 최근 시인이 한 대담에서 다음과 같은 말을 남긴 것을 보면 그의 허무의식의 실마리를 캘 수 있다.

저는 스스로 허무주의자라고 생각해요. 사실 삶이란, 생명이란 허무한 것입니다. 그러나 그와 같이 허무하다고 해서 그것이 근본적으로 부정되는 것은 아니지요. 삶이, 생명이 순간뿐임을 알기 때문에 오히려 그것을 긍정하고 사랑할 수 있다고 생각해요. 순간이기 때문에 소중하고 순간이기 때문에 매달릴 수 없는 것이기도 하지요[16].

허영자의 허무의식은 허무 자체로 해석하지는 않는다. 허무를 근본적으로 부정하지 않고 긍정하면서 그것을 수용하는 태도를 갖고 있다. 사물과 인간의

---

16) 강웅식, "자홀(自惚)의 춤과 견고한 응집", 서정시학, 2002. 겨울, 82쪽.

삶에서 느끼는 허무의 무상감은 우주 생명의 존재가 순간성에 있다는 시간성
에 대한 순응으로 나타난다. 시간에 대한 순응은 숙명론자로서의 순응이 아니
다. 순간의 현현으로 삶의 역동성을 견디고 있기에 허무주의자가 아니라는
것이다. 유욕有慾을 '동動'이라 한다면, 무욕을 '정靜'이라 부를 수밖에 없어,
동/정은 서로 다르지만 그렇다고 대립되는 것은 아니다.[17] 시간에 있어 순간과
정지는 동과 정으로 반복되는 것이기에 욕망의 있음과 없음도 하나라는 것이
다. 순간에 대한 시간인식은 곧 삶의 욕망의 역동성이다.

삶에 대한 순응이 역동성으로 드러난 시에서 시간성을 살펴보면 순응이
곧 체념인 허무와는 다르다는 것을 알 수 있다. 우주의 실체를 끝없는 변화하
는 순간의 연속으로 보며, 삶 또한 끝없이 변화하는 순간성에서 존재성을
확인할 수 있기 때문이다.

> 과녁을 향하여
> 이제 막
> 화살을 날리려는 시윗줄
>
> 그렇게 당겨진
> 팽팽한 긴장감의
> 삶과
> 사랑과
> 죽음
>
> 애인이여
>
> 오늘도 나는
> 시윗줄을 품은

---

17) 김형효, 42쪽.

가슴을 내밀고
바람 속을 걷는다.

— 「자세」

하늘에
빗금을 그으며
내리는 가랑비

G펜으로 그린
엷은
찰나의 수채화

아, 아마도
공중에 흩뿌리는
저 빗금에 불과할 너와 나

— 「빗금」

「자세」의 시에서 보인 '화살의 팽팽한 시윗줄의 긴장감'과 「빗금」에서 보이고 있는 '찰나의 빗금'은 우주가 움직이는 순간을 표현한 시이다. 과녁을 향해 질주하는 시윗줄의 팽팽한 긴장감이 삶의 본질인 역동성이며, 빗방울이 공중에서 지상에 닿기 전의 빗금이 현상적 움직임으로서 우주의 본질이다. 인위적인 화살의 팽팽한 긴장감과 자연의 현상인 빗금의 순간성을 만물이 순환하는 도의 한 현상을 읽어내고 있는 시인의 상상력은 우주적 상상력으로 확대되어 예술적 경지에 이른다. 즉 삶과 죽음을 動으로서 情을 헤아린 천지 자연의 우주관이다.

공중에 흩뿌리는 빗방울을 빗금으로 포착하여 인간의 실존을 파악하고 있는 시인의 상상력은 뛰어난 우주적 상상력이다. 이러한 상상력은 장자가 '아지랑이와 티끌은 생물들이 불어내는 입김'18)이라고 한 우주의 상상력을 연상시킨다. 공중에 흩뿌리는 빗방울을 빗금으로 포착하여 인간의 실존을 파악하고 있는 점이나 화살의 시윗줄을 삶의 순간인 역동성으로 비유한 점은 매우 뛰어난 우주적 상상력이다. 상상력은 현실적이든 관념적인 모든 실재의 세계를 무한히 넘어서고 세계와 자아를 해체시키는 데서 시작하기 때문에 해체와 함께 상상력은 소요유로 상징되는 자유를 구가한다.[19] 초현실적인 공간에서 상상의 세계를 향유할 수 있는 우주적 상상력이야말로 허영자 시인의 시적 상상력의 원천이라고 할 수 있다.

노장은 자연을 변화 생성하는 존재로 본다. 사물의 외면만을 보고 논하지 않고, 자연의 입장에서 바라 볼 때에 천지간을 자유롭게 소요하며 자유롭게 살아갈 수 있다고 한다. 이런 의미에서 '바람 속을 거닐다'와 '공중에 흩뿌리는 빗금에 불과한'존재로서의 허무의식이 드러나지만팽팽한 화살의 시윗줄에서 느껴지는 역동성은 삶과 죽음 사이에 있는 현현으로서 '사랑'의 존재성이 더 두드러지게 강조된다. 사랑이 곧 삶의 '자세'가 되는 것이다. 시간의 흐름을 완료형에 두지 않고 진행형인 현현에 둠으로 해서 소요유의 경지를 누리는 자유정신으로의 삶의 역동성이다. 이것은 허무의식의 극복이자 삶에 대한 뜨거운 정열에 다름 아니다. 따라서 시인은 영원한 시간을 추구하지 않는다. 과거나 미래가 없는 오직 현현의 역동성으로 드러난 순간 성으로 삶의 자세를 갖는다. 그의 삶은 자세는 화살의 팽팽한 시윗줄의 긴장감과 허공 중에 흩트러지는 빗방울의 존재처럼 역동적인 삶을 추구하는 실존의 탐구에 있다.

4. 운명명적인 시 쓰기와 자아성찰

허영자 시인은 시의 여력이 40 여 년의 세월을 헤아린다. 여섯 번째의 시집

---

18) 장자, 소요유편, '野馬也 塵埃也 生物之以息相吹也'
19) 김형효, 앞의 책, 250쪽.

과 일곱 번째의 시집은 그러한 의미에서 그의 시의 역사와 삶의 무게를 한꺼번에 볼 수 있는 단서가 된다. "시는 나에게 있어 어쩌면 전생에서 이생까지 따라온 업보 같이"[20] 질기게도 삶의 일부로 함께 해 왔다. 삶의 업보는 그에게 무엇이었을까. "허망하고 허약한 것에 몸과 마음을 기대어 살아온 길, 그 길에서 얻은 낙수(落穗)"[21]이다. 허망한 것에 기대어 온 삶, 그 삶을 지탱하게 해준 것이 바로 시 쓰기였고, 그의 삶이었다. 그는 일찍이 '서정시인으로 끊임없는 자기 응시 내지는 자기 집중의 산물'[22]로 시를 써 왔다.

인생은 단 한 번인데 왜 하필 하고많은 일 중에서 시 쓰는 일을 하며 하고많은 이름 중에서 시인이라는 이름을 가졌단 말인가. 왜 일생을 여기에 걸어야 한단 말인가. 피상적으로는 물론 나의 선택이 되겠지만 이것은 나의 기질과 체질, 그리고 환경이 내게 지운 운명이다. 그래서 나는 '이것은 업보다'하고 혼자 뇌일 적이 많다. 때로 나는 시인이라는 이름이 영광스러울 때도 있지만 이 업보와 운명이 한스러울 때도 많다. 비록 작은 일이지만 한 예감이 적중하였을 때, 혹은 논리나 지성 아닌 직관으로 사물의 진면목을 파악하였을 때, 나는 기쁘기 한량없다. 그러나 한없는 아픔, 한없는 괴로움, 한없는 슬픔, 한없는 외로움이 엄습할 때 예민한 감각과 감성은 채찍이며 형벌이다. 나는 몇 번이나 이 굴레를 벗어나려 애썼으며 탈출을 시도하였으나 이 덫을 벗어날 수 없었을 뿐만 아니라 탈옥하지 못한 죄수처럼 나는 스스로 제자리로 돌아오고 마는 것이었다. 다른 세계에서 나는 더욱 상처받고 어눌하고 어울리지 못하는 이방인이기 때문이다. [23]

시인이 된 지 40년이 되는데 등단 무렵부터 지금까지 스스로에게 두 가지 질문을 줄곧 해왔어요. 하나는 '과연 나에게 시인이 될 자질이 있는가'하는 것이고, 다른 하나는 '시 쓰는 일이 한번뿐인 이생을 바쳐 해봄직한 일인가?

---

20) 허영자, 「이런 생각」, 『허영자 수필집』, 마을, 1998, 571쪽.
21) 허영자, 시집『목마른 꿈으로써』(1997) 서문, 『허영자 全詩集』, 마을, 1998, 321쪽.
22) 김종길, 「허영자 시의 특질」, 앞의 전집, 394쪽.
23) 허영자, 「기질과 환경」, 『허영자 수필집』, 마을, 1998, 573쪽.

하는 것이었죠. 두 가지라고 했지만 서로 연결된 한 가지이고, 그러면서도 다시 분리되는 두 가지라고 할 수 있을 거예요. 재능 없이 감히 예술 행위를 한다는 것은 무모한 일이라고 생각해요. 단 한번뿐인 삶이 너무나 안타깝게 소모될 수도 있기 때문이죠. [24)]

시인의 기질과 체질을 운명적으로 받아들일 수밖에 없었고, 그로 인한 시쓰기를 평생 동안 해 왔다는 시인의 고백이다. 시를 쓰는 예민한 감각과 감성은 시인에게 채찍이었으며 형벌이었기에 탈출을 시도하지만 이방인처럼 40 여 년 동안 시를 썼다. 시가 무엇인지, 시를 쓰는 일이 무엇인지를 끊임없이 스스로 되물으며 회의와 반성을 거듭하면서 평생을 써 왔다는 것이다. 이처럼 평생을 바쳐 매진한 詩作은 "옷칠 어둠 위에/ 선으로 그리는 가냘픈 그림/금빛 혼신의 삶은/ 스스로 취하는 자홀의 춤"(시「야광충」5시집)이었고, 반딧불이의 삶, 어둠 속에서 날고 있는 '혼신의 삶'이었다. 곧 시인이 스스로 취하는 '자홀의 춤'으로 밤새워 꿈꾸는 고행이 바로 시 쓰기였다. "나의 시는 아프고 쓰라린 그 부끄러움을 쓸어모은 것"[25)]이기에 그의 고행은 때론 아름답고, 비어 있으나 결코 스스로를 방기하거나 놓치지 않는 절제의 연속으로 자아의 둥지를 틀어 왔다. 인간 본성의 욕망을 우회하지 않고 사랑이라는 주제를 가지고 영혼과 육체의 정직성을 노래해 온 시인의 자아성찰은 耳順의 나이에 접어들면서 더욱 깊어진다. 사랑에 대한 욕망은 삶에 대한 강한 욕망이며, 그 욕망의 힘으로 드러내고 있는 삶의 역동성은 끝나지 않는다.

여름 한낮을
소리없이 찢는 절규
'아무도 나를 못 막는다'
욕망의 늪을 향하여

---

24) 강웅식, 「자홀(自惚)의 춤과 견고한 응집」, 『서정시학』, 2002년 겨울호, 76쪽.
25) 허영자, 시집 『어여쁨이야 어찌 꽃 뿐이랴』, 범우사, 1977, 106쪽.

쉬지 않고 뻗쳐가는
시퍼런 손바닥

— 「호박잎」

「호박잎」은 힘찬 생명의 의지를 분출하고 있어 주목된다. 호박잎이 뙤약볕을 정면으로 받으면서 대결하고 있는 것에서 강한 생명의 역동성을 발견할 수 있다. 여름날 한 낮의 고요를 깨트리는 '아무도 나를 못 막는다'라고 절규하는 단호한 목소리에서 삶에 대한 집착과 의지를 볼 수 있다. '싸늘한 샘물처럼, 새파란 팻종처럼, 맑게, 맵게 '(시「무제」, 제5시집)살아가기를 희구하던 시인의 소망은아무도 말릴 수 없는 강한 생명력으로 드러나고, 욕망의 늪을 향하여 쉬지 않고 뻗쳐 가는 '시퍼런 손바닥'으로 묘사된다. 쉬지 않고 뻗어 가는 호박잎의 생명력은 삶에 대한 강한 의지를 반영한 것이다.

한편 이 시의 매력은 이미지의 혼합이다. 여름 한낮을 견디는 정신적 이미지와 시퍼런 손바닥으로 표현한 육체적 이미지의 결합은 영혼과 육체의 조화로운 삶을 추구하는 것으로 풀이할 수 있다. 앞선 시집에서 보인 영육의 갈등이나 욕망의 절제가 드러나지 않는 있는 그대로의 생명력을 인정하는 무위자연의 존재성이다. 또한 여름 한낮의 뜨거움이라는 감각적 이미지, 단호한 어조로 표현된 청각적 이미지, '시퍼런 손바닥'의 시각적 이미지의 공감각적 이미지는 이 시를 더욱 풍성한 시적 상상력의 지평을 넓힐 뿐만 아니라 역동성의 미학을 지니게 한다. 호박잎의 역동성은 자연 그대로 완결된 하나의 우주이다. 시인은 자연의 작은 떨림마저 포착하여 존재 그 자체를 인식하면서 시인이 지향하는 시정신과 삶의 의지가 존재하도록 하고 있다. 그것은 뙤약볕에도 한 점 흐트러지지 않는 시인의 고매한 정신과 삶의 열정이 충분히 반영된 것이라고 할 수 있다.

'호박잎'이라는 상관물을 통해 현상적 움직임을 읽어내고 있으며, 생명 존재의 본질을 통찰하고 있다. 햇볕으로 충만한 한낮의 고요를 깨트리는 소리없는 절규는 충만한 세계의 중심이며, 시퍼렇게 뻗어나가는 호박잎의 역동성은 생명의 존재자로서 자신을 투영하여 하나가 되게 하는 근원적인 세계를 만나고 있는 것이다.

근원적인 세계에 대한 인식을 감각적 이미지로 드러난 시가 「무제·Ⅰ」이다.

'뼈 속까지 시리다'

이 말의 참뜻을
가을에야 깨닫는다

그것도 인생의 가을에.

— 「무제·Ⅰ」

인생의 가을에서 참뜻을 발견한 진리는 무상 성이다. 뼈 속까지 시린 것의 정체는 바로 삶에 대한 존재의 허무이며 무위자연이다. 존재의 허무를 깨닫는 것은 가을이라는 계절과 어울리는 것이며, 삶의 무게와도 연결된다. 인생의 가을에 접어든 시인만이 표현할 수 있는 어법이며 젊은 날에 끝없이 추구하던 '불꽃과 얼음이 미묘하게 공존[26]하던 그의 열정이다. 삶에 대한 뜨거운 열정은 '뼈 속까지 시린'차가운 흔적으로 육체적 이미지로표현된다. 시리다는 것은 체온의 상실 내지는 체온과 체온을 건넬 수 없는 단절과 고독을 의미하여 단독자의 다른 표현이다.[27] 이처럼 이 시의 핵심 시어는 '시리다'이다. '시리다'의 감각적 이미지는 무상성의 육체적 감각을 넘은 존재의 깨달음이다. 이 깨달음의 경지는 비록 가을을 맞이하면서 얻은 것이지만 '그것도 인생의 가을'에서 깨달았다는 점에서 의미는 확대된다. 뼈 속까지 시린 참뜻은 바로 존재에 대한 본질을 탐구한 것이기 때문이다.

---

26) 한영옥, 「얼음과 불꽃- 내가 만난 허영자」, 앞의 전집, 598쪽.
27) 박진환, 「허무의 시적 변증법 혹은 승화」, 앞의 전집, 418쪽.

‘뼛 속까지 시린 참뜻’은 인간의 육체적 감각에서 얻을 수 있는 감각을 넘어 삶에 대한 깊은 성찰의 다른 표현이라고 할 수 있다. 知天命의 나이를 넘어 耳順의 道를 얻은 견성은 가을이라는 계절로서의 의미보다 인생의 가을을 관조하고 있는 근원적인 존재의식이다. 4행의 단아한 어조로 표현한 위의 시는 그러한 의미에서 선시적인 느낄 수 있다. 제목도 달지 않고「무제」로서 암시하고 있는 숨은 뜻은 그래서 더욱 깊은 울림을 준다. 마지막 3연에서 ‘깨닫는다’의 서술어를 생략함으로써 얻어지는 언어의 긴장감에서 엄숙함마저 느껴진다. 도는 무엇으로 이름을 지을 수 없다. 그래서 단 몇 줄만으로 명명하고 있는 시적 분위기에서 시인의 엄격성을 만날 수 있다. 무거운 침묵으로 여운을 남기고 있는 시적 분위기는 허무의식을 뛰어 넘는 자아성찰의 깊은 울림을 준다.

> 오늘 입 속 가득히 고이는
> 이 달디단 과즙이
> 한때
> 여린 잎새 다소곳한
> 꽃잎이었던 것은
> 얼마나 놀라운 일인가
> (중략)
> 정녕 무엇인가 나는
> 잘못하지 않았을까
> 소중한 걸 잃어버리지 않았을까
> 과일을 먹으며
> 이 가을은 목이 메어라
>
> —「과일을 먹으며」 1연과 마지막 4연

「무제·Ⅰ」에서 ‘시리다’는 육체적 이미지로 인생의 가을인 허무의 존재성을 드러내었다면 「과일을 먹으며」에서는 '달디단 과즙'으로 표현된 미각적 이미지를 통해 성숙한 가을을 드러낸다. 가을이라는 계절을 통해 삶의 존재성을 드러내는 기법은 같으나 「과일을 먹으며」에서는 고독하고 쓸쓸한 이미지와는 달리 열매라는 풍성한 이미지를 사용한 점이 독특하다고 할 수 있다. 과일이 달콤하게 여물 수 있었던 이치는 꽃송이 떨구고 뜨거운 여름을 견디며 안으로 단단한 씨앗을 잉태하는 과정에서 얻어진 고통의 시학이다. 달콤한 과일 속에 숨어 있는 단단한 새 씨앗을 맺기까지의 시간은 무의미하게 흘러간 것이 아니라는 깨달음이다. 달콤한 과일을 먹으며 그 이치를 깨달아 목 메이는 시인의 반성은 무엇일까. 한 편 한 편의 시를 인생의 가을까지 써 오면서 스스로 회고하는 자아성찰은 아름답다. 달콤한 열매로 성숙하기까지 거쳐온 시인의 시 쓰기는 고통과 인내로 견뎌온 견딤의 시학이라고 할 수 있다. 그러한 고통의 흔적은 사물에 대한 관조를 통해 얻어지는 관념의 일탈을 넘어도 획득한다. 주변에서 일상적으로 접하는 사물이지만 시인의 시선이 닿는 곳에서 사물은 또 다른 존재로 드러난다. 사물에 대한 응시는 곧 시인의 자아로 변이되기 때문이다.

한옥은 마치
살아 있는 것처럼
소리를 낸다

봄, 여름
가을, 겨울
계절을 따라서
눈 오는 날
비 오는 날
습도와 온도를 따라서

내가
마음의 깊은 상처를
짐승처럼 핥고 있을 때

기둥, 대들보
석가래, 문틀
마룻장이 내던 신음

다정한 연인처럼
한옥은
한숨 쉬며 함께 앓았다.

— 「한옥」

시 「한옥」은 장자가 말한 萬物一如, 萬物齊同의 사상을 시적으로 표현한 것으로 볼 수 있다. 만물일여는 천지와 만물이 나와 하께 하나라는 장자의 사상이다. 이는 주체와 객체, 대상과 시인이 하나로 인식되는 경지를 일컫는다. 한옥은 사계절의 습도와 온도를 따라서 소리를 낸다. 시인이 마음의 상처까지 짐승처럼 핥으며 아파하고 있을 때, 한옥의 기둥, 대들보, 석가래, 문틀, 마룻장 이도 신음을 낸다는 것이다. "천지는 나와 함께 오래 살고 만물은 나와 하나가 되어 있는 것이다. 이미 하나가 되었으니 거기 또 무슨 말이 있을 수 있겠는 가?"[28]

시인의 아픔이 곧 한옥의 신음이 되는 것이고, 한옥의 신음이 시인의 아픔 으로 전이된다는 것이다. 한옥이라는 사물과 시인이 동화되는 과정을 '신음' 이라는 청각적 이미지는 '함께 앓고' 있는 육체적 이미지로 확대된다. 사물인 한옥과 시인의 몸이 하나가 되는 것이다. 한옥은 시인의 몸이며, 정신이며, 집이다. 한옥이라는 사물을 통해서 또는 사물의 보이지 않는 곳을 볼 수 있는

28) 김달진 역, 『장자』, 고려원, 1987, 42쪽.

것이 도의 발견이다. 소리나지 않는 것에서 소리를 들을 수 있는 것이 변화하
는 만물의 본질을 파악할 수 있는 통찰력이다. 시인의 몸을 싸고 있는 집이라
는 사물을 통해 우주와 하나가 되는 놀라운 상상력이다.

5.나가기

　허영자는 40여 년 동안 끊임없이 자아와 세계, 인간과 우주 속에 안긴 채
시의 둥지를 틀어 왔다. 그의 둥지는 이 두 세계 속을 길항하면서 모순의
세계를 발견하고 나름대로 시 세계를 펼쳐왔다. 특히 후기시집에 속하는 제6
시집인『기타를 치는 짚시의 노래』와 제7시집인『목마른 꿈으로써』을 중심
으로 노장적 사유의 측면에서 살펴 본 결과 다음과 같은 특징을 발견할 수
있었다.
　허영자 시인의 특유한 기법인 모순어법은 바로 노장의 언술 구조와 결합되
면서 허무의식을 넘은 무위자연의 세계를 만날 수 있었고, 인간의 양가적
감정 때문에 갈등하는 모순적인 인간이 아니라 그것을 해체함으로 해서 인간
의 본질적인 존재를 탐구할 수 있는 독특한 모순의 시학을 발견할 수 있었다.
인간의 다 층적인 감정을 어느 한 곳으로 치우쳐 지향하고자 하는 것도 아니고,
인간의 존재를 일정하게 규정짓지도 않는다. 인간의 양가적 감정을 솔직하게
드러냄으로써 시인이 말하고 싶은 인간학이 거기에 있다.
　허무의 정신으로 일구어낸 그의 시는 스스로 회의하고 반성하면서 끊임없
이 탐구한 자아성찰의 과정이 된다. 삶에 대한 긍정적인 인식과 자기정화,
자아성찰의 도정에 이른 그의 미의식은 허무의 정신이며 무위의 정신이다.
시간에 대한 현현를 드러내는 우주적 상상력은 허영자 시인의 시적 상상력의
원천이 되어 우주 생성과 작용을 통해 인간의 궁극적인 실존을 탐구하고 있었
다. 인간은 바람 속을 거닐거나 공중에 흩뿌리는 빗금에 불과한 빗방울과

같은 존재로서 허무로 파악하면서도 화살의 시윗줄에서 발견한 삶의 역동성은 실존, 그 자체에 대한 탐구를 하고 있다. 곧 그의 허무의식은 우주의 상상력으로 한층 넓어지는 소요유의 정신, 무위정신에 근거한 삶의 역동성에 근원을 두고 있다고 하겠다.

그의 시 쓰기는 운명적인 업보에서 시작하여 끊임없이 사랑이라는 가장 보편적인 주제를 가지고 자아와 세계를 읽어낸 흔적이다. 후기 시에 오면서 자아에 대한 탐색은 앞선 시의 연장선에서 사물에 대한 관조를 넘어 인간과 자연, 인간과 사물이 일체가 되는 萬物一如의 장자사상과 만나고 있는 점이 독특하다고 할 수 있다. 자연과 인간의 조화, 사물과 인간의 교감을 통해 장자의 정신적 자유를 얻는 그의 시는 삶에 대한 깨달음, 성찰의 과정이었다.

따라서 후기시의 특징은 앞선 시집과는 달리 삶에 대한 성찰이 보다 깊어지고 우주의 존재론에까지 닿아 있게 된다. 앞선 시집에서 보인 개인적인 정서인 사랑의 모순, 삶의 모순적인 갈등을 넘어 보다 근원에 대한 탐구, 우주의 존재론으로 확대되고 심화된다. 그것은 모순의 세계를 끌고 가는 인간의 정서나 감각은 삶에 대한 깊은 자아성찰을 넘어 우주적 상상력으로 확대된다는 것이다. 그의 모순어법과 우주적 상상력은 인간의 근원적인 의식세계를 탐구하는 방법으로 제시하여 무위자연의 시 세계를 드러내고 있다고 하겠다. 곧 허영자의 시는 그의 삶과 시의 미학에 근거한 인간 탐구론의 시학이며, 무위자연의 시학이라고 할 수 있다.

성하(盛夏)의 한 때
— 허영자의 최근 시조를 중심으로

허윤회*

1. 머리말

『연인』이라는 소설로 잘 알려진 마르그리트 뒤라스는 자신의 죽음을 지켜보면서 글자를 새겨나가기 시작한다. 그의 글들은 한 인간의 마감을 임상 관찰하듯이 한 땀씩 이어진다. 어느 순간을 넘어서는 의미상의 해독이 불가능한 문자의 나열이 이어지곤 한다. 마치 문자가 지시하는 언어의 의미가 이미 초탈해버린 듯 했다. 그의 사후에 출간된 그의 문자 모음집(?)은 『이게 다예요』라는 제목을 달고 있다. 아마도 글쓴이는 문자의 의미보다도 문자를 산출하고 있는 자신의 존재와 행위를 드러내기 위하여 끝까지 손에서 펜을 놓지 않았으리라. 비록 자신이 산출하고 있는 언어가 의미로 분절되지 않을 지라도, 타인에게 전달이 불가능할지라도, 그것은 자신을 지탱시키고 있는 유일한 재산이라는 듯이 뒤라스는 움켜쥐고 내놓지 않았다. 그는 그런 행위만을 남겨놓고 생을 마감하였다.

시인 허영자를 생각할 때 떠오르는 것은 '어여쁨이야 어찌 꽃뿐이랴'라는 강렬한 시집의 제목이다. 『가슴엔 듯 눈엔 듯』(1966)과 『친전』(1971)에서 이어지는 그의 세 번째 시집 『어여쁨이야 어찌 꽃뿐이랴』(1977)의 장정은 그 제목과 함께 선홍색이 세로로 반분할 되어 있다. 그 옆에 먹으로 수놓듯이 붓으로 그려진 제자(題字)와 연꽃의 무늬는 묘한 부조화를 연출하고 있다. 그리하여 '어여쁨이야 / 어찌 / 꽃 뿐이랴'로 시작되는 그의 대표작 「긴 봄날」은 이내 그 자취를 잃는다. 다시 말하면 시인이 보여준 강렬한 섬광에 눈멀어 그 우수와 슬픔이 감추어진다는 말이다.

'숨어사는 / 섧은 정부(情婦) / 난쟁이 오랑캐 꽃 / 외눈 뜨고 내다본다 / 긴 봄날엔--'으로 마무리 지어진 「긴 봄날」은 시인의 완성을 향한 여정의 어떤 전환점을 의미한다. 자신의 고통을 보듬어 안기 위해 떠나야 했던 여행길에서 그 '섧은 정부'의 얼굴과 대면하는 것은 피할 수 없는 것처럼 보여 진다. 필자의 책상 위에는 허영자의 최근 시들이 한 묶음 놓여져 있다. 그는 몇 해 전에 『허영자전시집』(1998)을 통해 그의 시적 여정을 한자리에 엮어놓았다. 그런 그가 다시 시작에 매달리면서 100여수를 상회하는 시조들을 지어내었다. 허영자의 시 세계를 말할 때 시어의 리듬과 형식미는 빼놓을 수 없는 항목이다. 하지만 시조라는 형식은 그의 시 세계에 견주어 보았을 때 파격적인 실험처럼 여겨진다. 이를테면 시인 허영자는 자유시라는 근대시의 자장에서 크게 벗어나지 않았으며, 산문적 일탈을 가능한 자제하면서 고유한 시적 형식을 유지한 대표적인 한국의 여성시인이었다. 그런데 그가 시조를 짓고 있다. 그에게 있어 시조란 무엇인가? 그 형식적 지향이 의미하는 것은 무엇일까? 이것이 바로 이 글을 쓰면서 갖게 된 첫 번째 물음이었다.

2. 욕망의 형식

시조와의 관련성을 생각하면서 허영자의 이전 시들을 통독해보았다. 그런데 예기치 않은 몇 가지 발견을 이룰 수 있었다. 우선 지적할 수 있는 것은 허영자의 이전 시 세계에서도 아주 적은 분량이지만 시조의 형식이 발견된다는 사실이다.

숨이 가쁜 푸르름 둘레에 술렁여도
그리움이여, 떨리는 신열이여
오히려 한여름에도 춥고 또 추워라

— 「여름감기」

행여나 여기인가 거기에 가계신가
우거지 녹음 속에 숨어나 계시온가
끝없는 숨바꼭질로 이승을 헤맵니다.

— 「여름연서」 2연

위의 두 작품은 허영자의 시집 속에서 온전하게 시조의 형식을 갖추고 있는 작품들이다. 이 작품들은 시인의 시집 『빈 들판을 걸어가며』(1984)와 『조용한 슬픔』(1990)에 각각 수록되어 있다. 그런데 공통적으로 '여름'이라는 계절을 취하고 있다. 다시 여름을 소재로 한 작품을 찾다가 보니 다음의 작품에 눈이 멈추었다. 『어여쁨이야 어찌 꽃뿐이랴』에 수록되어 있는 작품이다.

바람난 과부처럼
흰 구름은 달리고……

그 치마끈을 쥔 채
애기구름 뒤따르고……

풀밭에 엎드려
스미랑 함께

바라보는 여름 하늘.

— 「여름 하늘」

　잘 알려진 바와 같이 시조란 3장 6구 45자 내외의 시가 형식이다. 고려 말에 유가의 사대부들에 의해서 불려지기 시작한 시조는 조선시대를 거치면서 지배적인 시가 형식이 되었다. 현재도 현대시조의 명맥은 끊이지 않고 이어지고 있다. 위의 「여름 하늘」이라는 시는 행의 구분을 없애면 시조의 형식과 근사하게 포개어진다. 허영자의 첫 시집인 『가슴엔 듯 눈엔 듯』의 첫 자리에 놓여진 「무량한 햇살로」의 첫 연도 시조의 형식을 연상케 하지만 이내 시조의 형식은 허영자의 시 세계에서 뒷전으로 물러나 있었다. 그러다가 그의 세 번째 시집에서 「여름 하늘」의 모습으로 부상한다. 「여름 하늘」, 「여름 감기」, 「여름 연서」를 나란히 놓고 비교한다면 허영자의 시 세계에서 시조 형식의 선택은 여름이라는 계절 감각과 긴밀한 관련이 있음을 알 수 있다. 자신의 딸과 풀밭에 누워 하늘을 바라보는 한가로운 시간이다. 흰 구름은 한정 없이 자유롭게 흘러가지만 한편으론 위태로운 모녀의 삶을 보여주기도 한다. 생명이 약동하는 성하의 한 때에 삶의 위기를 바라본다는 것이 허영자의 시에 숨겨진 여름의 의미이다. 시조의 형식이란 그런 위기의 순간을 지탱시켜주는 하나의 버팀목이라고 볼 수 있다. 그런데 그 형식은 일탈을 방어하면서 그 삶 자체를 관조적으로 바라보게 할 수 있는 여유를 빚기도 한다.

　견디는 것은
　혼자만이 아니리

　불벼락 뙤약볕 속에
　눈도 깜짝 않는
　고요가 깃들거니

외로운 것은
혼자만이 아니리

저토록 황홀하고 당당한 유록도
밤 되면 고개 숙여
어둔 물이 들거니
—「여름 소묘」

허영자의 여름을 소재로 한 또 다른 작품이다. 『목마른 꿈으로써』(1997)에
수록되어 있으며 가장 최근에 여름을 다룬 작품이다. 시 속에는 '견디는 것은
/ 혼자만이 아니리'라는 표현이 두 번 반복되고 있다. 흡사 '어여쁨이야 어찌
꽃뿐이랴'를 연상시키는 이 구절들은 5·7조를 이루고 있다. 이런 가정을
해볼 수 있다. 시인은 자신의 감상을 발산하려고 할 때 5·7조 내지는 7·5조
의 리듬을 사용하면서 동시에 감상의 제어를 시조의 형식을 통해 시도하고
있다. 「여름 소묘」의 4장은 시조의 1장과 2장의 형식에 근접해 있음을 알
수 있다. 아울러 '불벼락 뙤약볕 속에 / 눈도 깜짝 않는 / 고요가 깃들거니'라는
표현은 5·7조(내지 7·5조)와 시조 형식의 긴밀한 결합에서 비롯된 것이다.
감상의 방임과 제어가 결합된 독특한 형식이 바로 시인 허영자 시의 형식미를
특징지어준다고 할 때, 그 무의식의 저변에는 시조라는 형식이 가로 놓여져
있었던 것은 아니었을까?

마구 황칠한 지베르니의 연못 속에
심청이의 연꽃이 고요히 솟아있네
천재와 햇빛이 만난 장엄한 오케스트라.
— 모네,「수련」

한 쪽 귀를 잘라내니 세상 소란 반이로다
하지만 내게 아직 뜨거운 숨결 있어

한 귀는 세속 쪽으로 또 한 귀는 마음 쪽으로
— 고흐, 「자화상」

존재의 심연을 응시하는 눈이다
차안도 피안도 영원도 찰나도
투명한 그 시선 앞에 경계를 허문다
— 모딜리아니, 「푸른 눈의 여인」

1900년, 그 해 모네는 갑년(甲年)을 맞이한다. 이 무렵 모네는 지베르니에 정착하게 되고 연못 가득히 피어있는 연꽃을 그리기 시작한다. 당시에 모네의 그림에 대한 평론가들의 반응은 호의적인 것이 못되었다. 그들은 실제의 사물과 달라 보이는 화면의 대상에 대하여 부족하거나 과잉된 무엇에 대하여 지적하곤 하였다. 하지만 모네는 연못 위에 피어있는 연꽃을 그리면서 자신의 감각과 대상이 일치하는 매 순간을 캔버스에 옮겨 나아갔다. 이러한 고집스러운 작업은 그가 이 세상을 마칠 때까지 계속되었다. 모네의 감각이란 햇빛에 의하여 반사된 시각적 대상의 충실한 인상에 초점이 맞추어져 있다. 그런 모네의 그림을 통해서 허영자는 또 다른 인상을 기록한다. '심청이의 연꽃'이 바로 그것이다.

심청은 봉사 아비를 위하여 인당수에 몸을 던진다. 자신의 모든 것을 던지는 행위를 통하여 심청은 다시 뭍으로 오를 수 있었는데 이때 심청은 연꽃을 타고 오른다. 그 결과 심청은 심봉사의 눈을 뜨게 할 수 있었다. 진흙에서 피어나는 연꽃은 곧 심청이라고 볼 수 있다. 심청을 통해서 물리적인 개안(開眼)뿐만이 아니라 정신적인 눈뜸이 이루어지는 것이다. '심청의 연꽃'이란 정신적인 눈뜸의 상징을 지시하고 있다. 사실 모네의 연꽃은 그려나갈수록 실재의 연꽃과 다른 형상으로 빚어지곤 한다. 글자그대로 화면에 물감 칠을 한 것에 불과한 것처럼 보이기도 한다. 그렇지만 모네의 시각에 대한 태도는 보다 더 분명해질 수 있었다. 대상이 아니라 대상을 바라보는 주체의 감각이 중요하다는 사실이다. 그 주체의 감각에 비추어서 시인 허영자는 모네의 연꽃에서 '장엄한 오케스트라'를 읽어낸다.

허영자는 오래 전 '미끈대는 검은 욕정 / 그 어둠을 찢는 / 처절한 미소로다 // 꽃아 / 연꽃아'(「연」(蓮), 『어여쁨이야 어찌 꽃뿐이랴』) 라고 노래한 바 있다. 그런가 하면 같은 시집에서 '가쁜 숨결 / 끓는 몸뚱아리 다 던져둔 채 // 빛나는 촉루(髑髏)'(「수련을 바라보며」)라고 표현한 이력을 갖고 있다. 그 때 시인은 세속의 현실과 불화를 겪으면서도 지켜야만 할 자존의 이유를 연꽃에서 찾고 있었다. 그 이후 허영자는 모네의 연꽃을 통해서 그러한 존재의 확인이 외롭지 않음을, 그러한 삶도 가치가 있음을 확인하고 있다. 비록 실제의 모습이 제 눈에 보이지 않는다 하더라도 다른 시각의 확보가 가능함을 여유롭게 말하고 있다. 이러한 생각은 '자화상'이라는 부제를 달고 있는 「고흐」라는 작품에서도 반복이 된다. 어느 날 친구인 고갱은 실제의 고흐 얼굴과 캔버스 위에 그려진 고흐의 얼굴이 닮지 않았음을 지적한다. 이때 고흐는 자신이 들고 있던 유화 나이프로 자신의 귀를 잘라낸다. 이어서 고흐는 천연덕스럽게 흰 천으로 얼굴을 쳐 매고서 자신의 모습을 화폭에 남긴다. 지독한 광기. 그 자화상의 모습 속에서 고흐는 전혀 위축되어 보이지 않는다. 고통을 호소하지도 않는 듯하다. 허영자는 그런 고흐의 모습을 세속의 귀와 마음의 귀로 견주어 바라보고 있다. 그런 것이 가능한 것은 '뜨거운 숨결'이 있어 가능한 일인데 '내게는 아직 뜨거운 숨결'이 있다는 이 말은 고흐 자신의 말이면서 시인 허영자의 말이기도 하다.

그리고 허영자는 모딜리아니의 그림을 바라본다. 모딜리아니는 생전에 전혀 인정을 받지 못하고 극도의 궁핍 속에서 예술가적 삶을 살다가 36살의 짧은 생애를 마쳤다. 모딜리아니의 그림은 초점이 없는 눈동자의 길게 늘어진 여인의 얼굴을 주로 그렸는데 이는 화가 자신의 얼굴과도 유사하다. 허영자는 그런 화가의 그림에서 '존재의 심연을 응시하는 눈'을 발견한다. 초점을 잃은, 아니 초점이 생략된 청맹과니의 눈에서 발견되는 '존재의 심연'이란 무엇일까? 그것은 단지 삶을 살아내야만 했던 한 예술가의 맹목을 가리키는 듯하다. 그리고 시인의 자신의 과거를 뒤돌아보면서 차안과 피안 혹은 영원과 찰나의 경계를 허문다. 이렇게 성취된 '투명한 시선'은 애매성을 자극하기에 충분하다. 어떤 생각이 시선의 흔적마저도 지워버리는 것일까? 모딜리아니가 그렇게 신산한 삶을 마쳤을 때 그의 아내는 만삭의 몸을 투신한다. 죽음과 함께 찾아드는 새로운 세계에의 눈뜸을 통해 허영자의 외로움은 이제 의탁할 곳을 찾았다. 그런 의미에서 시조의 형식이란 거울 속에 투영된 또 다른 시인의 세계이다. 허영자는 자신의 시적 이력과 시 세계를 이 무색의 '거울'에 비추고자 하였다.

3. 투명한 시선을 따라가면

허영자의 시 세계에서 자연은 시인의 삶과 같은 궤적을 그리고 있다. 봄과 여름 그리고 가을로 이어지는 시간의 흐름 속에서 시인은 노래하고 사랑하고 절망하며 다시 깨닫는다. 겨우내 얼어붙었던 강의 해빙과 여름의 짙푸른 녹음 속에서 삶의 강렬한 욕망을 읽어낼 수 있다. 그런데 시조시편을 살펴보니 겨울을 직접적으로 노래한 작품은 좀처럼 찾을 수가 없었다. 여름이라는 계절에 임해서는 감정의 분출이 자유스러워지는 한편 형식의 의탁에도 꺼림이 적어지는데 반하여 겨울이라는 사계의 한 시간대는 거의 생략되어 있는 것이다. 대신에 겨울의 시간은 그의 시 세계에서 항상 거울의 뒤편에 자리잡고 있다. 봄 강의 해빙 속에서 '마음 짙은 시름'을 내비친다거나, 물감으로 물들인 것처럼 우거진 녹음 속에서 '저와 같은 짙푸름'을 발견하는 것이다.

강물도 이제사 다물었던 입을 열어
혹독하던 지난 세월 노래로 풀거니
이 마음 짙은 시름도 저 가락에 실리고저

—「봄강」

우거진 녹음 속엔 그 누군가 숨어 있어
초록물감 유록물감 폭포수로 뿜어내네
내 사랑 숨차오름도 저와같은 짙푸름

—「녹음」

그대 떠나시면 나는 어찌 살거나
나 떠나면 그대는 어찌 살래
스르릉 현이 떨리는 낙엽들의 서러운 가락

—「낙엽」

분명 「녹음」에서 '내사랑 숨차오름은 저와같은 짙푸름'이라고 시인이 말했을 때 그것은 세속적인 사랑을 두고 말함이 아닐 것이다. 격정적 사랑의 숨이 끝에 차올랐을 때 느껴지는 몽환의 호흡은 푸른빛을 띠고 있다. 달리 말하면 그 푸른빛의 호흡은 영혼의 숨결인 것이다. 그 푸른빛의 집적된 양상을 '저와같은 짙푸름'이라고 본다면 그것은 자연의 색깔 그 자체인 것이다. 이제 시인은 자연의 모습과 질서를 제대로 바라보기에 이르는데 이를 일러 '가락'이라고 말한다. 짙은 시름은 '저'(자연의) 가락에 실리는 것처럼, 낙엽이 떨어지면서 일어내는 서러운 가락도 자연의 것이라면 따를 수밖에 없다는 인식에 도달한다. 그 가락은 '스르릉'현을 문질러낼 때의 소리와 흡사하다. 매우 자연스러운 시어의 선택이 자연의 가락을 시각화하는데 도움을 주고 있다.

살려줘 살려줘요 마지막 안간힘으로
그 사람 눈감으며 입술을 달싹였다
이것이 인간입니다 아무 것도 아닙니다.

— 「무제」

육십에 쓰는 연서는 분홍빛이 아닙니다
한숨도 가쁜 숨결도 불면의 밤도 아닙니다
새벽빛 수묵화 한 점 공손히 올립니다

— 「연서」

신발은 다 닳고 걸친 옷은 남루로다
쑥굴형 가시밭길 몇 만리나 걸었던고
시 하나 의지 삼아서 동무하여 왔구나

— 「길」

인간은 꼭 자연을 빼 닮았다. 자연에게 계절의 순환이 있듯이 인간에게는
생의 순환이 있는 것이다. 그 생의 순환은 물리적인 생명의 영속성을 보장해
주지 못한다. 이러한 분기점을 사람들은 '죽음'이라고 부르거니와 하이데거는
타인의 죽음을 통해서 자신의 존재를 의식케 된다고 말하였다. 인간은 정해진
시간을 가로지르는 운명을 타고난 것에 불과하다. 이때 인간은 자신의 운명
앞에서 망연해지는데 이때 '무상'(無常)의 감정을 갖게 된다.

허영자는 인간의 죽음에 대한 '마지막 안간힘'을 보여주면서 동시에 '아무
것도 아닙니다'라는 결구로 「무제」를 끝맺고 있다. 인간의 능력으로 어쩔 수
없는 상황 앞에서 비롯된 이러한 초탈의 시선은 고통과 외로움으로 번민하는
자아를 정화시키는 기능을 하고 있다. 이제 비로소 시인의 존재를 전면에
내세우게 된 것도 우연한 일인 것처럼 느껴지지 않는다. 이순(耳順)의 나이
육십에 이르러 시인은 연서를 쓴다. 그 연서는 육체적인 분홍빛도 아니고

생명이 약동하는 초록빛도 아니다. 그런 물리적인 색채가 탈색되어 버린 투명의 색채가 시인이 선택한 빛깔이다. 그 빛깔은 시인의 의식 속에서 빚어진 새벽녘 빛과 어둠이 교차하는 무렵에 떠오른 색채의 감각이다. 시인은 이를 '수묵화 한점'이라는 객관적 상관 물을 통하여 표현하고 있다. 동시에 이를 '공손히' 봉헌한다는 의미에서 구도적 자세에 접근하고 있다.

꽃에서 얻어 온 연분홍 꽃물
잎에서 얻어 온 진초록 잎물
어여쁜 그 무엇으로도
스무 살 적 그 때 마음
되깨울 수 없어라
눈 앞 캄캄하던
몰약(沒藥)의 어둠
하늘을 가로질러
내달리던 빛
그 어둠과 빛의 사랑
되깨울 수 없어라

— 「그 무엇으로도」

시인은 한때 '그 무엇으로도' 보상받을 수 없는 인생의 심연에서 망연했다. 『빈 들을 걸어가며』를 상재할 무렵 그의 허무감은 극도에 달하였다. 위의 시는 그런 시인의 내면을 가장 잘 보여주고 있었다. 그러나 시인은 이제 자신의 인생과 자신의 한 생애 동안 길동무한 문학에 대하여 말하고자 한다. 자아에 대한 사랑이 외부로 투사되면 구도의 길에 한 발짝 가까워지듯이, 자신의 내면으로 시야를 돌려 자신의 일생과 그 반려가 되어온 시에 대하여 살펴보고 있다. 시인의 고백에 의하면 다 떨어진 신발과 의복은 남루가 되고, 지금까지 지나온 길은 '쑥굴헝의 사시밭길'이었다. 하지만 그러한 형극(荊棘)의

길은 시의 길이기도 하였다는 점에서 시인의 자존은 반대편의 기울기로 극대
화된다.

> 어둠 속에 신비롭던 은유의 별 사라지고
> 솔잎 냄새 향그러운 상징의 숲도 베어지고
> 맨몸에 맨발로 뛰는 스트리킹 시대로고
>
> ―「요즈음의 시」

> 꽃향기 꽃향기 눈물겨운 꽃향기
> 매연 섞인 바람 속에 숨어서 스미누나
> 비밀의 화원에 피는 순정한 꽃송이
>
> ―「시인」

> 가락과 말씀이 하나로 어우러져
> 만상의 오묘한 뜻 헤아려 풀거니
> 진실로 즐거운 지고 이 시를 짓는 마음
>
> ―「서시」

　허영자의 시조에서 발견되는 색다름은 이전의 시 세계에서는 좀처럼 발견
할 수 없었던 '유머'감각의 회복이다. 근래 시가 은유와 상징을 통해서 표현된
다는 믿음은 찾아보기 어렵다. 은유와 상징 그 자체보다는, 이를 통해서 시가
도달하려고 하는 세계의 손상이 더 막대하다. 이를 두고 시인은 '스트리킹
시대'라고 풍자한다. '맨몸에 맨발로 뛰는'아무 목적인 없는 경주의 끝에 대한
우려가 유머러스하게 표현되어 있다. 그렇다면 시는 어둠 속에 신비롭게 더
있는 별이며 숲 속에 솔잎 냄새 향그러운 그 무엇이란 말인가?
　시인은 시의 궁극에 있는 절대의 대상을 말하고 있지 않다. 오히려 시인인
말하고자 하는 것은 '마음'이다. 이를테면 시를 짓는 의식적인 태도의 문제를
중요시하고 있다. 이때 궁극적인 대상으로서의 시와 시인의 마음 혹은 의식과

일치된다. 시인은 그 이식 속에서 이루어지는 '가락과 말씀'의 일치를 말하고 있다. 다시 말하면 '만상의 오묘한 뜻'을 가락으로 풀어내는 풍류의 세계와 말씀의 영역을 헤아리기도 하는 구도의 세계를 둘인 듯 하나로 다루기를 주저하지 않는다. 시인의 의식에서 일어나는 이러한 변화에 즐거움을 만끽하는 자로서의 시인은 구도자의 모습과 닮아있다. 지난 날 시인이 삶의 고통에 번민하며 종교에 곁눈질을 하고 있었던 모습이 시조의 세계를 통해서 균형을 찾아가고 있는 것이다.

> 마음이 모나면 세상도 모나고
> 마음이 둥글면 세상도 둥글단다
> 오늘은 마음 푸르니 세상 또한 푸르러라
>
> — 「마음」

하늘과 땅 사이에 아무런 거칠 것이 없는 모습을 '본지풍광'(本地風光)이라고 하거니와 마음은 그런 자유의 모습을 닮아 있다. 마음에 구속이 있으면 세상의 구속된 것처럼 보인다는 이 자명한 진리 앞에서 사람들은 일상을 살아간다. 다만 세상이 구속된 듯이 자신을 구속하면서 그렇게. 그런 가상의 현실을 시인은 푸르게 채색하고 있다. 마음을 푸르게 채색하면 세상도 푸르게 보이는데 이때 세상은 제 빛깔을 찾게 될 것이다. 부처는 말한다. "잠 못드는 사람에게 밤은 길어라. 피곤한 사람에게 길은 멀어라. 바른 법을 모르는 어리석은 사람에게 아아, 생사의 밤길은 길고 멀어라." 잘 알려진 『법구경』의 일절이다.

> 아리고 사무치던 슬픔을 삭혀내고
> 싸늘코 시려운 허무를 다스리면
> 조요로운 따사로움이 깃들이는 마당일까
>
> — 「노년의 뜰」

"그립다" 속삭이니 먼뎃 산 다가서고
옛사랑 아픈 상처도 눈물 없고 원망 없네
이순의 나이가 되니 이런 마술이 가능한지고.

— 「이순 1」

강물은 흘러 흘러 바다에 다다랐고
기우뚱 지는 해는 서천에 걸리었다.
농익은 흥겨움으로 타올라라 저녁노을

— 「여생」

시인은 노년에 대하여 말하고 있다. 나이가 들었지만 삶이 마감된 것은
아니다. 생의 끝에 대한 생각을 남들보다 많이 하게 되었지만 그렇다고 해서
많이 알고 있는 것은 아니다. 노년 또한 현재의 삶을 구성하는 한 순간에
불과하다. 그리하여 노년을 지내는 삶도 시도 질료가 될 수 있다. 노년의 현재
적 의미를 시인은 '뜰'이며 '마당'에 비유하고 있다. 그 마당에는 '조요로운
따사로움이 깃들이는'데 조락하는 가을의 따사로운 햇발에 시인은 자신의 내
면을 '조요롭게'내비치고 있다. 내가 만일 슬픔과 허무를 삭혀내고 다스릴
수 있다면 그 뜰을, 그 마당을 풍성하게 할 수 있으리라.

언필칭 문학은 이 세상에 존재하지 않는 가상의 현실을 직조하는 일이다.
시인은 상상을 통해서 시의 세계를 건설하는 공모자들이다. 이들의 협약이
가능한 것은 현실의 불만에서 그 기원을 찾을 수 있을 것이다. '아리고''싸늘
코''시려운'이라는 표현들은 애써 날선 긴장감을 자극하고 있는데 이것은 '슬
픔'이나 '허무'의 표현에 내재된 정서의 단면과 연결된다. 반대로 '삭혀내고'
'다스리면''조요로운''깃들이는'등의 표현은 까닭 모를 여유가 깃들어 있다.
일반적으로 3음의 표현은 부드럽게 느껴지고, 4음의 표현은 딱딱하게 다가오
는데 「노년의 뜰」에서는 이러한 상식이 뒤집혀져 있다. 형식 속에 전이된
시인의 역설이라고 파악된다.

「이순 1」에서는 노년의 열정이 느껴진다. '옛사랑'은 여전히 부드럽고 '아픈 상처'는 그대로 고통스럽다. 하지만 '그립다'고 속삭이는데 먼 산이 다가오는 이유는 눈물이 대상의 굴절률을 증가시켰기 때문이다. 시인은 눈물도 없고 원망도 없다며 애써 자신을 변호하고 있지만 그런 마술이란 가능하지 않다. 옛사랑은 부드러운 채로 그대로 두며 '아픈 상처'는 고통스럽게 그대로 둘 수밖에. 그런 기억에 대하여 눈물을 찔끔 흘리며 울 수 있다는 자신의 발견은 그런 대로 건강한 노년의 정신세계인 것이다. 오히려 그런 자연스러운 감정에서 멀어지는 것이 나이가 들어서 사람이 겪게 되는 생활의 모습인 것이다. 노년의 삶은 그래서 '맑고도 푸릅니다.'(「이순 2」) 이런 철없는 소녀와 같은 모습의 어여쁨이 꽃 한 송이로 피어오른다. 시인은 다음과 같이 말한다. '법열의 연꽃 한 송이 향그러이 벙급니다'(「이순 2」) 법열은 삶의 한 가운데에서 약동하는 그 무엇이다.

시인은 삶을 꿈이라고 혹은 서산에 지는 해로 표현한다. 강물이 흘러서 바다에 이르듯이 지는 해가 서쪽 하늘에 '기울뚱' 걸리는 것은 매우 자연스러운 광경이다. 이제 곧 서천에서마저 사라지겠지만 그 광경을 보고 있는 순간의 유예는 '기울뚱'하게 농익은 '흥겨움'이다. 그 유예의 순간에 시인은 명령한다. '타올라라 저녁노을', 3음보의 부드러움도 아니고 4음보의 경직이 아닌 강건한 정신이 4.4조로 표현되어 있다. 다만 그 방향이 내면으로 향해져 있기 때문에 경직과 개념적 추상을 벗어날 수 있었을 것이다. 하지만 내면이 지향하는 3음보의 세계가 4음보와 공명하면서 그 울림은 더욱 더 커진다. '바다에 다다랐고''서천에 걸리었다'만 너의 인생은 타올라야 한다. 시인은 강조한다. '타올라라 저녁노을'.

맑은 물에는 물고기가 안 모인다고
세상 사람들은 흔히들 말하지만

물고기 모이지 않는 맑은 물이 그리운 요즈음.

—「혼탁」

일반적으로 허영자는 내향성의 시인이다. 자신의 내면의 아픈 상처를 시의 주된 질료로 삼았다는 점에서 그렇다. 내향성의 외부, 이를테면 마음의 바깥에 대하여 눈을 돌리지 않았다는 점에서 순수시의 계보를 잇고 있는 시인으로 평가되어 왔다. 시인은 자신의 시 세계에 대하여 '사상이니 이념이니 이런 것도 모르면서'(「우리집 꽃밭은」) 지금까지 살아왔다고 자평 한다. 하지만 '참말로 가관이구나 시정잡배 투전판'(「선거판 1」), '내일은 무슨 색으로 변신 할래 팔색조'(「선거판 2」)와 같은 표현들을 보면 색다른 그의 면모를 발견할 수 있다.

이런 변화에는 현대의 삶에 얼룩진 때 자욱이 어느 한 일부분에만 국한되지 않는다는 반성에서 비롯된 듯하다. '말씀 말씀 옳은 말씀 홍수로 넘치건만'(「매스 매디아」), '애꿎은 땅바당에다 침만 뱉는 민초들'(「침뱉기」)의 삶이 구각을 깨트리지 못하고 있으며, 이러한 생각은 이내 '어쩔고 이 병든 땅을 어찌하면 살려낼꼬'(「피폐」)하는 자탄으로 이어진다. 그래서 '물고기 모이지 않는 맑은 물'을 시인은 그리워한다. 투명하게 바라볼 수 있는 시선과 그 시선에서 서늘하게 유지되었던 삶의 기운을 회복하자고 말한다. 시인의 마음에서 건져 낸 메시지의 대강을 「혼탁」에서 발견할 수 있다. 이것은 안으로만 침잠하던 시인에게는 새로운 변신의 모습이다. 이러한 변화의 끝자락에서 만나는 것은 시인 자신과의 화해이다. "흰 모시 두루막 자락 아버님 기침 소리 / 행주치마 고순 내음 어머님 깊은 사랑 / 유년의 기쁜 그날이 꿈결인 듯 아득해라"(「어버이 생각」 1연)라고 노래하면서 '어제가 오늘이런 듯 닥아오는 유년의 뜰'(「맨드라미」)에서도 발견되는 유년의 기억은 자신을 고통의 나락으로 떨어뜨렸던 어두운 기억과의 화해인 동시에 시인 자신과의 평화로운 한 때를 구가하려는 화해의 시선이다. 그 시선은 서늘하지도 않고 따뜻하지도 않고 투명하다.

4. 맺음말

지금까지 시인 허영자의 시조 세계에 대하여 살펴보았다. 시조시인으로 알려져 있는 그가 아니었기에 시조라는 형식이 갖고 있는 의미에 대하여 접근하지 않을 수 없었다. 지금까지 허영자는 시조라는 형식에 대한 강한 대타의식이 있었던 것처럼 보였다. 그러나 그의 시가 운율에 접근하면 할수록 시조의 운율이 노출되는 현상도 발견된다. 이를테면 시조 형식을 뛰어넘는 고유한 율적 형식의 창조는 허영자라는 시인의 내밀한 욕망이지 않았는가 짐작된다.

이를테면 방임의 형태로 시조의 형식이 노출되는 경우가 있는데, 아주 적은 경우이긴 하지만, 시인의 시의식이 고조되어 더 이상 어떤 전이가 불가능한 지경에 이르면 그는 쉽게 시조의 형식과 만난다. 시조의 형식은 방임된 자신의 감정이 자유롭게 만나는 시적 구속의 형태라고 할 수 있을 것이다. 그리고 이러한 시적 형태는 '여름'이라는 계절의 절정에서 조우한다. 그 절정에 도달하기도 어려운 일이지만 그것을 유지하는 것은 더 어려웠을 것이다.

그런 그가 시조를 접하게 되면서는 치열한 시의식과 존재의 어두운 부분을 객관적으로 바라보고 있다. 이 지점을 성숙된 시의식의 형식적 전개라고 명명할 수 있을 것이다. 그 속에서 시인은 자유롭게 이전의 시세계에 대한 성찰을 시도하기도 하고 때로는 인생의 여유를 찾기도 한다. 형식 속에서 인생의 의미를 찾고 있는 것이다. 하지만 그의 치열한 시의식이 경감되지는 않는다. 이것이 허영자 시인의 시조가 갖고 있는 비밀이다.

고요 속 들끓음, 육체와 영혼을 넘어서는 역동성의 시학

김문주*

한 마당
그득히
부신 햇빛 속에

흰 서답만
푸르게
바래이고 있었다.

—「不在」

햇빛이 마당을 '그득히' 채우고 있고, 그 가운데 '흰 서답'이 널려 있다. 마당
이 햇빛으로 그득하다는 시각은 주관적이다. 햇빛이 비추고 있는 공간은 보는
이에 따라 비어 있는 것으로도, 혹은 가득 차 있는 것으로도 볼 수 있다.
햇빛은 공간을 점유하는 사물로 인식되지 않는다는 점에서는 전자가 일반적이
다. 햇빛은 공간 인식을 위한 매개이지 인식의 대상은 아니다. 더욱이 빛이란

* 문학평론가, 고대 강사

어둠을 통해서 감지된다는 점을 고려할 때, 이 시의 1연의 상황은 다분히 심리적인 정황이다. 시의 제목은 「부재(不在)」인데, 마당을 보는 시인의 상상력은 공간을 가득 찬 것으로 보고 있다. 햇빛으로 그득한 마당에 '흰 서답만/푸르게/바래이고 있다.' 1연이 공간 전체에 미만한 햇빛의 확산을 형상화하고 있다면, 2연은 '흰 서답'에 집중하고 있다. 빈 것을 가득찬 것으로 보는 시선이 2연에 이르면 하나의 대상으로 모인다. 특기할 것은 흰 서답이 '푸르게/바래이고' 있다는 점이다. 하늘을 배경으로 하고 있다면 흰 서답이 '푸르게' 바래는 것으로 느낄 수 있을 터이고, '바래다'라는 어휘와 관련된 우리의 언어적 관습을 고려한다면 '푸르게 바랜다'라는 표현은 지극히 심리적인 것이라 할 수 있다.

10여 개 정도의 어휘로 구성된 6행의 시에서 하나의 어휘가 한 행을 차지하고 있는 두 개의 행에는 각별한 무게가 실려 있다. 1연과 2연은 시인의 심리를 반영하는 '그득히'와 '푸르다'라는 상태 용언으로 집중되어 있고, 두 행이 중심이 된 두 개의 연은 서로 맞서면서 소통하고 있다. 확산과 충일을 보여주는 1연과, 집중과 정일(靜逸)의 정서를 띠고 있는 2연은 독자적인 풍경을 이루면서 서로의 풍경 속에 삼투되어 있다. 동(動)과 정(靜)이 묘하게 어우러진 이 시의 공간은 간결한 표현을 지지하는 더 큰 휴지(休止)에 의해 다스려져 있는데, 보이지 않는 요소들에 의해 긴장을 취하는 이러한 시적 특징은 2연의 표현에서도 확인할 수 있다. 이 시의 이미지는 1연의 햇빛과 2연의 흰 서답으로 인해 밝고 환하다. 문제는 이 시의 핵심 소재인 서답(洗踏)이 표면적으로는 흰색의 이미지를 보이고 있지만 그 이면에 붉은 색채를 내장한 대상이라는 점이다. 즉 '흰 서답'은 대상의 기능으로 인해 본질적으로 붉은 기운을 내포하고 있으며, 그 속에는 '몸을 하는' 여인의 '육체성'이 내재되어 있다. 그렇다면 이 시의 표면적 이미지인 고요한 흰색의 이미지는 육체 성을 상징하는 동적인 경도(經度)의 붉은 기운을 다스리면서 푸른색으로 변해 가는 과도적 이미지라고 할 수 있다. 따라서 이 시는 붉은 색에서 흰 색으로, 흰 색에서 푸른 색의 이미지로 전환하는 색채적 지향을 보여준다.

위에 인용한 시 「부재(不在)」(제6시집에 수록)는 일곱 권의 시집을 상재한 바 있는 허영자 시인의 시세계의 특징을 매우 잘 드러내는 작품이다. 40여 년의 시력(詩歷)을 갖고 있는 그녀의 시는 시간의 경과에 따라 시세계가 변한 다기보다 몇 가지 성격들이 지속적으로 나타나는 특징을 보인다. '부끄러움, 염결성, 에로스, 사랑과 모순, 절제와 긴장, 정갈함, 갈등과 충돌, 합일과 승화' 등, 허영자 시인의 시세계를 수식하는 수사들은 특정 시집을 평가하는 데 집중되지 않고 시간적 간격이 있는 여러 시집에 두루 동원된다. 이는 허영자 시인의 시세계가 매우 분명한 성격을 지니고 있으며, 몇 개의 핵심 자질들을 중심을 이루고 있음을 암시한다. 위에서 간략하게 살펴본 시 「부재」의 특징들 은 그녀의 시세계의 중요한 자질들을 함축하고 있다.

1.

우선 허영자 시에 가장 두드러진 특징 중의 하나는 그녀의 시가 '육체성'에 근원을 두고 있다는 점이다. 「부재」에서 마당을 그득히 채우고 있는 햇빛은 '흰 서답'의 배경을 이루면서, 동시에 서답의 흰색이 지닌 성격을 암시한다. 그것은 흰색 속에 감추어진 붉은 색의 육체성, 그 육체성의 동적 성격을 마당 을 그득히 채운 햇빛의 이미지를 통해 환기시킴으로써 흰색의 이면에 작용하 는 강한 육체 성을 시사한다. 허영자 시인의 시세계에서 발견할 수 있는 부끄 러움과 염결 성, 사랑과 에로스, 갈등과 모순 등은 바로 이 육체성에서 연유하 는 것으로서, 그녀의 시 세계가 지극한 고요 속에 이르지 못하는 것은 육체성 을 인간 존재 인식의 근간으로 삼고 있기 때문이다. 정갈한 듯 보이는 허영자 의 시가 고요한 여성적 어조를 취하지 않고 정적(靜的)이지 않은 것은, 그 속에 육체성의 고뇌가 내장되어 있기 때문이다.

지난여름 한철
날 사로잡은
짐승의 숨결
짐승의 냄새
짐승의 울부짖음

그
살 떨리던 떨리던
격정의 몸짓이 진다

—「낙엽」

목 마른
목이 마른 봄날에는

차라리 벙어리
차라리 귀먹쟁이

못견디는
못견디겠는 봄날에는
차라리 봉사
차라리 멍텅구리

물소리 꽃향기
새순 빛깔도 모르는…

—「봄날·Ⅰ」

낙엽에서 격정을 보는 화자의 시각은 정적인 것 속에서 동적인 것을 발견하는 시인의 시적 사유를 보여준다. 이미 소멸한 존재에게서 들끓는 생명의 역동적 에너지를 보는 시인은 그 격정을 육체적인 '날것'으로 묘사하면서, 그 생생한 '날것'의 격정이 자신을 사로잡았음을 고백하고 있다. 짐승 적인 것으로 표현하고 있는 이 육체성은 허영자의 시에 등장하는 생명력의 기본적 성격을 이룬다. 「낙엽」 이외에도 허영자의 시 세계에서 생명력을 묘사한 대목들은 대체로 식물적이기보다 동물적 이미지를 띠고 있으며, 그 동물은 '짐승'으로 표현되는 원초적 야만성의 부정적 성격을 함의하고 있다. 많은 여류시인들이 설렘과 유쾌한 흥분 속에 그리는 봄이 허영자에게서는 대체로 주체할 수 없는 고통과 격정 속에 형상화되는 것은, 생명력에 대한 시인의 의식을 시사하는 부분으로서 위의 두 번째 인용 시는 이러한 허영자 시의 특징을 드러내준다. '목이 마른 봄날'로 묘사한 봄에 대한 시인의 정서는 단순히 생명에의 환희와 갈구로 묘사되지 않고 주체할 수 없는 격정으로 인한 고통스러움으로 표현되고 있다.

생명력에 대한 시인의 정서적 태도를 담고 있는 이 두 편의 시에서 공통적으로 발견할 수 있는 것은, 격렬한 생명력을 가라앉히려는 의식의 지향이다. 그것은 생명 속에 내재한 격정을 짐승 적인 것으로 표현하고 그것이 소진한 낙엽의 상태를 '법열의 미소'로 묘사한 데서 확인할 수 있으며, '차라리 봉사/차라리 멍텅구리'라는 표현에서 보이는 생명력의 적극적 분출을 외면하는 태도에서 엿볼 수 있다. 이는 허영자의 시를 정화나 합일의 성격으로 규정하는 비평적 평가의 한 단서라 할 수 있다. 문제는 들끓는 생명력의 분출을 끌어 앉히려는 이러한 의식적 지향이 해소되거나 승화되지 않고 숨어버린다는 점이다. 그렇다면 이러한 의식적 지향은 어디에서 기인하는가?

허영자 시인은 한 시집의 후기에서 자신은 특정한 종교적 세례를 받은 바 없다고 고백하였지만, 그녀의 시 세계는 매우 강한 종교성을 띠고 있다. 기독교와 불교의 성격으로 대별되는 종교성은 그녀의 의식 속에 원초적인 죄의식과 정결함의 원천으로 작용하는 듯한데, 육체성에 대한 죄의식은 기독교로부터, 육체적 번뇌의 극복과 정화는 불교로부터 영향을 받은 것으로 보인다. 그녀의 의식 속에서 종교성은 개인의 구원과 안식처라는 모성적 성격으로 기능하지 않고, 오히려 육체 성을 통제하고 감시하는 부성적 기제로 작용하는 듯하다. 시인의 개인사와 밀접한 연관이 있어 보이는 종교성의 부권적 작동은 허영자 시 세계에 미만한 염결 성의 원천으로 판단된다. 우주 삼라만상에서 자신을 바라보는 눈(님)을 의식하는 범신론적 성향 역시, 이러한 부권적 종교성의 영향력을 확인할 수 있는 대목이다. 이러한 종교성에 뿌리박고 있는 죄의식과 부끄러움, 염결성과 절제의 성향은 그녀의 시를 여성시가 지닌 모성적 부드러움이나 사랑의 가벼움으로부터 끌어내리는 기제로 작동하는 듯하다.

소낙비처럼
소낙비처럼
아픈 매를 내려주세요
어머니

돌아온 탕자의
굽은 어깨 위에
부끄러운 뒤통수에
벼락 같은 꾸지람을 내리세요
어머니
다시는, 정녕 다시는
잘못이 없도록
뉘우침이 없도록
어머니

날라리 이 내 영혼
홍두깨에 감으시고

밤새도록 어머니
다듬이질 하세요

— 「다듬이」

쏟아지는 소낙비를 보며 형벌을 자청하고 있는 이 시의 화자는 정결함에 대한 강한 바람을 피력하고 있다. 성경에서 '돌아온 탕자'는 아버지의 후한 환대를 받지만, 이 시의 화자는 어머니에게 자신을 때려 달라고 말한다. 아버지가 아니라 어머니에게 체벌을 받겠다는 화자의 고백은, '다시는, 정녕 다시는/잘못이 없도록/뉘우침이 없도록'되기를 바란다는 화자의 철저한 순결의지, 그리고 시에 흐르는 묘한 피학적인 리듬과 결합하면서 정조의 극적인 전환을 이루는 것으로 보인다. 이미 잘못을 알고 굽은 어깨로 '돌아온 탕자'를 때려 달라는 충동이 반복적인 리듬을 통해서 오히려 시적 정조의 상승으로 이어지는 이 시에서, 우리는 죄의식과 순결 의지가 소극적인 양상으로 추락하지 않음을 보게 된다. 정죄(淨罪)의식이 단순한 죄의식을 넘어서 피학적인 충동으로 발전하는 이 시의 양상은 허영자 시에 핵심적 성격인 죄의식의 한 극점을 보여주면서, 동시에 그러한 종교적 죄의식이 존재의 적극적 긍정으로 전환되는 심리적 결절 점임을 시사한다.

2.

허영자의 시가 죄의식과 정결함의 지향을 보이지만 그녀의 시에서 절망적 슬픔이나 고요를 찾아보기는 어렵다. 앞에서 언급한 것처럼, 허영자의 시세계에서 단계적인 전환을 확인할 수 없는 것은 죄의식으로 대표되는 종교적 심성들이 절대자에게 귀의하거나 내면에서 승화되는 방식으로 처리되지 않고 존재의 숙명으로 수용되고 있기 때문이다.

그 이름을
살 속에 새긴다
暗靑의 文身
不可思議의 윤회를 거쳐
마침내
내 영혼이 고개 숙이는 밤이여
무거운 운명이여

절망의 눈비
회의의 미친 바람도
숨죽여 坐禪하는 고요

<사랑합니다>
참으로 큰
슬픔일지라도
어리석은 꿈일지라도

살 속에
그 이름 새기며
이 봄밤
눈 떠 새운다

―「親展」

이 시의 제목인 '친전(親展)'은 주로 편지 겉봉에 적어서 편지를 받아 볼
사람이 '몸소 펴보라'는 의미를 지닌 말이다. 사랑하는 이에게 자신의 사랑을
고백하는 형식의 이 시는 글의 성격과 달리 무겁고 엄숙하다. 그것은 사랑의
고백을 고통스러운 운명의 수용으로 형상화하고 있기 때문이다. '不可思議의
윤회를 거쳐/마침내/내 영혼이 고개 숙이는', '무거운 운명'의 순간은 절망과

회의의 고통을 자신의 삶 속에 새기는 결단의 시간이다. 그 '무거운 운명'이 '참으로 큰 슬픔'이며 '어리석은 꿈일지라도' 자신의 삶으로 받아들이겠다는 이 고뇌에 찬 결단은, 존재의 초월을 거부하고 존재의 조건을 전적으로 수용하려는 시인의 의지를 형상화하고 있다. 피학적인 충동이 점차로 강화되는 리듬과 결합되면서 상승적 어조를 띠는 시 「다듬이」의 정서가 「親展」에서는 존재의 숙명을 꿋꿋하게 받아들이는 태도로 형상화되고 있음을 우리는 목도하게 된다. 불교가 지향하는 해탈이, 윤회의 틀을 전전하는 자아가 무아(無我)의 경지에 도달하는 것이라고 할 때, 시인은 무사평정의 초월적 세계를 거부하며 육체적 존재로서의 인간적 삶을 자신의 존재 속으로 수락하겠다는 의지를 천명한다. 이러한 화자의 굳센 의지는 지극히 상투적인 '<사랑합니다>'라는 표현에 새로운 생명력을 부여함으로써 언어의 본래적 힘을 회복하게 하는 갱신력으로 작용한다. 이 시에서 보이는 이러한 특징은 허영자 시에 나타나는 표현의 대담함의 심리적 원천이라 할 수 있다. 때로 일상적 용어를 매우 간결한 형식으로 활용하는 허영자 시인의 시법(詩法)은 존재의 조건을 적극적으로 수락하고 그것을 당당하게 밀고 나가는 적극적인 견인의 태도에서 연유하는 것이라 볼 수 있겠다.

　죄의식과 순결 의지, 숙명의 수용과 견인의 태도가 혼재하는 허영자의 시는 모순되는 의식들의 충돌로 인해 특정한 지향으로 기울지 않는다. 죄의식으로 인해 욕망의 분출이 통제되어 있으면서도 한편으로는 현실의 초월을 거부하는 태도는 그녀의 시 세계가 불안한 충동 속에서 충돌하는 역동적인 시학의 심리적 원천이라 할 수 있다. 그의 시에 나타나는 모순과 역동성은 바로 여기에서 기인한다.

　　어여쁨이야
　　어찌

꽃 뿐이랴

눈물겹기야
어찌
새 잎 뿐이랴

창궐하는 疫病
罪에서조차
푸른
미나리 내음 난다
긴 봄날엔 —

숨어 사는
섧은 情婦
난쟁이 오랑캐꽃
외눈 뜨고 내다본다
긴 봄날엔 —

—「긴 봄날」

그대는
아직도
멀리 계시고
설핏이
기우는 햇살

자고 나도
자고 나도

아무 일 없는 뜨락에

호젓이
여위는 그늘.

—「무제·Ⅱ」

위에 인용한 두 편의 시적 공간은 표면적으로는 고요하다. 첫 번째 시의 핵심적인 이미지는 '숨어사는 서러운 情婦'가 외눈을 뜨고 밖을 내다보는 풍경이고 두 번째 시는 '햇빛이 기우는 빈 뜰'이다. 박목월의 「윤사월」을 연상시키는 「긴 봄날」은 동적인 소재가 출현하고 있지는 않지만, 그 기저를 흐르는 강한 생명력의 정서는 이 시를 불편한 긴장 속에 놓이게 한다. 그것은 '숨어사는/섧은 情婦'로 모이는 이 시의 표현들이 생명력과 고통이라는 성격을 함께 지니고 있기 때문이다. '창궐하는 疫病/罪에서조차/푸른/미나리/내음'이 나는 봄은 그 강한 생명력으로 인해 고통스럽다. 소멸과 생성, 죄의식과 강한 생명력의 욕구가 함께 동거하는 삶의 숙명이야말로 생의 아이러니이자 한(恨)의 조건이지 않겠는가. '숨어사는 서러운 情婦', 그 보잘것없는 '난쟁이 오랑캐꽃'같은 존재에게도 삶에 내장된 생명에의 욕구는 '외눈 뜨고 내다보지 않을 수 없는 것이기에 봄은 길게 느껴질 수밖에 없는 것이다.

정적인 풍경을 그리고 있는 두 번째 시 역시, 그 호젓함 속에 들끓는 정서를 내장하고 있다. 오래도록 오지 않는 그대를 향한 간절한 기다림과 그 기다림의 간절함에도 불구하고 변함없는 상황의 고통이 이 시에는 함께 내재되어 있다. 반복되는 '자고 나도'라는 표현 속에는 그 간결함만큼이나 강렬한 기다림의 고통이 숨어 있으며, 고요한 뜨락의 정적 속에는 견딜 수 없는 격렬한 감정의 소요가 담겨 있는 것이다. 따라서 긴 휴지를 품고 있는 간결한 시행들은 오히려 강렬한 정서를 다스리는 긴장의 형식인 셈이다.

이렇게 정적인 풍경 속에 매우 강한 역동적인 정서와 욕구를 담고 있는 허영자 시인의 모순적인 시법은 그녀의 시가 평정과 파국의 어떤 상태에도 이르지 못하고 과도기적 상태에서 끊임없이 파동 치게 하는 시 세계의 근간이

라 할 수 있다. 따라서 표면적으로 정제의 형식을 갖추고 있는 듯한 허영자의
시 세계는 긴장의 한 시적 형식이라 할 수 있다.

3.

　상충하는 여러 정서들이 혼재하는 허영자의 시는 아직도 긴장 속에 있다.
쉽게 화해와 정화의 풍경에 이르지 않는 그 결곡한 의지는 종교적 심성을
띠고 있지만 특정한 종교적 세계로 귀의하지 않은 시 의식의 원천이다. 일시적
인 평정이나 고요의 풍경을 보여주는 시에도 여전히 삶의 번뇌가 운동하는
그녀의 시 세계는 인간 존재의 육체성을 결코 건너뛰지 않는다. 종교적인
심성을 지니고 있으면서도 육체성을 그대로 수용하고, 절제 속에서도 격렬함
을 품고 있는 허영자의 시는 아직 길 위에 있다.

> 육체를 넘어서는
> 육체
>
> 영혼을 넘어서는
> 영혼
>
> 저 무성한 地毛 속에
> 알몸을 던져
> 울고 싶었다
>
> 　　　　　　　　　　　　　　　　　　　　　　　　— 「잡초」

　인용한 시는, 여전히 길의 모색 속에 있는 허영자의 시가 도달할 만한 지점
의 한 단서를 보여준다. 그것은 허영자 시에 내재된 모순과 갈등의 두 핵인
영혼과 육체를 넘어서 존재하는 풍경으로서 그 세계는 육체성이 박탈되지

않은, 원초적 생명력으로 충일한 무아(無我)의 세계인 것으로 판단된다. 무아의 경지에 이르는 불가적 해탈의 세계가 육체성의 무화를 전제로 하고 있다면, '저 무성한 地毛'의 대지는 육체성에 대한 온전한 보존, 아니 순일한 육체성의 온전한 향수가 가능한 원초적 생명력의 세계인 것이다. 그것은 이 글 서두에서 제시한 시 「부재」의 해석에서 허영자의 시 세계가 붉은 색을 품은 흰색에서 푸른색으로 전환해 가는 색채적 지향을 보인다고 했던 것과 상통한다. 육체와 영혼, 존재성의 긍정과 존재의 극복, 이 모순되는 세계 사이에 길 찾기는 인류 정신사가 봉착한 궁극의 딜레마이다. 언어의 논리가 쉽게 길을 내고, 일군의 시인들이 애써 찾아냈다고 천명한 길은 환상과 허위 어딘가에 있다. 이순(耳順)이 지난 나이에도 몸의 충동을 보존하고 있는 허영자 시인의 시에 우리가 주목하는 것은, 그녀의 시가 쉽게 갈 수 있는 곳으로 발을 옮기고 있지 않기 때문이다.

영악한 시는 길을 정해놓고 길을 가고, 좋은 시는 길을 만들면서 길을 간다.

성처녀, 그 순결한 관능의 의미
― 허영자의 시에 대하여

신지연*

1.

1967년 발간된 『한국여류문학전집』의 제6권에는 시인 30명의 시가 실려 있다. 그중 20명은 1930년 이후 출생하여 1960년대 초반에 등단한 젊은 시인들이다. 한편 이 30명의 시인 중 지금까지 상당한 지명도를 유지하고 있는 시인으로는 모윤숙, 노천명, 김남조, 홍윤숙, 허영자가 있는데, 앞의 4명은 이미 그 당시에도 중견으로서의 위치를 굳힌, 다소 연배가 높거나 작고한 이들이었으니, 60년대의 젊은 여성 시인 중 30년 넘는 세월을 꿋꿋하게 버텨온 이는 허영자뿐이라고 할 수 있다.

1960년대는 여성 시인들이 본격적으로 문학활동에 참여한 시기였다. 그들은 더 이상 신기한 소수가 아니었다. 여성 동인인 『청미』와 『여류시』가 생겼고, 김현자가 분류했다시피 당대의 다양한 시적 흐름에 동참하기도 하였다(「한국 여성시의 계보」, 『현대시』 1992. 2). 그러나 이 시인들은 여전히 '여류시인', 즉 시단의 마이너리그에서 뛰던 사람으로 평가받은 듯이 보인다. 『한국여

---

* 고려대 박사과정 수료

류문학전집』의 한국 여류시 개관 부분에 글을 실은 김우정은 이 시기 여성 시인들의 시정신이 '대담하게 현실 속으로 파고들어갔다'고 하면서도 '역시 여성에게는 여성의 한계가 있었다'는 지적을 잊지 않는다. 또한 같은 지면에서 김현은 매우 부정적인 의미로 '그녀들의 대부분은 지극히 강한 악센트로 자신이 여자임을 강조'하고 있다고 쓰고 있다. 그는 서두에서 분명히 여성 시인들의 절반 정도가 이러한 경향을 보이는 것이라고 언급하지만, 대체로 이 비판은 당대 여성 시인 전반에 해당된다는 것이라는 인상을 짙게 드리우고 있다. 한편『청미』동인들의 미모에 관심을 보이며 '한국시사의 한 페이지는 루즈 및 분장으로 채워지리라'고 한 박진환의 말(「『청미』그 여성적 매력」, 『심상』 1975. 4)은, 그녀들의 시가 문학사에 남을 거라는 애긴지 그녀들의 미모가 문학사의 뒷 얘기로 남을 거라는 애긴지 알 수 없게 들리는 면을 가지고 있다. 그리고 이런 언급들을 증명하는 듯 60년대 여성 시인들의 이름과 그들의 시들은 대부분 잊혀지고 말았다.

'여류시인'허영자는 그러나 지금까지도 과거형으로, 혹은 현재형으로 그 이름을 시단에 남기고 있다. 다른 여성시인들과 다른, 또한 다른 남성시인들과도 다른, 허영자의 시만이 지닌 독자성은 과연 무엇인가? 그녀의 시에 대한 기존의 평은 대체로 '사랑'이라는 주제를 일관되게 다루고 있다는 것, 전통적 서정성의 바탕 위에 있다는 것, 절제된 언어와 간결하게 정돈된 형식으로 이루어져 있다는 것 등으로 요약될 수 있다. 그러나 이 각각의 특성을 고립시켜 본다면, 그것들은 허영자의 시를 다른 시인들의 시와 변별해 주는 고유한 것이 되지는 못한다. 이런 자질들이 융합되어 어떠한 상(像)이 이루어지는가를, 이 글에서는 주목해보기로 한다.

2.

  허영자의 시가 주는 첫 번째 인상은 무엇보다도 깔끔하고 정갈하다는 것이다. 풀어헤쳐지지 않은 언어, 견고한 은유, 계절의 순환과 자연물에 기반한 상상력 등이 그러한 인상의 기반을 이룬다. 그러나 뜨거운 마음이 약동했을 젊은 시절부터 시 속의 화자가 차분하고 단아하기만 한 여인이었던 것은 아니다. '숨도 가쁜 한 고비'의 사랑(「봄날에」)을 느끼며 '미쳐라 달쳐라'(「봄」)고 외치고 싶은 마음은, 젊은 허영자의 시에 저류를 형성한다. 다음 시는 차분한 의장과 뜨거운 사랑의 욕망이 결합된 대표적 예 중의 하나이다.

> 후루루 몸을 털곤
> 천지는 또 한 번
> 무당의 활옷을 챙겨 입었다.
>
> 다스려 다스려
> 반눈이나 붙였던 핏물
> 치오르는 곤두박질을
> 어쩌면 좋아
>
> 칠칠 흘러내려
> 비릿내 도는
> 화냥기를
> 참말 어쩌면 좋아
>
> 가슴 불꽃을 온통 내쏟아
> 짱짱한 목소리의
> 노래를 부르리라

미쳐나는 춤
시퍼런 칼춤을
전신만신으로
또 춤추리라

— 「녹음」

　들썩거리는 이 정열의 노래는 은유적 틀 안에서 이루어진다. 그러니까 '치오르는 곤두박질'과 '화냥기'에 어쩔 줄 몰라하는 것은 일차적으로 내 마음이 아니라 푸른 잎사귀들이다.

　1연은 녹음을 바라보고 있는 화자의 말이 분명한데, 나머지 연들은 1연에 이어지는 화자가 잎사귀들에 대해 하는 말인지 우거진 잎들이 중얼거리는 말인지 모호하다. 어느 쪽으로 해석해도 무방할 만큼 내 마음과 잎사귀들의 마음은 밀착되어 있다. 그러나 이 강한 밀착은 또 다른 해석의 가능성을 시사한다. 제목을 제외한다면, 이 시의 어떤 구절도 '녹음'과 연관되어야 할 만한 것은 없다. 즉 곧바로 내 마음의 풍경으로 읽어도 문제될 것은 전혀 없는 것이다. '녹음'의 가장 직접적인 비유가 되고 있는 '무당의 활옷'은, 그 울긋불긋한 빛깔을 떠올린다면 오히려 '녹음'의 매개를 거치지 않고 내 마음의 화려한 빛깔로 옮아올 때, 보다 그럴 듯할지도 모르겠다는 인상을 주기도 한다.

　왜 이 시인은 푸른색을 거쳐서만 자신의 마음을 드러낼 수 있었을까? 이것은 비단 이 시 하나에만 국한된 현상은 아니다. 들끓는 마음은 거의 대부분 봄이라는 계절, 혹은 식물을 매개로 해서만 표출된다. 식물의 뒤에 숨어서만, 번질거리는 동물성을 제거하고서만, 그녀는 자신의 욕망을 빼끔이 드러낼 수 있다. 일종의 수줍음 때문일까? 그런 것 같다.

참말 참말
이상한 몸살

황홀한 듯
어지러운 입덧

성처녀의
무염시태(無染始胎).

— 「조춘(早春)」, 『가슴엔 듯 눈엔 듯』

뾰족뾰족 새싹이 돋고 꽃망울이 생기는 봄은 아무리 화려해도 순결하다. 계절은, 그리고 식물은, 헉헉대며 섹스 하지 않고도 잉태할 수 있는 '성처녀'같은 존재로 시인에게 보여진다. 그것들은 풍요로우면서도 처녀처럼 순결하다.

그러므로 식물과 계절을 비유 매체로 채택할 때, '칠칠 흘러내려 비린내 도는 화냥기'를 나무에게 맡겨버릴 때, 나무가 원래 지닌 싱그러운 이미지와 순결함은 그 화냥기를 중화한다. 질척거리는 욕망과 동물의 살이 끈끈하게 풍겨내는 '비린내'실제로 그런 것이 아닌, 나뭇잎의 우거짐에 대한 돌발적 비유인 듯한 외양을 지니게 된다. 내 마음/녹음의 은유 체계는 이 시에서 그 자체의 참신함으로 시적 효과를 준다기보다는, 화자의 또 다른 심리, 그러니까 화냥기를 감추어보고 싶은 심리를 드러낸다는 점에서 주목을 요한다. 부끄러운 데가 아예 없는 녹음의 푸른빛은, 이브의 부끄러운 데를 가려주는 잎사귀 같은 역할을 하는 것이다.

김지향은 '허영자의 관능이 장차 한복 차림을 벗어날 지의 여부'를 주시해야 할 것이라고 말한 적이 있으나(「현대여류시와 에로스」, 『현대시학』, 1974. 10), 그 옷을 보다 꼭꼭 여미는 쪽으로 그의 시가 나아간 것은 예정된 수순이었던 것처럼 보인다. 뜨거운 마음이 객관적 상관 물로 식물적인 것, 혹은 정적인 것을 설정할 때, 이 객관적 상관 물들은 정말로 '객관적'인 것이라기보다는 시인의 주관적인 지향성을 내포한다. 허영자가 가동시키는 단정한 은유의 틀들은, 뜨거운 마음을 가라앉히거나 안 보이도록 숨겨 식물적이고 정적인 상태에 도달해야 한다는 당위의 의미를 담고 있다.

> 불길 속에
> 머리칼 풀면
> 사내를 호리는
> 야차 같은 계집
>
> 그 불길 다스려 다스려
> 슬프도록 소슬한 몸은
> 현신하옵신 관음보살님
> — 이조 항아리.
>
>   — 「백자(白磁)」

여기 있는 것은 '야차 같은 계집'의 호된 갈등 과정이 아니라, 결과물로서의 깨끗하고 단정한 '백자'이자 '관음보살님'이다. '불길' 속에서 들끓으며 '사내를 호리'고 싶은 욕망에 시달리는 계집의 열정은 그러니까 시가 시작될 때부터 '다스려'질 것을, 그 열정적 관능이 제거될 것을 보장받고 있는 셈이다. 허영자의 시가 보여주는 뜨거운 마음은, '백자'와 같은 차분하고 깨끗한 여인의 모습에 도달하기 위한 하나의 '과정'이 된다. 시 전체를 튼튼하게 틀어쥐고 있는 '백자'라는 은유 틀 안에서, '야차 같은 계집'에게 남은 가능성은 오직 '관음보살님'이 되는 것이다.

대체로 허영자는 단아하고 고전적인 의장 속에 계집의 타는 살을 빈틈없이 숨겨 두는 것으로 미학적 성취를 의도하지만, 그러나 역설적이게도 그의 시에서 가장 빛나는 구절들은 견고한 형식 바깥으로 그 살이 삐져 나올 때이다.

아직도 미간을 태우는
이런 이름 때문에

한밤중에 일어앉아
나는 운다
—「가을비」 5, 6연, 『친전』

5할 쯤은 죽어 있는
여자의 창에

나울쳐 나울이 쳐
젖어드누나.
—「문득 바람이」 6, 7연 『어여쁨이야 어찌 꽃뿐이랴』

　미간을 태운다는 것은 도대체 「가을비」와 관계된 어떤 의미로 환원 가능한가. '반쯤'이라는 어휘 대신 채택된 '5할'이라는 이질적 어휘는 어디에서 온 것이며, 어찌하여 '창'이 죽어 있는가. 이 구절들은 논리적 해석의 범위를 넘어선다. 그리고 시인의 은유적 통제력을 벗어난 시 속 여인의 타는 마음은, 이런 구절들 속에서 '문득' 우리에게로 가까이 온다.

3.

　허영자의 제2시집 『친전』의 마지막 시는 「막달라 마리아」이고, 제3시집 『어여쁨이야 어찌 꽃뿐이랴』의 마지막 두 편의 시는 「수기—막달라 마리아」와 「성모의 말씀」이다. 이 세 편의 시는 여러 면에서 흥미롭다. 두 권의 시집 마지막을 장식하는 시가 두 마리아에 관한 것이라는 점이 그렇고, 허영자의 시에서는 아주 이채롭게 이 시들이 서술적이고 산문적인 언어로 이루어졌다는 점과 시인 자신의 목소리 대신 다른 여인의 목소리가 전경화되고 있다는 점이 또한 그렇다. 시인은 두 마리아에 대한 매혹을 직접적으로 드러내고 있는 셈이다.

이 성녀와 창녀는 허영자의 시 속에서 그렇게 모순적인 존재로 형상화되지는 않는데, 그것은 창녀 막달라 마리아에 대한 그녀의 해석에 기인한다.

> 오직 이 부스럼 투성이의 육괴와 백골을 갈가마귀 우지짖는 들판에 던져두고 아승기겁을 타는 유황불, 아귀지옥의 대장간을 찾아 들어 이 영혼을 달구고 때려 새로 제련키 원할 따름이어라.
>
> —「수기—막달라 마리아」, 『어여쁨이야 어찌 꽃뿐이랴』

허영자의 막달라 마리아는 성경의 막달라 마리아가 보여주는 이미지에서 크게 벗어나 있지 않지만, 보다 적극적이다. '일곱 번 사랑을 하고 일곱 번 뜨겁게 울었'던(「막달라 마리아」) '부스럼 투성이의 육괴'를 버리고 스스로 유황불의 지옥 속에 뛰어 들어 영혼을 정화시키고 있는 이 여인은, '관음보살' 같은 백자의 상태를 지향하는 듯 하다. '온갖 괴로움을 여성답게 감내하라'는 성모 마리아의 목소리(「성모의 말씀」)는 모든 여성을 향한 것이지만, 보다 직접적으로는 바로 앞 페이지에 놓인 이 여인에게 닿는 듯한 인상을 준다. 영혼의 '제련'이 끝나면, '여성답게' 괴로움을 감내하면, 이 여인은 깨끗한 성모와 동렬에 놓일 수 있게 된다.

다음 시는 두 마리아가 결합된, 시인이 지향하는 여인상을 직접적으로 드러내 준다.

> 휘발유 같은
> 여자이고 싶다
>
> 무게를 느끼지 않게

가벼운 영혼

뜨겁고도 위험한
가연성의 가슴

한 올 찌꺼기 남지 않는
순연한 휘발

정녕 그런
액체 같은
연인이고 싶다

—「휘발유」,『빈 들판을 걸어가면』

시인은 끝내 '뜨겁고도 위험한 가연성의 가슴', 막달라 마리아의 뜨거운 사랑을 놓으려고 하지 않는다. 그녀는 '연인'으로 남고 싶어한다. 단 그것에서 끈적끈적하고 불쾌한 살 냄새와 관능만은 제거되어야 한다. 뜨겁고도 위험하되, 무게가 느껴지지 않을 정도로 가벼우면서도 더러운 찌꺼기를 남기지 않는 '순연한' 모습, 그것은 성모 마리아의 순결함의 '이미지'와 막달라 마리아의 정열의 '이미지'가 정확하게, 그리고 기분 좋게 결합되어 있는 상태이다. 그러나 시인 스스로 '싶다'라는 어미를 쓰지 않을 수 없을 만큼, 이런 여인의 이미지는 이상적 관념의 상태에서 현실로 쉽게 강하하지는 않는다.

이 이미지는 새롭다. 그것은 우리 머리 속에 이미 존재하는 여성의 순결에 대한 이미지도, 정열적이고 낭만적인 사랑의 이미지도 훼손하지 않는 대신, 하나가 다른 하나를 더욱 빛내 주도록 구조화되어 있다. 뜨겁고 위험한 가슴속에서도 홀홀히 가벼운 영혼이라면 순결은 그저 '순결함'이어서 '순결해야 함'이라는 목소리에 구속감을 느끼지 않을 수 있으며, 순연히 휘발될 수 있는 가연성의 가슴이라면 뜨거운 사랑 속에서도 오직 깨끗하게 남아 있을 수 있다.

이토록 막강하게 순결하면서도 막강하게 타오르는 '연인', 이념적 여성상은, 다른 시인들의 시에서 쉽게 찾아볼 수 없는 것이다.

4.

그녀는 도대체 어떤 님을 사랑하길래 이토록 뜨거우면서도 순결한 여인이기를 바라는가.

> 한 여인이
> 그 살을
> 피를
> 내음을
> 송두리째 드린다 하면
>
> 아아
> 그대의 고독은 풀릴 것가
>
> 차갑고 어둡고 말 없는 얼굴
> 그대 마음은 풀 길 없는
> 크나큰 이 슬픔
>
> — 「바위」 1, 2, 3연, 『가슴엔 듯 눈엔 듯』

> 죄송스러워라
>
> 그분께
> 그리움을 아뢰옵다니
>
> 나야

참

검은 얼굴

비인 손뿐인 것을……

— 「항아리」 1 , 『가슴엔 듯 눈엔 듯』

허영자의 특징이 잘 살아 있는 두 시는, 각각 님을 「바위」로, 나를 「항아리」로 비유한다. 누군가의 틈입을 거부하며 단단하게 굳어 있는 바위/님 앞에서 여인은 자기 존재를 '송두리째' 희생할 각오를 하고 있다. '그분께 그리움을 아뢰움'는 따위의 의사 표시는, 여인인 나에게 허락된 일이 아니다. 여인은 님의 고독을 풀어주기 위해 온 몸과 마음을 내던지거나, 혹은 자기를 비우고 항아리처럼 텅 빈 몸으로 앉아 님이 와주기를 기다리는 존재이다. 「바위」와 「항아리」의 '말없음'이라는 특질은 여기서 각각 다른 지향을 가진다. 남성적 님인 「바위」는 여인의 희생에 의해 '말없음'의 표지를 지워야 하고, 여성적 화자 인은 「항아리」 스스로의 마음을 함부로 내뱉지 않도록 '말없음'의 표지를 얻어야 한다.

뜨겁고도 순결한 여인의 이미지는 바로 이런 님 앞에 놓여질 때 보다 구체적인 상을 획득하게 된다. '차갑고 어둡고 말없는 얼굴'의 님에게 온 몸과 마음을 바치기 위해 그녀는 뜨거워야 하며, 언제 올지 모를 님을 맞기 위해 항상 텅 빈 채로 다소곳이, 순결하게 있어야 한다.

이 여인은 허영자에게 '성처녀'라는 이름으로 현현하는 것 같다. 지시적으로 성처녀와 성모는 둘 다 예수의 어머니 마리아이지만, 그 명칭이 내 풍기는 의미는 사뭇 다르다. 성모는 여자가 아니라 어미이며, 성모의 짝은 남자가 아니라 아들이다. 이에 반해 성처녀는 말 그대로 '처녀'이다. 욕망에 의해 더럽혀지지 않은, 그러나 성모처럼 욕망을 거세당하지 않은, 아직 남자를 모르되 그 자리를 아들에게 빼앗기지 않은, 성처녀는 '여자'다. 성처녀는 잠재적으로 뜨겁지만, 언제나 순결하다.

아차 대질리면
어혈 드는 살

바라다만 봐도
문드러지는 살

어스름 달빛 고요히
비껴가는 살

지순무구한
성처녀의 살.

— 「복숭아」, 『어여쁨이야 어찌 꽃 뿐이랴』

묻지 말아라
비바람 번갯불에
내려친 벼락

묻지 말아라
어둠이 짐승처럼
강간한 밤을

아침해 다시 뜰 때
눈물을 씻고 웃는 얼굴
너 부활의 성처녀
나팔꽃이여.

— 「나팔꽃」, 『어여쁨이야 어찌 꽃뿐이랴』

성처녀는 꽃처럼 열매처럼 예쁘다. 그 살은 살짝만 건드려도 피멍이 들고 눈빛만 닿아도 문드러질 것처럼 유혹적으로 아슬아슬하지만, 끝내 '지순무구' 하다. 성처녀는 한밤 내내 비바람과 번갯불과 짐승 같은 어둠에 유린당해도, 항상 그 처녀성을 회복한다. 성처녀는 욕망의 불꽃을 가슴속에 품고 있을 수 있지만, 또 한편 꽃과 열매로 변신해 있기에 그 욕망에 의해 변질되는 것으로부터 자유롭다. 성모 마리아의 순결함과 끝없는 인종, 막달라 마리아의 뜨거운 사랑이 깊게 뿌리내린 자리에서, '성처녀'의 이름과 이미지는 화려하게 꽃을 피우고 열매를 맺는다.

그러므로 이 성처녀가 중년에 접어들어서도 언제나 봄과 가을과 꽃과 새를 노래하며 스스로를 깨끗하게 단장하는 것은 당연한 일일지도 모른다. 그녀는 여섯 번째 시집 『기타를 치는 집시의 노래』에서 아주 가끔 도시에 대한 시를 보여주기도 하지만, 그것도 도시에 부재 하는 '뒷동산의 능선과 / 양지바른 묏등'을 꿈꾸는 노래이지 '뻣뻣한 빌딩 숲'에 관한 것은 아니다(「도시인1」). '아차 대질리면 어혈 드는'여리고 섬세한 살을 지니고 있기에, 그녀는 오염된 도시의 오염된 현실 속에 뒤섞일 때 오롯할 수 없다. 언젠가는 오실 님을 기다리며, 그녀는 이 오염된 곳과 멀찍이 떨어진 데서 깨끗하게 스스로를 지켜나가야 하는 것이다.

이런 여인에게 한량없이 사랑 받는 님은 도대체 얼마나 행복할까? 아니, 혹시 이런 여인에게서 사랑 받고 싶은 누군가가, 이런 여인의 님이 되고 싶은 누군가가, 행복한 꿈을 꾸고 있는 것은 아닐까? 그 행복한 꿈을 시인이 대신 기록해 준 것은 아닐까? 허영자의 시들은, 이런 여인에게 사랑 받는 누군가의 달콤한 꿈에 대한 가장 뛰어난 구현물이 아닐까?

이지와 정열의 순수서정, 그 한 길의 역사
— 동인지 『청미』를 중심으로

문흥술*

1. 머리말

한국 현대시에서 서정시의 본질은 시사적 전개과정과 관련하여 고찰될 때, 그 명확한 특질이 밝혀질 수 있다. 김소월의 정한의 세계, 한용운의 절대적 님의 세계 이후, 한국 시사는 다양한 변신을 거듭하면서 오늘날에까지 이르고 있다. 그 과정에서 한국 서정시는 실로 넓고도 깊은 궤적을 그리면서 그 역사적 외연을 확장하고 내포적 깊이를 심화시켜 왔다. 일제강점기에 있어서 시계 열체를 리얼리즘 시와 모더니즘 시, 그리고 전통 지향적인 시들로 분류할 때, 서정시라는 역사적 개념은 이들 모두에게 적용될 수 있다. 곧 서정시는 어떤 특정 계열체 내지 특정한 시적 경향을 의미하는 것이 아니다. 그것은 한국 현대시 전반에 걸쳐 적용되는 광의의 역사적 개념으로 오늘날에도 적용될 수 있는 개념이다. 우리가 지금도 도시적 서정시, 민중적 서정시, 전통적 서정시 등의 명명법을 사용하고 있는 것은 서정시의 이런 역사적 개념이 갖는 의미를 잘 보여주고 있는 것이라 할 수 있다.

---

* 서울여대 교수

서정시는 근대 자본주의의 역사적 전개과정과 밀접한 관련을 맺고 있다. 여기서 우리는 마르크스주의에 있어서 '소외'와 '사물화'개념에 주목할 필요가 있다. 곧 미증유의 물적 풍요로움을 이룩한 근대 자본주의가 그 이면에 인간 소외와 사물화라는 심각한 문제를 배태하였으며, 근대 이후 모든 문학들, 가령 리얼리즘과 모더니즘, 그리고 전통 지향적인 것들 모두가 이 모순을 어떻게 극복하느냐에 매달려 왔다고 볼 수 있다. 이들의 극복 방법은 각각에서 차이를 드러내고 있다. 리얼리즘은 민중의 계급 해방을 통해, 모더니즘은 현대 도시물질문명에 대한 비판을 통해, 그리고 전통 지향적인 것은 사라져 가는 자연이나 전원에 대한 강렬한 지향성을 통해 자본주의의 모순을 극복하려 한다.

그런데 이처럼 그 방법론적 측면에 있어서는 편차를 드러내고 있지만, 이들이 궁극적으로 자본주의의 모순을 극복하고 도달하고자 하는 지향점은 동일하다. 그것은 인간과 인간, 인간과 자연이 조화롭게 공존하는 동일성의 세계이다. 근대 자본주의는 인간/이성/의식/도시/남성을 중심부로, 자연/비 이성/무의식/농촌/여성을 주변부로 설정하고, 중심부에 의한 주변부의 철저한 지배와 배척을 그 특징으로 한다. 이처럼, 중심부와 주변부의 이항대립을 통해 전자가 후자를 배척하는 폭력적인 체계에 의해 근대인간은 자신의 타자를 상실한 채, 소외되고 사물 화된 채 살아가고 있는 것이다. 이것의 극복은 상실된 타자(주변부)를 회복하는 것에 의해 가능하다. 곧 인간과 자연, 도시와 농촌, 남성과 여성, 물질과 정신이 구분되지 않고 동일성을 이루는 세계에 대한 지향이야 말로 자본주의의 모순을 극복할 수 있는 방법이다. 인간과 인간, 인간과 자연이 평화롭게 공존하는 동일성의 세계야말로 모든 인류가 궁극적으로 지향하는 황금시대에 해당된다. 민중적 서정시든, 도시적 서정시든, 전통적 서정시든, 모든 '서정시'는 이 동일성의 세계를 근본적으로 지향하고 있다.

1963년 1월 한국 시문학사에서 최초로 여성시인들만이 모여 만든 시동인회인『청미』가 어느덧 30여 년이라는 긴 성상을 지나 지금에 이르고 있다. 1963년 4월에 첫 동인지『돌과 사랑』1집을 발간하면서 시작된 이 동인회의 활동은, 1970년 12월 동인지 이름을『청미』로 개정한 이후 1993년 동인 회 30주년 기념 집인『청미』21집을 내었고, 1998년에 이르러 35주년 기념으로『청미』동인시지 총집 2권을 발간하였다. 창립동인으로는 김선영, 김숙자, 김혜숙, 김후란, 박영숙, 추영수, 허영자이며, 이후 1968년 임성숙, 이경희가 새로운 동인으로 가담하였고, 현재에는 김선영, 김혜숙, 김후란, 박영숙, 이경희, 임성숙, 추영수, 허영자가 동인 멤버로 활동 중이다.

한국 시사에서 많은 동인지들이 있었고, 그들 각각이 고유한 색채를 통해 나름의 시사적 의미를 부여받고 있다. 그렇다면 30년 이상 지속된 동인지 '청미'의 시사적 의미는 무엇일까? 흔히 '청미'를 두고, 최초의 여성 동인지, 혹은 가장 오래된 동인지 등의 의미를 부여하고 있다. 혹은 이들 동인들의 경우, 단순한 '우정'의 모임에 불과하며 어떤 공통적인 시적 특성 없이 다만 인간적 유대에 의해 오랜 시간의 동인지 활동이 가능했을 뿐이라고 말하는 이도 있다. 그러나 이처럼 '최초', '오래된'등의 수식어로 한정하는 것은 이 동인지의 시사적 의의를 과소 평가하는 것이다.『청미』동인지 30여 년의 역사는 '한국 서정시'의 정수를 보여주고 있다는 점에서 접근될 때, 그 정당한 시사적 의미가 부여될 수 있을 것이다. 이들 동인들은 때로는 냉철한 이지로, 때로는 강렬한 정열을 각각 개성적으로 발휘하면서, 공통적으로 인간과 인간, 인간과 자연이 동일성을 이루는 세계를 지향함으로써 한국 서정시의 다양한 전개 과정과 그 특질을 압축적으로 보여주고 있다. 이들 동인들의 서정시는 크게 전통적 서정시, 도시적 서정시, 존재론적 서정시로 분류할 수 있다.

2. 전통적 서정시

근대 자본주의는 인간에 의한 자연 지배로 특징 지워 질 수 있다. 근대 이후, 칸트의 선험적 이성으로 무장한 인간 주체는 스스로를 만물의 영장으로 자처하면서 객체로서의 자연을 지배하고 재 가공함으로써 물적 풍요로움을 이룩하여 왔다. 그 결과 자연은 황폐화되기 시작했고, 이전에 인간과 조화롭게 공존하면서 우리에게 정신적 자양분을 제공하던 자연은 우리의 관심 밖으로 밀려나게 되었다. 1930년대 순수시파와 청록파에서부터 시작된 전통적인 서정시는 지금까지 한국 시사에서 큰 줄기를 이루면서, 사라져 버린 자연으로의 회귀 내지 회복을 시화함으로써 인간과 자연이 동일성을 이루는 세계를 지향하고 있다. 『청미』동인 중 이러한 전통적인 서정시의 계보를 발전적으로 계승하고 있는 시인이 김선영, 김숙자, 김후란, 김혜숙, 추영수이다. 이들은 시적 시선을 사라져 가는 자연물 내지 유년기의 아름다운 전원적 고향, 나아가 무한한 우주 공간에 집중시킨 채, 그것과 일체가 되고자 하는 강한 열망을 드러내고 있다.

> 산은
> 날으는 새를
> 조롱에 가두질 않네
>
> 새들은
> 마을에 내려왔다 산으로
> 올라가네
>
> 나도 앞으로
> 산으로 갈 일밖에

남지 않았네

산에서
잠시 날아온
산새이니.

— 「산은 새를 조롱(鳥籠)에 가두지 않네」

　김선영의 시적 자아는 스스로를 산에서 잠시 날아온 새로 규정하고 있다. 곧 자신은 본래 자유롭게 날아다니는 산새인데, 지금 '세상'이라는 '조롱'에 갇혀 날지 못하고 있다는 것이며, 날지 못하는 '조롱'을 벗어나 본래의 고향인 '산'으로 되돌아가고자 한다. 그리하여 시적 자아는 "산이 열려오는 소리"와 "꽃빛 젖가슴이 열려오는 소리", 그리고 "언젠가 무너진/ 나의 빈곳을/ 둥글게 채워주는/ 물 같은/ 소리"(「문서리」)를 들으면서 자신의 실체를 되찾고자 한다. 그 되찾는 과정이 '탈출하는 살'로 제시되어 있다.

나도
하나의 꽃씨가 되어간다
살은 꽃냄새

살을 훌훌 벗는다
시지프스의 바위의
삭아진 모래

후루루 이승은 지고
바흐의 반음계적 환상곡 속에
발을 숨긴다

크신 손이 나를 받는다

영점의 산상에서
나머지 뼈도 빛이 된다

꽃씨가 된다
무한의 바다에
반짝이는 섬

밤이면
물결소리가 들린다

햇빛 속에
심어지는
물방울 한 알
허무 한 점에
불이 켜진다.

— 「씨앗」3

자아는 '조롱'에 갇힌 채 살아가는 이승의 삶을 탈출하려 한다. 그 방법이 비대해진 살을 '훌훌' 벗어 던짐으로써 스스로를 가벼운 꽃씨로 만드는 것이다. 꽃씨가 되고, 나아가 '영점의 산상에서 나머지 뼈도 빛'이 되는 상태, 곧 자유롭게 비상할 수 있는 상태가 될 때, 비로소 '무한의 바다', '반짝이는 섬', '물결소리', '물방울 한 알', '햇빛' 등이 어우러져 아름다운 장관을 연출하는 환상적 세계에 발을 디디게 되는 것이다. 그 세계는 다름 아닌 자아가 '새'가 되는 고향, 곧 인간과 자연이 동일성을 이루는 세계이다.

(……)
나무가 자라
청청한 햇빛 새로

어울대는 바람이 넋을 부르면
날개는 돋기 시작한다
다음은
진동하는 우주의
합창
어진 화기(花器)로 새는 주동이를 연다
마침내 전체를 버리며
활활 노래를 찾아 떠난다
그 곁에서
쓸쓸한 목례를 보내며
고독을 받는다.

— 「내부의 새」

김숙자의 시적 자아는 자신의 내부에 '나무'를 키운다. 그 '나무'는 청정한 햇빛과 바람과 교감하고 우주의 합창 소리를 들으면서 꽃 같은 새로 변신한다. 꽃 같은 새가 된 시적 자아는 아늑한 우주 공간으로부터 들려오는 노래를 찾아 자유롭게 비상한다. 그러나 그 비상은 "은모래가 들어차 무덤이 생기고/ 살 빠진 모시조개 껍질을 남길 뿐/ 번쩍 청비늘 뛰는/ 생선 한 마리 살지" (「근황」 3연) 못하는 불모의 현실에 부딪치면서 숱한 좌절의 과정을 겪는다. 그러면서 자아는 우주의 아름다운 합창소리를 찾아 비상하려고 끝없이 꿈틀대는 새를 내부에 잉태시킨 채, "미명의 빛/ 실꾸리같이 풀리며/ 온 몸을 지져대는 전류……타고/ 문전마다 헤매인다/ 혈기 식은 나날을" (「근황」 4연) 보내면서 그 새를 성숙시켜 왔고, 그리하여 "지금은/ 가난한 마음으로 믿음의 뿌리를 키우며/ 우주의 소리를 경청" (「겨울나무」)하고 있는 것이다.

김후란의 시적 자아는 세월이 아무리 흘러도 변하지 않는 '목마'의 모습에서 출발하여 '풀잎에 맺힌 이슬'에 도달하고 있다.

미명의 세계를 들여다보는 어진 눈을 가지고 있었다
둘러친 담장 너머로 검은 바람이 밀려가고
귓전에 솔깃이 담겨오는 새벽의 서성거림에 잠이 깨이면
목마는 불현듯 먼 데 것이 보고 싶어 원시가 된다

(……)

나이를 잊어버린 자에게만 들리는 은밀한 소리……끝없는 심연을 돌아
울려나오는 소리……
살아 있는 입을 모아 일제히 합창을 시작하면 거기 비로소 방랑의 시심이
있었다

회전하는 원반 위에서 유원한 일점을 응시하며 불꽃을 피우는 너의 계절은
언제나 젊다.

— 「목마」2

나이를 잊고 언제나 젊음을 유지하는 시적 자아는 '미명의 세계를 들여다보
는 어진 눈'을 가지고 있다. 그 눈을 통해 시적 자아는 가시적인 현실 너머에
있는 '끝없는 심연을 돌아 울려나오는 은밀한 소리'를 찾아 긴 방랑의 길을
떠난다. 그럴 때 생명 없는 목마는 '살아있는 입을 모아 일제히 합창'을 하는
아름답고도 불꽃같은 정열을 지닌 생명체로 살아 숨쉬게 된다. 시적 자아의
방랑의 종착지는 '무한한 우주'이다. 그러나 회전하는 원반 위를 떠날 수 없는
목마이기에 '무한한 우주'를 향한 방랑은 불가능하다. 목마가 우주에 도달하
는 방법은 자신의 내면으로 응축하여 "결빙하는 눈썹으로/방 안을 기웃거려/
이대로 백설의 꽃"(「빙화」)이 되는 것이다.

그윽히 내뿜는
향기 그리고 빛

바람은 풀잎을 눕히고
소리없이 일어서는 풀잎

의기찬 몸짓으로
풀빛 그림을 그린다

그러나 다 그릴 수 없는
이 세상 이야기에

병든 이 괴로운 이
슬픈 이들 말없이 눈물 짓듯

풀잎에 맺힌 이슬로
하늘에 공양한다.

— 「풀잎에 맺힌 이슬」

  '백설의 꽃'이 내면으로의 응축을 통해 도달한 것이 '풀잎에 맺힌 이슬'이
다. 시적 자아는 '그윽히 내뿜는 향기 그리고 빛'의 세계인 '풀잎'에 맺힌
이슬이 됨으로써 스스로가 도달하고자 한 하늘(우주)를 영원히 공양할 수 있게
된다. 현실의 불순물이 완전히 제거된 그 맑고 순수한 경지에 이를 때, "보이지
않는 곳 어디에서나/ 생명은 모두/ 제 몫의 아름다움으로 빛난다" (「너의 빛이
되고 싶다」)는 사실을 깨닫게 되는 것이며, 이 깨달음을 통해 인간과 자연을
비롯한 생명이 있는 모든 것을 사랑할 수 있는 것이다.
  김혜숙의 시적 자아는 유년기의 고향에 대한 지향성을 드러내고 있다. 시적
자아에게 있어서 유년의 고향은 "해돋는 나라"이자 "금싸래기 황금빛 햇살"
가득한 평화로운 공간이다. 그 공간에 대한 기억을 안고 자아는 "한 발자국도
더 내디딜 수 없는/아슬한 벼랑의 끝/이 어둠"(「잠이 오지 않는 밤」)의 세계에

서 "겨울 뜨락처럼 텅빈 가슴"(「산이여」, 4)으로 살아간다. 그러면서 '텅빈 가슴'을 아름다운 고향에 대한 기억으로 가득 가득 채워나가는데, 그 고향은 '푸른 산'으로, 그리고 '당신에 대한 사랑'으로 다양하게 변주된다. 돌아갈 수 없는 유년의 고향에 대한 꿈, 그 뿌리에 대한 강렬한 지향성을 통해 시적 자아는 인간과 자연이 모두 고향이라는 뿌리를 그리워한다는 점을 자각하게 되고, 이 자각에 의해 스스로를 나무와 일체화시킴으로써 서정적 동일성의 세계에 도달한다.

옷을 벗은 나무들은
모두 다
그들의 하얀 뿌리들을
저 깊은 어둠 속, 단단한 땅 밑에 묻고
꿈을 꾼다

잠든 자들만이 꾸는 꿈

푸른 옷 입고
예쁜 웃음 띠며
따뜻한 햇볕 속에서
님을 만나는 꿈
(……)

— 「겨울나무」

추영수의 시적 자아는 "내 팔이 꽃가지 되고/ 내 입술이 꽃이파리 되어/ 곱게 피로 웃는 꽃나무"(「거짓말이란다」)라는 진술에서 보듯, 자연을 내재화시킨 상태에서 자연과의 동일성의 세계를 지향하고 있다.

우리들 돌아갈 본향은
결국
흙이라고…

감나무 잎들이
가을 하늘가에
화려한 씨알들을
감송이로 고이 싸서
매달아 놓고
조용히 뿌리 옆에 누웠구나

퇴비에 단비가 내리면
그 진액이 조금씩 조금씩
땅 속으로 스며들 듯
가을비에 젖으며
본향으로 잦아드는
목숨

내 가는 날에도
뿌리 옆에 누운 감나무 잎처럼
저리 아름다울 수 있었으면…
자랑스러울 수 있었으면…

— 「감나무 잎」

　　시적 자아는 감나무로부터 자신이 돌아갈 본향이 '흙'의 세계임을 배운다.
그곳은 소멸과 죽음의 공간이 아니라, 생성과 부활의 공간이다. 곧 모든 생명
체를 잉태시키는 공간인 것이다.

3. 도시적 서정시

자연의 구체 물을 통해 서정적 세계를 추구하는 것과는 달리 '도시'로 표상되는 현대물질문명을 비판하면서 서정적 동일성의 세계를 추구하는 시인으로 박영숙, 이경희, 임성숙을 들 수 있다.

> 시인은
> 사념의 자리가 없어
> 전차 스테이션이나
> 버스 정류장에 서 머뭇거린다
> (……)
>
> 떠나고 싶은 것은
> 마음의 자연
> 자연의 심연에서 솟치며 피는
> 자유가 누리는 한 줄기 물꽃
>
> 떠나가자
> 떠나가자
> 눈 먼 마음이사
> 어서 떠나자
> (……)
>
> ──「속. 실명시인」

박영숙의 시적 자아는 도시를 "검은 개펄을 밀어오는 울음소리와도 흡사한 춘조(春潮)의 도시" 내지 "고갈된 영들이 섧게 사는 고독 지옥"(「고독지옥」)으로 규정하고, 그곳에서 스스로 '시세가 없는 걸인'내지 '실명시인'이 되고자 한다. 곧 현란한 쇼윈도와 도시의 야경, 그리고 각종 현대기계문명이 난무하면서 인간을 사물화하고 무기질화 하는 거대 도시는 서정적 동일성의 세계를 지향하는 '시인의 사념'을 불가능하게 하는 곳이다. 시적 자아는 메마르고 황폐한 그런 비인간적 도시에 물들지 않기 위해 눈먼 이방인이 되어 '마음의 자연'과 '자유가 누리는 한 줄기 물꽃'을 찾아 도시를 떠나고자 하는 것이다.

두 다리와 두 팔을
넉넉히 벌리고
당신을 조율하면
5관에서 울리는 기막힌 가락

태고의 숲 속
깊은 바람의 요동인가
이 설레임은

나무에 앉은 새들의 정담이
한 줄기 선상에 튕겨오른다

이윽고
나부끼는 당신의 머리칼
그것은
넘실대는 커다란 바다를 이룬다

우주 가득히 서리는 물보라
허리에 감겨드는 무지개가 고와라

나는

첼리스트.

―「분수7」

이경희는「분수」연작시를 통해, 인간과 인간의 단절을 특징으로 하는 사물
화된 세계에서 첼로라는 도시적이며 감각적인 대상을 연주하면서 서정적 동일
성의 세계를 갈망한다. 분수처럼 흩어지는 첼로의 음률을 통해 시적 자아는
자신의 타자인 '당신'과 일체가 된다. 그 '당신'을 통해 시적 자아는 '태고의
숲 속에 일렁이는 바람의 요동'을 느끼며, '나무에 앉은 새들의 정담'을 듣고,
'넘실대는 커다란 바다'를 보고, 이윽고 '우주 가득히 서리는 물보라'와 '허리
에 감겨드는 무지개'라는 음악적 황홀경의 상태에 빠지게 되는 것이다. 그
황홀경의 세계는 '태고'와 '우주'라는 진술에서 보듯이 탈 문명의 세계에까지
진입해 있다. 그러면서 이 세계는 대우주와 소우주가 둥근 원을 이루는 아늑한
공간, 흔히 요나 콤플렉스로 명명되는 어머니의 자궁 속의 세계에 대비될
수 있을 것이다.

초여름
살구처럼 익어가는 여자여

네 소원
네 슬픔이 무어냐

지금 어느 후미진 골목에서
까닭없이 흘리는 네 눈물은
네가 미처 여자이기 전
아잇적 어느 날
엄마 곁에서
나비의 죽음이 슬퍼
네 작은 뺨을 구슬처럼 흘러내린

짭짤한 눈물의 샘이구나

살구처럼 익어가는 여자여
지금 흐르고 흐르는 네 눈물이
헤프게 헤프게 흘러 넘치면
살구빛 네 살 속 깊이 스몄다가
또 어느 날
생수처럼 터져나와
네 딸아이가 살구처럼 익어서
네 곁을 멀리 멀리 떠날 때
하염없이 흐를
소금기도 바랜 눈물의 샘이구나.

— 「여자」68

임성숙의 「여자」 연작시는 남성중심주의 이데올로기가 지배하는 사회에 있어서 여성의 소외된 모습을 집요하게 탐구하고 있다. '초여름 익어가는 살구'의 이미지는 남성 중심의 사회에서 일회적인 성적 대상으로만 기능하는 여성의 모습을 압축적으로 보여주고 있다. 여성은 태어날 때부터 여성으로 규정되는 것이 아니다. '아잇적'나비의 죽음이 슬퍼 흘린 눈물은 남성과 여성으로의 성 분화가 일어나기 이전, 곧 한 인간 존재로서의 눈물이었다. 그러나 사회화 과정을 통해 아이는 여성으로 자리 매김 당하면서 남성에 의해 '후미진 골목'이라는 주변부로 밀려난다. 그곳에서 여성은 '생수'처럼 터지는 눈물을 흘리면서 한 평생을 지내게 되고, 그 눈물은 '딸'에게도 연결되는 것이다. 이처럼 임성숙은 「여자」 연작시를 통해 남성중심주의 사회에서 억압받는 여성의 모습을 폭로함으로써, 남성과 여성이 성 구분 없이 상호 동일하게 공존할 수 있는 세계를 지향하고 있다.

4. 존재론적 서정시

허영자의 시는 인간 존재란 무엇이며 어떻게 사는 것이 진정 인간적 삶인가
라는 존재론적 질문을 시의 핵심 요체로 삼고 있다.

> 흐르는 바람으로
> 가락을 빚는 그 사람.
>
> 아 나는
> 얼마나를
>
> 그 창조의 가슴과 손으로
> 하늘에 사무치는
> 주문이고 싶으랴
>
> 봄날 아침
> 門을 여는 꽃
> 罪없이 웃는 혼령이고 싶으랴.
>
> — 「피리」

시적 자아는 '그 사람'을 매개로 하여 '하늘'에 사무치기를 열망하고 있다.
여기서 '하늘'에 닿아있는 '그 사람'은 '흐르는 바람으로 가락을 빚는'존재로,
모든 인위적인 것을 거부하고 우주와 자연의 본래적 흐름을 통해 모든 것을
창조하는 절대적 존재이다. 시적 자아는 그런 존재의 말씀을 '주문'으로 받기
위해, 스스로를 '죄없이 웃는 꽃의 혼령'과 같은 순수한 영혼의 존재가 되고자
한다. 다음 인용문을 보자.

시는 참으로 좋은 <말씀>이다.
다른 사람의 시를 읽고 찬탄할 때나 또는 자신이 시를 쓸 때나 시가 참으로
최상의 말씀이라는 점을 거듭거듭 느끼게 된다.
말씀 중에도 향기로운 말씀이요, 그 향기가 또한 오래오래 남아 영혼에
배어드는 그런 말씀이 곧 시이다.

— 「암청의 문신」

시인 스스로 '시는 참으로 좋은 말씀'이라고 규정하듯이, 허영자에게 있어
서 시는 세상의 모든 존재 물을 창조한 절대적 존재의 '말씀'을 들려주는
'순수 영혼'의 울림으로 심화되어 있다.

불길 속에
머리칼 풀면
사내를 호리는
야차 같은 계집,

그 불길 다스려 다스려
슬프도록 소슬한 몸은
現身하옵신 관음보살님
— 조선 항아리.

— 「白瓷」

'야차 같은 계집'과 '현신하옵신 관음보살님'이 대조되고 있는데, 허영자의
시에서 이러한 대조는 흔히 발견된다. 여기서 이 대조는 인간존재에 대한
존재론적 조건과 결부되어 있다. 냉과 열, 정신과 육체, 영혼과 물질의 자연적
균형이야말로 생명을 위한 필수조건이다. 그런데 근대 인간들은 이 균형상태
를 파괴시키고 열과 육체와 물질만을 강조함으로써 존재론적 결핍 상태에

◀ '청미'동인

빠지게 된다. 그 결과 순수 영혼과 그 영혼을 통해 말씀을 들려주던 절대적 존재는 균형상태를 상실한 우리들 곁을 떠나 버리고, 혼자 남은 인간은 통제되지 않는 육체의 열로 인해 타락의 심연으로 빠져들게 되는 것이다.

시적 자아는 '이조 항아리'라는 대상을 통해 인간의 존재론적 결핍을 자각하고 있다. 허영자의 시에 등장하는 대상들은 이처럼 존재론적 질문을 위한 은유의 역할을 수행하고 있다. 이 시는 과잉된 육체의 열기를 '다스려 다스려' '백자 항아리'처럼 차갑고 맑은 정신을 되찾을 때 인간의 존재론적 본질을 회복할 수 있다는 사실을 대담한 이미지와 간결한 구문, 그리고 압축적인 시어로 제시하고 있다.

이 맑은 가을 햇살 속에선
누구도 어쩔 수 없다
그냥 나이 먹고 철이 들 수밖에는

젊은 날
떫고 비리던 내 피도
저 붉은 단감으로 익을 수밖에는—.

—「감」

　'감'을 대상으로 하여 인간 존재에 대한 의미를 묻고 있다. 차갑고 신선하면서도 정열적인 느낌을 주는 '붉은 단감'은 '떫고 비리던 내 피'라는 육체의 열기를 다스릴 때 도달할 수 있는 상태, 곧 이지적 정열의 상태에 해당된다. 시적 자아가 이처럼 이지적 정열을 지향하는 것은 절대적 존재의 말씀을 '주문'받기 위해서이다. 그것은 들끓는 정열을 내면으로 치열하게 다스려, 그것을 정갈하면서도 차갑고 이지적인 것으로 그 질적 형태를 변용 시킬 때에만 가능하다. 그럴 때, 사라진 순수영혼과 절대적 존재도 우리들 앞에 현현할 수 있다. 그러나 그 과정은 엄청난 고통을 수반하기 마련이다.

가쁜 숨결
끓는 몸뚱아리
다 던져둔 채

빛나는 髑髏
희디횐 넋으로
바라만 보는

임이여
임이여

五官에 사무치는
큰
아픔이여.

― 「睡蓮을 보며」

　　절대적 존재에게 다가가려는 시적 자아는 '끓는 몸뚱아리인 육체'를 던져버
림으로써 스스로를 극한적 상황으로 내몬다. 그 혹독한 인고의 과정을 통해
시적 자아는 모든 육체적 열기와 들끓는 욕망을 제거한 해골(촉루 내지 정갈한
뼈다귀)로 질적으로 변모한다. 차갑고 형체만 남은 해골은 이 순간 순수한
'흰 넋'으로 승화되면서 절대적 존재인 '임'과 전신으로 교감한다.

　　　　　겨울에는
　　　　　씨앗만 남는다

　　　　　달콤하고 물 많은
　　　　　살은
　　　　　탐식하는 입속에 녹고
　　　　　단단한 씨앗만 남는다

　　　　　화사한
　　　　　거짓 웃음
　　　　　거짓말
　　　　　거짓 사랑은 썩고

　　　　　가을에는
　　　　　까맣게 익은
　　　　　고독한 혼의
　　　　　씨앗만 남는다.

― 「씨앗」

　　'육체'와 '들끓는 정열'에 의한 사랑은 '거짓'에 불과하다. 육체의 정열을

정화·소멸시키고 '까맣게 익은 고독한 혼의 씨앗'이 될 때, 비로소 절대적 존재에 대한 순수영혼의 사랑에 도달할 수 있다. 허영자의 시적 자아는 이처럼 스스로를 '봉헌의 불꽃' 속에 내 던져 산화시킴으로써, 우리가 망각하고 있는 존재론적 본질, 곧 순수영혼과 절대적 존재를 강렬하게 상기시키고 있다.

허영자의 시는 시인 스스로 다음 시에서 표현하듯이 '빛나는 사리'로 우리에게 다가오면서 타락할 대로 타락한 우리들이 되찾아야 할 존재론적 본질이 무엇인지를 강렬하게 제시해 주고 있다. 그러기에 허영자의 시가 보여주는 순수 영혼의 세계는 서정시가 도달할 수 있는 가장 깊은 영역에 해당된다고 할 수 있다. 자본주의가 낳은 모든 모순의 주범이 바로 존재론적 본질을 망각한 채 살아가는 타락한 인간 존재이며, 따라서 그런 타락한 인간 존재가 자신의 존재론적 결핍을 깨닫지 않는 한 근본적인 문제 해결은 불가능하다는 점에서 그러하다.

어떤
요염한
유혹의 눈짓에도
홀려오지 않는다

심장의 피
간의 기름을
졸이고 태우는

그 처절하고
다함 없는
봉헌의 불꽃 속에

비로소 現身하는

한 점
빛나는
舍利.

— 「시」

5. 맺음말

　'청미'동인들은 단순히 '우정'이라는 인간적 유대감에 의해 결속된 것이 아니다. 그들은 그 방법상에 있어서 편차를 드러내고 있지만, 근원적으로 모두 서정적 동일성의 세계를 지향하고 있다. 그들의 '우정'은 아마 이 서정적 동일성의 세계에 대한 강렬한 지향성에서 비롯된 것일 것이다. 이들 동인들의 시편 하나 하나에는 근대 이후 상실된 세계, 인간과 인간, 인간과 자연이 동일성을 이루는 평화로운 세계에 대한 강한 지향을 드러내고 있다. 그들은 30년의 긴 시작 과정에서 때로는 그 지향성의 좌절로 인한 깊은 아픔을 드러내기도 하고, 또 때로는 상승적 희열을 드러내기도 하면서 아름다운 시편들을 21권의 동인지에 실어놓고 있다. 그 시편들 속에는 그들의 시와 삶에 대한 정열과 그 정열을 이지적으로 다스리는 품격이 고스란히 내포되어 있다. 동인지『청미』가 걸어 온 30여 년의 노정은 순수서정시, 그 한 길의 의미 있는 역사를 일구어내는 알차면서도 소중한 것이라 할 수 있다. 그러기에 그것은 단순히 한 동인지의 역사로만 규정될 수 없으며, 한국 서정시의 흐름을 총체적으로 집약하고 있는 살아있는 역사로 규정되어야 할 것이다.

제3부

부록

1. 자선 대표시

비 오는 밤에

잠이 안 옵니다
바깥은 밤새 비가 따루고……

나는 참으로
어리석은 여자였습니다

무시무시한
전장에서 돌아오신 당신
쓸쓸한 저녁답
거리 주막을 기웃거리는
당신의 고독을

단 한 번도
위로할 줄 몰랐습니다

차갑게 피가 얼은
도회지 여자를
슬프디 슬프게 바라보던 당신

뉘우침이런 듯
아픔이런 듯

이밤은 새도록 비가 따루고……

잠은 안 옵니다
자꾸
목이 마릅니다.

봄

먹어도 먹어도
배고픈 시장기

죽은 나무도 생피 붙을 듯
죄스런 봄날

피여, 피여
파아랗게 얼어붙은
물고기의 피

새로 한 번만
몸을 풀어라

새로 한 번만
미쳐라 달쳐라.

친전

그 이름을
살 속에 새긴다
암청(暗靑)의 문신(文身)

불가사의의 윤회를 거쳐
마침내
내 영혼이 고개 숙이는 밤이여
무거운 운명이여

절망의 눈비
회의(懷疑)의 미친 바람도
숨죽여 좌선(坐禪)하는 고요

'사랑합니다'

참으로 큰
슬픔일지라도
어리석은 꿈일지라도

긴 봄날

어여쁨이야
어찌
꽃 뿐이랴

눈물겹기야
어찌
새 잎 뿐이랴

창궐하는 역병
죄에서조차
푸른
미나리 내음 난다
긴 봄날엔—

숨어 사는
섦은 정부(情婦)
난쟁이 오랑캐꽃
외눈 뜨고 내다본다
긴 봄날엔—

바람 부는 날

또 한 번 천지는
흔들리누나

꽃잎은 펑펑
눈처럼 쏟아지고

고꾸라질 듯 고꾸라질 듯
내 영혼 흐느끼느니

알고 싶구나
애인아

바람 부는 날은 그 마음에도
아픈 금이 그이는가.

무제(無題)·Ⅰ

돌 틈에서 솟아나는
싸늘한 샘물처럼

눈밭에 고개 드는
새파란 팟종처럼

그렇게
맑게

또한 그렇게
매웁게.

흰 수건

흰 수건에
얼굴을 닦으려다 멈칫한다

거기
슬프고 부끄러운
초상화 찍힐까 봐

흰 수건에
두 손을 닦으려다 멈칫한다

거기
생활을 헤집고 온
비굴의 때 묻을까 봐.

완행열차

급행열차를 놓친 것은
잘 된 일이다
조그만 간이역의 늙은 역무원
바람에 흔들리는 노오란 들국화
애틋이 숨어 있는 쓸쓸한 아름다움
하마터면 나 모를 뻔하였지
완행열차를 탄 것은
잘 된 일이다
서러운 종착역은 어둠에 젖어
거기 항시 기다리고 있거니
천천히 아주 천천히
누비듯이 혹은 흠질하듯이
서두름 없는 인생의 기쁨
하마터면 나 모를 뻔하였지.

슬픈 아메리카

시인 박용래 선생
밤새워 술마시며
대취하여 하였다는 말
'슬픈 아메리카'

디오니소스의 등불도 꺼진
어두운 대낮의 거리에서
오늘도 목메어 외치는 말
'슬픈 아메리카'

시인 박용래 선생
눈물 콧물 범벅으로
울며 울며 하였다는 말
'슬픈 아메리카'

영혼을 살코기로 저울질하는
낯선 문명의 장터에서
오늘도 쓸쓸히 외치는 말
'슬픈 아메리카'

폐차

딸아
네가 아직 아기였을 때
엄마는
공장에서 이제 막 출고된
눈부신 새 차였지

딸아
네 몸무게 영혼의 무게가
점점 무거워졌을 때
엄마는
가파른 고갯길을 숨차 오르는
낡은 고물차였지

용서하라 딸아
이제는 폐차
밧데리는 꺼지고
바퀴는 헛돌고
브레이크조차 말을 듣지 않는
녹슨 폐차 엄마를.

잠 못 이루는 밤

이슬 구르는 연잎 위에
조그만 새끼청개구리
잠들어 있을까

겹겹 두른 배춧잎 속에
파아란 배추 애벌레
잠들어 있을까

야위어 앙상한 르완다의 어린이
허리 꼬부려 누더기 속에
잠들어 있을까

켜켜이 쌓이는 어둠
시름 깊은 층계 아래
아아
잠 못 이루는 이 캄캄한 밤.

얼음과 불꽃

사람은 누구나
그 마음 속에
얼음과 눈보라를 지니고 있다

못다 이룬 한의 서러움이
응어리져 얼어붙고
마침내 마서져 푸슬푸슬 흩내리는
얼음과 눈보라의 겨울을 지니고 있다

그러기에
사람은 누구나
타오르는 불꽃을 꿈꾼다

목숨의 심지에 기름이 끓는
황홀한 도취와 투신
기나긴 불운의 밤을 밝힐
정답고 눈물겨운 주홍빛 불꽃 꿈꾼다.

2. 서지

생애 연보

- 1938년 8월 31일 경상남도 함양군 휴천면 휴천고등학교 사택에서 부친 허임두(許壬斗), 모친 정연엽(鄭蓮葉)의 장녀로 출생하였다.
- 부친의 임지를 따라 다섯 살 때 부산으로 이사하여 중앙초등학교, 경남여자 중학교를 졸업하고 부친을 좇아 서울로 이사, 경기여고, 숙명여대 동 대학원 국문학과를 졸업하였다. 고등학교 재학시 시인 노문천 선생의 격려를 받았고 숙명 여대 재학시 곽종원, 김남조, 조연현 제 선생의 지도를 받았다.
- 1961년 『현대문학』 2월호에 박목월 선생 추천으로 「도정연가(道程連歌)」로 초회 추천, 동년 9월호에 「연가 3수(戀歌三首)」로 2회 추천, 1962년 2월에 「사모곡(思母曲)」으로 추천 완료하여 시단에 등단하였다.
- 1963년 한국문단사상 최초의 여성동인 '청미(靑眉)' 결성에 참여, 이후 1998년까지 김선영, 김숙자, 김후란, 박영숙, 이경희, 임성숙, 추영수 제 씨와 동인활동을 하였다.
- 1966년 첫 시집 『가슴엔 듯 눈엔 듯』을 상재하였으며, 1971년 제2시집 『친전(親展)』, 1977년 제3시집 『어여쁨이야 어찌 꽃뿐이랴』, 1984년 제4시집 『빈 들판을 걸어가면』, 1985년 시선집 『그 어둠과 빛의 사랑』,

1986년 시선집『이별하는 길머리』, 1987년 시선집『꽃피는 날』, 1988
년 시선집『말의 향기』, 1989년 시선집『아름다움을 위하여』를 상재하
였다. 1990년 제 5시집『조용한 슬픔』, 1991년 시선집『암청의 문신』,
1995년 제6시집『기타를 치는 집시의 노래』, 1997년 제7시집『목마른
꿈으로써』를 상재하였다.

- 산문집으로『한 송이 꽃도 당신 뜻으로』,『아름다운 삶을 향하여』,『사
랑과 추억의 불꽃』,『우리 무엇을 꿈꾸었다 말하랴』,『내가 너의 이름을
부르면』,『영혼을 노래하며 아픔을 나누며』,『슬프지 않은 뒷모습은 없
다』,『볼로뉴 숲의 아침이슬』등을 비롯하여 다수의 수필선집이 있으며
기타 공저서로『한국 여성시의 이해와 감상』이 있다.
1998년『허영자 전 시집』과『허영자 선 수필집』을 상재하였고 2003년
시조집『소멸의 기쁨』을 출간하였다.

- 1972년 제4회 한국시인협회상, 1986년 제20회 월탄문학상, 1992년 제2
회 편운문학상, 1998년 제3회 민족문학상을 수상하였고, 2003년 숙명문
학상을 수상하였다.

작품집 및 평문 목록

<시집>

제 1 시집 『가슴엔 듯 눈엔 듯』, 중앙문화사, 1966.

제 2 시집 『친전(親展)』, 한국시인협회, 1971.

제 3 시집 『어여쁨이야 어찌 꽃 뿐이랴』, 범우사, 1977.

제 4 시집 『빈들판을 걸어가면』, 열음사, 1984.

제 5 시집 『조용한 슬픔』, 문학세계사, 1990.

제 6 시집 『기타를 치는 집시의 노래』, 미래문화사, 1995.

제 7 시집 『목마른 꿈으로써』, 마을, 1997.

<시조집>

『소멸의 기쁨』, 문학수첩, 2003.

<시선집>

『그 어둠과 빛의 사랑』, 열음사, 1985.

『이별하는 길머리엔』, 문학사상사, 1986.

『꽃 피는 날』, 자유문학사, 1987.

『말의 향기』, 고려원, 1988.

『아름다움을 위하여』, 자유문학사, 1991.

『암청의 문신』, 미래사 1991.

『무지개를 사랑한걸 후회하지 말자』, 좋은 날, 1998.

<수필집>

제 1 수필집 『한 송이 꽃도 당신 뜻으로』, 문학예술사, 1978.

제 2 수필집 『아름다운 삶을 위하여』, 1980.

제 3 수필집 『내가 너의 이름을 부르면』, 주우, 1982.

제 4 수필집 『더 아픈 사랑을 위하여』, 오상, 1983.

제 5 수필집 『영혼을 노래하며 아픔을 나누며』, 학원사, 1985.

제 6 수필집 『사랑과 추억의 불꽃』, 자유문학사, 1986.

제 7 수필집 『우리들의 사랑을 위하여』, 자유문학사, 1986.

제 8 수필집 『우리 무엇을 꿈꾸었다 말하랴』, 백상, 1988.

제 9 수필집 『사랑이 있기에 고통은 아름답다』, 자유문학사, 1989.

제 10 수필집 『슬프지 않은 뒷 모습은 없다』, 청맥, 1989.

제 11 수필집 『그대는 내 하늘의 작은별입니다』, 문학세계사, 1990.

제 12 수필집 『불로뉴 숲의 아침 이슬』, 청산, 1993.

<시 · 그림 · 에세이>

『휘발유같은 여자이고 싶다』, 시학사, 1992.

<시와 에세이>

『내 작은 사랑은』, 예전사, 1986.

<수필 선집>

『사랑의 이름으로 너에게 묻는다면』, 중앙일보사, 1985.
『내일 우리가 이별할지라도』, 청맥, 1986.
『이제 남은 것은 사랑뿐』, 1989.
『가을 사진첩』, 청아출판사, 1991.
『사랑과 일을 거리에 맡기고』, 동화출판사, 1992.

<기타 >

『한국여성시의 이해와 감상』, 문학아카데미, 1997.

<논문 및 비평문>

1963.   「노천명 연구」, 숙명여대 석사논문.
1973.   「시가에 나타난 성상징고」, 『성신연구논문집』6, 성신여대출판

사.

1975-76. 「현대시에 나타난 신화의 세계」,『성신연구논문집』8・9.

「어여쁨이야 어찌 꽃 뿐이랴 — 나의 시, 나의 시론」,『한국문학』

1977. 3. 「국어와 시인」,『나라 사랑』26.

1980. 「교포학교 및 외국대학의 한국어문학교육의 실태조사」, (문교부 학술조성비).

1982. 3. 「여대생의 독서생활실태조사」,『성신여대생생활연구』5.

1983. 2. 「고독과 향수의 시인」,『한국대표시평설』, 문학세계사,

1983. 8. 「한국 현대시의 이해」,『성신여대연구논문집』18.

1983. 「기녀시조의 멋」,『강한영 교수 고희기념문집』, 아세아문화사.

1983. 11. 「노천명 시의 자서전적 요소」,『한국현대시사연구』, 일지사.

1985. 9. 「한국 여류시의 흐름」,『역대 한국여류 101인 시선집』, 한국여류문학인회편.

1987. 5. 「여대생의 은어: 실태조사를 중심으로」,『성신여대학생생활연구』10.

1989. 5. 「여대생의 기호언어」,『성신여대학생생활연구』11・12합

1990. 2. 「김광균 시에 있어서의 눈(雪)의 심상」,『성신어문학』3.

1990. 12. 「한국 현대여류시에 나타난 女性意識;第1, 2, 3期 여류를 중심으로」,『성신여대인문과학연구』10,

1994. 9. 「문학적 자전/기질과 환경」,『시와 시학』가을호.

1995. 7. 「프랑스에서의 한국학 및 한국어문학 교육의 실태조사 연구」,『새국어교육51』.

2000. 2. 「현대 사회와 문학・문학교육」,『성신여대인문과학연구』19.

2003. 3. 「박목월의 시에 나타난 가족의 의미」,『새국어교육』65호. 한국국어교육학회.

연구 목록

김문주, 「고요 속의 들끓음―육체와 영혼을 넘어서는 역동성의 시학」, 『서
　　정시학』, 2002년 겨울호.

김재홍, 「갈망과 절제의 시」, 『한국현대시인비판』, 시와시학사, 1994.

김종길, 「허영자 시의 특질」, 『시와 시인들』, 민음사, 1997.

문흥술, 「존재론적 서정시」, 『시원의 울림』, 청동거울, 1998.

박진환, 「허무의 시적 변증법 혹은 승화」, 『한국현대시인연구』, 자유지성
　　사, 1999.

박호영, 「사랑과 절제의 변주」, 『한국현대시인론고』, 민지사, 1995.

배영애, 「자성과 자문의 시학―허영자의 70년대 시를 중심으로」, 『한국
　　현대 문예비평』, 2000.

백승렬, 「그대의 별이 되어」, 『심상』 225호, 심상사, 1994.

서석준, 「허영자 '목마른 꿈으로써'」, 『심상』, 1998.

성춘복, 「허영자의 그리움과 진실성」, 『허영자 전시집』, 마을, 1998.

송하선, 「육체와 영혼이 합일된 사랑」, 『시인과 진실』, 금화출판사, 1978.

송희복, 「단순한 순환 속의 융숭 깊은 섭리」, 『현대시학』 334호, 현대시학

사, 1997.

신동욱, 「허영자의 시와 기다림의 뜻」, 『현대문학』, 현대문학사, 1980. 2.

신지연, 「성처녀, 몹시 순결한 불꽃」, 『서정시학』, 도서출판 웅동, 2002년
　　　겨울호.

오세영, 「허영자의 '변산 바다'」, 『현대시와 실천비평』, 이우출판사, 1983.

이건청, 「감성적 인식과 공고한 중심」, 허영자 시선집 『꽃피는 날』, 자유문
　　　학사, 1987.

이상호, 「순간에서 영원으로」, 『문학과 창작』 27, 1997.

정숙희, 「염결성(廉潔性) 또는 지적 서정주의」, 『한국현대시인연구』, 민음
　　　사, 1989.

정영자, 「사랑과 간결함의 서정」, 『시와 시학』, 1994, 가을호.

정영자, 「'부끄러움'과 식물적 이미지의 구원의식」, 『한국현대여성문학론』,
　　　지평, 1988.

정한모, 「여류시인의 정감과 시의식」, 『한국현대시의 현장』, 박영사, 1983.

정희성, 「소외와의 싸움」, 『창작과 비평』, 창작과 비평사, 1997 겨울호.

주지영, 「허영자론—허영자 시에 나타난 순수영혼과 의미연구」, 『심상』
　　　347호, 2002.

최동호, 「목숨이 향그런 시」, 허영자 시선집 『이별하는 길머리엔』, 문학사
　　　상사, 1986.

하현식, 「사랑과 인연의 의식」, 『한국시인론』, 백산출판사, 1990.

하현식, 「허영자론」, 『현대시』, 한국문연, 1991.10.

한영옥, 「가열된 삶의 에스프리」, 『한국대표시평선』, 문학세계사, 1983.

한영옥, 「60년대 시인론—허영자론」, 『현대시학』 274호, 1992.

한영옥, 「내가 만난 허영자/ 얼음과 불꽃」, 『시와 시학』, 1994 가을호.

한영옥, 「'울림'의 시 울게하는 시」, 『현대시학』 346호, 1998.

한영옥, 「허영자 시 연구」, 『한국시학연구』 5호, 한국시학회, 2001.

<대담>

강웅식, 「자홀의 춤과 견고한 응집」, 『서정시학』, 2002년 겨울호.
김수이, 「단정함과 열정의 시학—허영자 시인과의 대담」, 『시와 시학』, 1998년 겨울호.
박진환, 「허영자 시인과의 대담」, 『한국현대시인연구』, 자유지성사, 1999.
신규호, 「허영자 시인과의 대담」, 『심상』, 2003.6.
신주철, 「끝나지 않은 사랑과 기도」, 『미네르바』, 아름다운 날, 2003년 여름호.
오세영 외, 「한국의 여성시」, 『현대시』 3.2, 1992.2.
윤정구, 「허영자 시인을 찾아서—핏줄에 새긴 단아한 한국 서정」, 『문학과 창작』, 1996.10.

<정리 : 김귀희(성신여대 국문과 박사과정)>

허 영 자

- 1938년 경남 함양군 출생
- 중앙초등, 경남여중, 경기여고, 숙명여대 졸업
- 1961년, 박목월 선생의 추천으로 등단.
- 1961년 여성동인 '청미(靑眉)' 결성
- 『가슴엔 듯 눈엔 듯』, 『목마른 꿈으로써』 등의 시집 출간
- 한국시인협회상, 월탄문학상, 편운문학상, 민족문학상, 숙명문학상 등을 수상

허영자의 삶과 문학

인쇄일 초판 1쇄   2003년 08월 19일
           2쇄   2015년 07월 20일
발행일 초판 1쇄   2003년 08월 26일
           2쇄   2015년 07월 25일

지은이 허영자교수 정년퇴임 문집 준비위원회
발행인 정 찬 용
발행처 국학자료원
등록일 2006.11.02 제2007-12호

서울시 강동구 성내동 447-11 현영빌딩 2층
Tel : 442-4623~4 Fax : 442-4625
www. kookhak.co.kr
E- mail : kookhak2001@hanmail.net
ISBN 978-89-541-0107-3 *93810
가 격 20,000원

*저자와의 협의 하에 인지는 생략합니다.